CASA DE VERÃO

Da autora:

A hora das crianças

A gaiola

Marcia Willett

CASA DE VERÃO
Um segredo de infância
guardado para sempre...

Tradução
Ana Beatriz Manier

Rio de Janeiro | 2013

Copyright © 2010 Marcia Willett

Título original: *The Summer House*

Capa: Raul Fernandes

Editoração: FA Studio

Texto revisado segundo o novo
Acordo Ortográfico da Língua Portuguesa

2013
Impresso no Brasil
Printed in Brazil

Cip-Brasil. Catalogação na fonte
Sindicato Nacional dos Editores de Livros. RJ

W685c	Willett, Marcia
	Casa de verão / Marcia Willett ; tradução Ana Beatriz Manier – Rio de Janeiro: Bertrand Brasil, 2013.
	308 p.: 23 cm
	Tradução de: The summer house
	ISBN 978-85-286-1665-1
	1. Ficção inglesa. I. Manier, Ana Beatriz. II. Título.
	CDD: 823
12-9210	CDU: 821.111-3

Todos os direitos reservados pela:
EDITORA BERTRAND BRASIL LTDA.
Rua Argentina, 171 – 2º andar – São Cristóvão
20921-380 – Rio de Janeiro – RJ
Tel.: (0xx21) 2585-2070 – Fax: (0xx21) 2585-2087

Não é permitida a reprodução total ou parcial desta obra, por
quaisquer meios, sem a prévia autorização por escrito da Editora.

Atendimento e venda direta ao leitor:
mdireto@record.com.br ou (0xx21) 2585-2002

Para Rufus

PRIMEIRA PARTE

CAPÍTULO UM

As fotografias estavam em um envelope, no fundo da caixa marchetada. Folheou-as rapidamente, surpreso ao ver que era ele quem aparecia em todas elas – um registro fotográfico de trinta anos –, e guardou novamente o envelope. Sólida, quadrada, com belas incrustações douradas, a caixa continha não apenas os pequenos tesouros da mãe, mas um arquivo completo da história familiar. Pertencera à mãe de seu pai e, por essa razão, mantinha uma conexão especial com o homem de quem ele mal se lembrava. Suas memórias dessa figura indistinta foram guardadas com muito zelo, engrandecidas e impulsionadas por dúzias de breves informações tiradas de conversas com amigos e familiares.

– É claro que *você* não tem como se lembrar dele – dizia à sua irmãzinha, Imogen. – *Você* era só um bebezinho quando papai morreu.

Ela não ligava. Im fora abençoada com uma natureza confiante, que fazia com que fosse quase impossível para ele sentir-se superior. Ela costumava balançar a cabeça alegremente, feliz da vida por ser ele quem o conhecera. Também não ligava para a caixa. Os pequenos tesouros que seu irmão tinha permissão de colocar naquele interior delicado e perfumado – sob a supervisão da mãe – eram frágeis demais para seus dedos pequeninos e destrutivos: uma concha perfeita, uma delicada folha carmesim, uma castanha-da-índia brilhante e lisinha.

– Podemos colocá-los na caixa, mamãe? – gritava ele, correndo para lhe entregar esses presentes e ficar observando o andamento da pequena cerimônia que se seguia: a caixa ser levantada de sua prateleira, a chave surgir, ser introduzida na fechadura dourada e a tampa se abrir. Ávido, ele se curvava para olhar dentro dela e ver seu conteúdo familiar. Se estivesse com as mãos limpas, tinha permissão para desdobrar o lencinho de seda da avó, que ficava dentro da bolsinha bordada de camurça macia que recendia à lavanda; retirar a carta que o pai lhe escrevera durante sua estada no Afeganistão e olhar para a fotografia que viera em anexo. A carta, que a mãe costumava ler para ele, fazia-o sentir-se forte e orgulhoso; o pai lhe dizia para ser um bom menino e cuidar da mãe e da irmãzinha, e então eles ficavam olhando a foto: o pai sorrindo para eles, de pé, em algum lugar seco, árido e poeirento. O divertimento maior era brincar com o gato de madeira esculpida que, como uma boneca russa, partia-se em duas metades, revelando outro gato menor, e então outro, e outro, até a surpresa final e encantadora: um camundongo pequenininho. Cada gato tinha uma expressão mais maliciosa que o outro, e até o ratinho parecia contente com seu fardo, os bigodes pintados, elegantemente enrolados, um olho aberto e outro fechado numa piscadela.

À medida que foi crescendo, o encantamento foi sumindo gradualmente, até que ele se esqueceu completamente da caixa, passando a vê-la apenas como mais um objeto de família que se mudou com ele da pequena casa em Finchley para o apartamento espaçoso e térreo em Blackheath e, depois, para o quarto da mãe na clínica geriátrica.

11

Casa de Verão

Agora, a caixa e tudo o que ela continha eram dele, assim como o envelope com as fotografias provavelmente escolhidas e ali guardadas muito recentemente. Matt suspirou e empurrou a caixa e as fotos para o lado. Era esquisito e talvez viesse a ser difícil para a irmã perceber que não havia nenhuma foto dela, mas ela não precisaria saber. Já fazia muito tempo que a mãe fora afastada deles, primeiro por sua entrega gradual à depressão e ao alcoolismo, depois pelo início da doença no fígado, fatos que certamente colaborariam para que Imogen não se aborrecesse com a ausência de fotos suas: os dois já estavam mais do que acostumados ao humor volátil e ao comportamento irracional da mãe para dar muita importância às suas ações. Mesmo assim, ele não contaria.

Mais uma vez, Matt tirou o envelope de dentro da caixa e contemplou as fotos. Havia algo de estranho com relação a elas, mas ele não sabia bem o que era e estava ansioso e inquieto demais para analisá-las com mais cuidado. O projeto de seu próximo livro ainda por elaborar e escrever lhe pesava na consciência. Cada nova ideia que surgia provava-se inútil; cada possível trama, sem graça. E o telefonema que recebera de Im o perturbara.

– Estamos nos divertindo muito – dissera. – Mal posso acreditar que finalmente estamos morando aqui em Exmoor, mesmo que seja numa casa de veraneio e a gente ainda não saiba para onde ir na Páscoa. Jules está um pouco ansioso, mas é o paraíso morar a poucos quilômetros de Milo e Lottie. Por que você não vem passar alguns dias com a gente? Eles adorariam ver você, e nós também.

Matt levantou-se, foi à janela e ficou olhando a tarde desolada de fim de inverno. A rua estava molhada por causa da garoa; o teto dos carros estacionados cintilava com a umidade gelada. Mentalmente, viu a casa de arenito rosado, aos pés do paredão alto de Hurlstone Point, que dava vista para a vila de Bossington, na direção de Dunkery

Hill, e vista também para o mar, a oeste, do outro lado de Porlock Vale, e não pôde deixar de sentir um desejo infantil de estar lá com todos eles.

– O que nós teríamos feito sem Milo e Lottie? – perguntara Im, certa vez.

– O casal esquisito – respondera, sem se aprofundar e sem querer admitir a importância que aquelas pessoas tinham para ele.

– Eles são a nossa verdadeira família – respondera ela –, não são? Salvaram nossas vidas e fizeram com que crescêssemos como pessoas normais.

Naquele momento, Matt olhava para o relógio: 15h20. Caso se apressasse, conseguiria chegar lá na hora do jantar: na cozinha projetada da Casa Alta, Milo – alto, magro, elegante – provavelmente estaria debruçado sobre uma panela no fogão em que fervia uma sopa deliciosa ou algum ensopado exótico. Ele gritaria pela porta em arco para Lottie, que se encontraria na sala onde costumavam tomar café da manhã, sentada à mesa comprida e estreita que estava sempre cheia de livros e jornais, lendo algum artigo ou carta em voz alta para ele. Milo gritaria uma resposta, e os dois cairiam na risada.

Matt sentiu outra pontada de desejo de estar naquele ambiente familiar. Pegou o telefone celular e rolou a agenda para baixo até chegar ao nome de Lottie. Meia hora depois, estava a caminho.

Lottie foi à varanda atrás de Milo, que estava sentado numa velha cadeira de vime sob a luz morna do sol de fevereiro. Seu perfil de águia estava fechado, concentrado, e ele franzia a testa para o jornal; as pernas compridas e magras, esticadas e cruzadas na altura dos calcanhares, mostravam um pedacinho das meias vermelhas. Um cocker spaniel castanho-avermelhado estava enroscado debaixo de seus joelhos.

Casa de Verão

— Matt está vindo para cá — disse ela. — Não é legal? Chegará a tempo de jantar conosco.

Milo soltou o jornal.

— Isso é que é uma *boa* notícia. Como ele está?

Lottie fez uma careta; torceu o nariz.

— Não sei muito bem. Meio mais ou menos. Nem ousei perguntar pelo livro novo, claro.

Milo balançou a cabeça.

— Pobre rapaz. Está pagando por todo o sucesso que veio cedo demais. Um bestseller internacional seguido por um filme de Hollywood já no primeiro livro é um feito muito difícil de se dar continuidade. Estão todos esperando e achando que o segundo livro será um desastre.

— Ele diz que está com a mente totalmente bloqueada por causa do terror que está sentindo. Acha que foi apenas um golpe de sorte e que nunca mais conseguirá escrever de novo. Pelo menos, está bem financeiramente, mas tenho certeza de que as coisas acontecerão com o tempo. Estou preparando chá. Quer que traga aqui para fora? Quem vem lá?

Lottie aproximou-se da janela, protegendo os olhos do sol e olhando para o extenso caminho de terra que serpenteava desde o vilarejo, por entre os campos sem cercas. O carro reduziu a velocidade para aguardar que várias ovelhas atravessassem, depois seguiu sacolejando por cima do mata-burros e desapareceu atrás da casa.

— É Venetia — disse Lottie, resignada. — Vou lá falar com ela.

Milo não demonstrou nenhum prazer especial com a chegada de sua amante.

— Não deixe ela ver o bolo — avisou-a. — Você a conhece. Não sobrará nada. Nunca conheci uma mulher que se entupisse tanto de carboidratos quanto Venetia.

— E continua magra como um palito — respondeu Lottie, invejosa. — Chega a dar enjoo, não é?

Passou pelos vários cômodos que levavam ao corredor e encontrou-se com Venetia, que entrava pela pequena varanda dos fundos. Elegante e pálida como um velho galgo, ela se inclinou para abraçar Lottie, mal encostando a face impecavelmente maquiada no rosto lavado da outra.

— As campainhas-de-inverno estão simplesmente maravilhosas, Lottie! — exclamou. — Não só aqui em Casa Alta, mas em toda parte. E os narcisos estão começando a florescer. Tão encantador, não?

Lottie sorriu.

— A primavera está chegando — concordou. — Íamos tomar chá. Gostaria de nos acompanhar? Milo está no jardim de inverno. Eu vou servir lá.

— Minha querida, isso seria muita gentileza sua. Nenhum pedaço de bolo? Ou um muffin? Estou completamente faminta. Por que as boas ações nos deixam com tanta fome? Acabei de visitar a pobre Clara. Está simplesmente maluca, lamento dizer. E estou tão cansada de responder à mesma pergunta tantas vezes! Hoje ela não conseguia se lembrar de quem eu era. Era uma mulher tão boa! Ah, Lottie, isso é tão deprimente, não é?

Por trás dos olhos violeta fundos e ainda belos, Lottie viu tremular o medo e o terror.

— Mas a primavera está chegando — lembrou à amiga mais velha —, e temos bolo para comer com o chá.

— Ah, minha querida — a voz de Venetia estava cheia de gratidão —, você é um consolo e tanto. De verdade.

— Vá ver Milo — disse Lottie. — Matt está vindo passar uns dias aqui, e ele está muito feliz por isso.

15

Casa de Verão

Venetia saiu, e Lottie ouviu-a dizer olá ao cocker spaniel que foi a seu encontro. Ele estava na cozinha. Era um bom companheiro; o resultado do cruzamento de um cocker com um sussex spaniel. E era de natureza muito carinhosa — embora, como Milo observara meio grosseiramente, fosse tão gordo quanto duas pequenas toras. Seu pelo era da cor de um pudim de caramelo, um dos doces favoritos de Milo, e ele chamava o seu animalzinho gorducho de Pud.

— Essas raças misturadas... — dissera Milo. — Labrapoodles, springercollies e springercockers. Bem, se o cruzamento entre um springer spaniel e um cocker é um sprocker, então o cruzamento entre um sussex e um cocker é um sucker, ou seja, um pé no saco, o que resume muito bem o caso de Pud.

Em seguida, ele se sentou, olhando ansioso para Lottie enquanto ela preparava o chá.

— Você ouviu a palavra bolo — disse a mulher ao cachorro —, mas não comerá nem um pedacinho!

Ela pensou em Matt chegando mais tarde e foi tomada por uma mistura de prazer e ansiedade. Desde que a mãe dele morrera, poucas semanas antes, ela tinha a estranha sensação de que algo grave estava para acontecer: mas o que seria? Imogen e Matt havia muito tempo não dependiam mais de Helen, e a morte dela não fora nem um pouco inesperada. Sua vida fora de sofrimento, ficara viúva muito jovem e com dois filhos pequenos para criar, embora nada muito raro de acontecer; outras mulheres haviam se virado na mesma situação sem se tornarem dependentes de álcool. Era claro que ela ficara arrasada com a forma como Tom morrera, surpreendido num fogo cruzado entre duas facções no Afeganistão, enquanto fazia uma reportagem sobre a guerra, mas a depressão de Helen começara antes.

Lottie lembrava-se de ter tentado conversar com Tom sobre o assunto. Foi pouco depois de a pequena família retornar do Afeganistão, na primeira vez que fora para lá, mas ele fora evasivo, sem querer discutir o assunto, dando a entender que o estado dela se devia a um aborto que a aborrecera muito quando eles estavam em Cabul e do qual ela jamais se recuperara completamente. Lottie não o pressionara; naquela época, já amava todos eles: Tom, Helen e as crianças; mas Tom mais do que todos. Ele nunca desconfiara. Nunca, em todas as horas que eles haviam passado juntos na edição de seu livro sobre a guerra no Congo Belga, ele suspeitara o quanto ela o amara.

Lottie preparou o chá, reuniu pratos, garfos e o bolo e, com Pud em volta de seus tornozelos, levou a bandeja para o jardim de inverno. À porta, hesitou. Venetia puxara a cadeira para perto de Milo e se sentara com o joelho roçando no dele, as mãos magras e frágeis aninhadas entre as mãos largas e quentes dele. Seus olhos estavam fechados.

— Pobre Clara. Isso é tão desesperador, Milo, não acha? — perguntava.

Ele a observava. Tinha a expressão doce, pensativa, e Lottie sabia que estava se lembrando da jovem e bela Venetia, da forma como a conhecera naquela primeira ocasião: como esposa do diretor Bernard – Bunny – Warren, num baile em Sandhurst. Por um breve momento, Lottie pôde imaginá-los também: Venetia, atraente e glamorosa com seu vestido de baile; Milo, alto e deslumbrante com sua farda militar. Imaginou suas mãos entrelaçadas, a vigorosa troca de olhares e ouviu as risadinhas e os cochichos de todos à volta deles, o tilintar das taças e o som distante da música.

— A terceira idade não é coisa para covardes, minha querida — disse Milo, quebrando o encanto. Correu os olhos para onde estava Lottie e deu-lhe uma piscadela. — Aqui está o chá.

Venetia abriu os olhos, e Lottie colocou a bandeja na mesa de tampo de vidro redondo. Imaginou se Milo a convidaria para ficar

Casa de Verão

para o jantar. Lottie sabia que Matt não se incomodaria. Embora valorizasse e protegesse seu isolamento e privacidade quando estava trabalhando, também adorava a atmosfera da casa aberta a visitas que encontrava em Casa Alta quando estava descansando – e gostava de Venetia. Lottie tentava ser compreensiva em relação aos momentos ocasionais de solidão e depressão que tomavam conta daquela pobre mulher mais velha desde que ficara viúva, embora Milo tivesse toda a sua instintiva preocupação masculina à espreita, disfarçada sob sua verdadeira afeição por ela.

– Não podemos ser muito manteiga-derretida – dizia ele, quando Lottie mostrava sinais de ceder a algumas deixas de Venetia. – Se não tomarmos cuidado agora que o caro Bunny se foi, ela virá morar conosco. E ela é osso duro de roer. Sabe o que quer e corre atrás.

– Então Matt está vindo para cá – dizia Venetia. – Sorte a sua de ter seus jovens tão perto. Imogen e Julian logo ali do outro lado do vale, com aquele bebê delicioso. E Matt aparecendo com tanta frequência. Eles fazem com que todas essas coisas desagradáveis tomem outra proporção, não? Nunca vejo os meus filhos...

Lottie, servindo o chá, percebeu o olhar de Milo. Ele ergueu uma sobrancelha, ela assentiu.

– Aceita jantar conosco? – sugeriu ele.

Venetia olhou cheia de esperança para Lottie.

– Eu não iria atrapalhar? Acha que Matt se importaria?

Lottie negou com a cabeça.

– Claro que não. Fique.

– Aaah – Venetia soltou o ar, como se aliviada de algum sentimento de ansiedade ou medo, e relaxou em sua cadeira. – Eu adoraria.

Após o chá, Lottie os deixou a sós e foi colher algumas campainhas-de-inverno no jardim. O sol do entardecer lançava sombras alongadas sobre a grama; em volta das raízes das velhas faias europeias, anéis de crocos floresciam em círculos dourados como fogo e roxos como tinta. Um pássaro negro voou baixo, seu grito entrecortado quebrando o silêncio. Havia fantasmas no jardim; fantasmas de gente e de cachorros, mas ela não os temia. Conhecia todos eles e podia sentir quando estavam por perto: aquela nuvem espessa de testemunhas, algumas parecendo tão próximas quanto as duas pessoas que deixara no jardim de inverno. Lottie não conseguia se lembrar de um tempo em que não tivesse ciência da força de existências paralelas. Quando criança, numa tentativa de racionalizar o que sentia, inventara histórias: fragmentos de faz de contas entrelaçados com eventos verdadeiros, com os quais divertia – e até mesmo assustava – os colegas de escola. Uma vez, quando tinha 7 anos, o pai de uma colega a acusara de contar mentiras para sua filha. Chocada e surpresa, ela se sentira incapaz de mostrar a ele a linha tênue entre a verdade absoluta e a realidade da imaginação – e algo mais: um tal de sexto sentido. Mais tarde, outros adornos cômicos ou dramáticos, acrescentados a encontros totalmente ordinários, divertiam os amigos, entretinham os colegas de trabalho e a distraíam de sua capacidade "de ver mais do que a maioria, através de uma parede de tijolos", como Tom uma vez descrevera. Apesar disso, uma reputação crescera a seu redor, bem parecida com o mato trançado em torno do castelo da Bela Adormecida: reputação que fascinava ao mesmo tempo que mantinha os outros a meio metro de distância.

Apenas Tom penetrara nesse matagal. E fora estranho que tenha sido justamente ele, que lidava com fatos e com o duro mundo jornalístico, quem a compreendera de verdade; mas Tom era um celta de sobrancelhas negras cuja avó tinha visões. Foi como se ele a tivesse reconhecido em um nível profundo de espiritualidade, e ela tivesse experimentado um grande alívio em ser reconhecida; como se ela finalmente tivesse se tornado visível. Pela primeira vez em sua vida, não se sentira só. Trabalhando com ele em seu livro, usufruindo de almoços ocasionais, eles haviam partilhado muitas coisas juntos e rapidamente acabaram chegando a um nível profundo de entendimento que a preenchera de felicidade e dera conforto a ele.

Milo, por outro lado, a aceitara de uma forma diferente. Ela era simplesmente a doce Charlotte, a irmã bem mais jovem de sua ex-esposa, e sua atitude fora fraterna, simples e reconfortante. Fora ele quem lhe dera o apelido de "Lottie".

Ela se apaixonara por Milo desde o primeiro momento em que Sara o levara para casa para apresentá-lo à família. Sara já lhe havia avisado para ela não ser inconveniente, mas Lottie ficou tão fascinada pelo porte de Milo e por sua risada alegre e contagiante que não conseguiu obedecer. Sua simpatia a atraíra, o aviso emburrado de Sara perdera o poder, e ele fora doce com ela apesar da diferença de treze anos entre eles.

Logo Lottie percebeu as vibrações conflitantes entre Milo e Sara.

— Por que vai se casar com ele? — perguntara, confusa e preocupada com as visíveis demonstrações de afeto e com os momentos de silenciosa tensão que tremulavam no ar em volta deles.

Sara a encarara com raiva e desprezo:

— Digamos que seria melhor você cuidar da própria vida — rebatera, agressivamente.

Qualquer relação fraternal parecia fora de questão. Sara vivia determinada a responsabilizar o nascimento de Lottie pela morte da mãe, seis meses depois ("Ela nunca mais foi a mesma desde que você nasceu!") e em nada ajudava o fato de os pais de Milo preferirem a simpática e atraente irmã mais nova à mais velha, irritadiça, franca e possessiva. A mãe de Milo "adotou" a menina Lottie, de 10 anos; ela foi convidada a ficar na Casa Alta durante parte de suas férias escolares e logo ganhou um quarto só para ela de presente. Seu pai, mais velho e distante, ficara claramente aliviado; Sara ficara irritada e desdenhosa. Dizia que aquilo era uma "puxação de saco", mas aquela nova alegria de encontrar o amor de verdade e o sentido de família fora grandiosa demais para Lottie simplesmente abandonar tudo a fim de agradar a volátil Sara, que agora morava com Milo numa casa cedida pelo Exército, perto de Warminster.

Depois que o pai morrera, pareceu uma mudança natural para Lottie ir morar permanentemente em Casa Alta. Ela adorava quando Milo, Sara e o bebê Nicholas a visitavam e, embora envergonhada para admitir, passou a gostar ainda mais depois do divórcio inevitável que se seguiu, quando Milo ia sozinho ou com Nick fazer as visitas. Quando Milo herdou Casa Alta, Lottie já estava tão ligada à propriedade que mais uma vez pareceu muito natural aos dois continuarem a fazer dela um lar conjunto. Milo era brigadeiro recentemente na reserva, e Lottie estava de férias do trabalho em uma editora londrina, e foi nessa mesma época que Imogen e Matt também se tornaram visitantes regulares.

Naquele instante, ao caminhar pelo jardim com as mãos cheias de campainhas-de-inverno, pensava em Matt. Ele tinha uma semelhança estranha com o pai; seus olhos estreitos e castanhos, a forma como empurrava os cabelos densos e negros para trás, formando duas pontas com os dedos nervosos, essas coisas a remetiam a trinta anos atrás, fazendo-a lembrar-se daquela mistura pouco usual de felicidade e tristeza, que pertencia somente a Tom. Como fora difícil não poder sofrer abertamente quando ele morrera; em vez disso, tivera que confortar e apoiar Helen sem mostrar, nem por um momento sequer, o verdadeiro sofrimento de sua própria perda. As crianças passaram a depender dela quando Helen se entregara profundamente ao desespero, à negação e ao silêncio. Com tanta frequência quanto

Casa de Verão

podia, Lottie levava as duas crianças à Casa Alta para dar uma folga a Helen de suas obrigações e dar a Imogen e Matt liberdade para correr, gritar, brincar, ficando imensamente grata a Milo por toda a afeição que mostrava por esses pequenos visitantes. Até mesmo Nick gostava da visita deles, ao mesmo tempo que tentava se manter alerta aos avisos da mãe de que aqueles usurpadores poderiam querer lhe roubar a herança ou abrir caminho no coração de seu pai.

Lottie virou-se para voltar para a casa. Estava preocupada com Matt, ainda sentindo como se algum cataclismo estivesse para acontecer; mesmo assim, não tinha nenhuma premonição com relação a um verdadeiro desastre, nada parecido com o sofrimento genuíno que experimentara quando Tom retornara para o Afeganistão. Matt foi uma criança difícil, propenso a pesadelos, com pânico de ficar sozinho. Quando o pai morreu, seguiu-se um aumento de seus medos, que exigiram esforços tanto seus quanto de Helen para superá-los. Foi quando Helen vendeu a casa em Finchley e mudou-se para o apartamento térreo, em Blackheath, tendo Lottie como inquilina. Funcionou bem por algum tempo, mas até mesmo ela foi incapaz de manter Helen equilibrada ou protegê-la do desespero que a atormentava. Pelo menos, conseguira confortar Matt, matriculá-lo em sua primeira escola e tomar cuidado para que Imogen não fosse influenciada pela imaginação excessiva que importunava o sono do irmão.

À medida que foi crescendo, Matt deu um jeito de administrar seus demônios pessoais com uma bravura estoica que partiu o coração de Lottie. Uma de suas táticas foi escrever histórias curtas, normalmente sobre uma criança que estava perdida ou que fora abandonada e precisava se defender de um monstro, de um animal ou de um mágico malvado. Atrás dessa criança escondia-se um alter ego: uma criança fantasma que protegia o herói. Essas histórias eram estranhas e perturbadoras, e os professores de Matt ora ficavam impressionados, ora ansiosos; nenhum deles ficou surpreso quando o menino começou a colecionar prêmios por seus textos e, mais tarde, quando conseguiu uma bolsa de estudos em Oxford. Ele passara a primeira marcha e depois arrancara diretamente para uma editora e, um ou dois anos depois, começara a longa e demorada escrita de seu romance de ficção sobrenatural que lhe proporcionara tamanha fama. Também não foi nada surpreendente quando começou a sofrer de bloqueio criativo após o imenso sucesso, e Lottie sentia-se confusa pela tamanha ansiedade que tinha por ele depois de ter conquistado tanta coisa. Ainda assim, a experiência se recusava a deixá-la desprezar tal preocupação. Talvez, depois que o visse e conversasse com ele, ela tivesse uma ideia melhor da causa de tudo isso.

CAPÍTULO DOIS

Ao circular a rotatória de Chiswick, no sentido oeste na M4, Matt também se lembrava daquelas antigas histórias e de como sua carreira de escritor começara a partir de uma necessidade de aceitar a morte do pai, e do estranho e doloroso sentimento de incompletude. No entanto, aquela inquietação interior e uma solidão terrível ainda o perseguiam.

– É por isso que escrevemos – um colega escritor lhe dissera uma vez. – Escrevemos por causa do vazio que sentimos; é por sentirmos falta de alguma coisa essencial que precisamos inventar mundos alternativos.

Quando deixou a Slough and Reading para trás, feliz por ter se adiantado à hora do rush, Matt imaginou se isso seria verdade para todos os escritores; ele só se sentia realmente vivo quando colocava as palavras no papel, arrumando-as e rearrumando-as. Precisava da agitação da vida na cidade para que as ideias fluíssem; precisava observar as pessoas correndo, ou se sentando às mesas dos cafés, ou dos bares. Nunca se adaptara à vida no campo da mesma forma que

Imogen. Ah, adorava ir à Casa Alta, mas, mesmo quando criança, jamais se entregara à caça, à montaria ou à paixão por cachorros da mesma forma imediata de Im. Assim que deixara a escola, Im trabalhara com cavalos, e essa atividade lhe caíra tão bem que logo se apaixonou por um cirurgião veterinário e casou-se com ele.

Matt gostava de Jules. Ele era um homem honesto, simples e não havia dúvidas de que ele e Im eram a pessoa certa um para o outro; até mesmo o bebê era uma criança calma. Ainda assim, a visão da alegria doméstica de sua irmã não era nenhum motivo de inveja de sua parte. Ele tinha medo de compromisso, consciente de que seus próprios demônios poderiam tornar a vida intolerável para qualquer outra pessoa. Na mesma hora, pensou em Annabel. Ele lhe mandara uma mensagem de texto — uma atitude covarde — dizendo que se ausentaria por alguns dias; preferira não sentir a decepção na voz dela. Afinal, eles ainda não estavam naquele estágio de ele ser obrigado a incluí-la em seus planos; o relacionamento andava a passos lentos. Contudo, sabia muito bem que ela gostaria de que o relacionamento fosse muito mais do que era e que, a qualquer momento, eles estariam caminhando para algum tipo de desentendimento.

Esses poucos dias de ausência lhe dariam a oportunidade de refletir com mais cuidado, pensou — e logo bufou, desprezando sua desculpa esfarrapada. A questão era que, apesar de Annabel ser bonita e divertida — e também assistente editorial —, e bastante consciente da situação dele para ficar bajulando-o por causa de seu sucesso, ele não conseguia sentir nem um pouco do arrebatamento e do desejo que acreditava fazer parte do estado de apaixonado.

— Você é muito arredio — costumavam dizer os colegas. — Analítico demais. Pensa demais. Beba um pouco, deixe rolar que ela fará o resto.

Casa de Verão

Talvez os colegas estivessem certos, e ele tivesse expectativas demais; talvez devesse dar asas aos desejos de Annabel, e quem sabe o amor não viria em seguida? Mas, por outro lado, talvez isso não acontecesse... E aí?

Estacionou na Leigh Delamere, para ir ao Costa Café; o lugar estava cheio, mas ele encontrou uma mesa no canto e se preparou para ficar observando as pessoas. Um casal de meia-idade conversava num tom sério, os semblantes fechados. Uma jovem que checava as mensagens de texto olhou para ele, deu um sorrisinho e desviou o olhar. Além dela, um homem estava praticamente escondido atrás do jornal. Matt podia inventar uma história para cada um deles, mas, antes que ele começasse, a mulher de meia-idade estendeu os braços num gesto de desespero.

— Mas o que vamos *fazer*? — Ouviu-a perguntar e viu seu companheiro recostar-se na cadeira e morder o lábio.

Matt tomou um gole do café enquanto sua mente inventava situações variadas: talvez eles fossem amantes se encontrando clandestinamente, e ela, cansada de manter o relacionamento em segredo, esperava forçá-lo a tomar uma decisão. Olhou novamente para eles. Nenhum dos dois estava bem-vestido nem parecia ter feito qualquer esforço para melhorar a aparência: então, talvez não fossem amantes. Talvez tivessem um filho adulto passando por alguma dificuldade, um divórcio, digamos, e haveria netos com que se preocupar; ou talvez fosse o caso de terem um parente mais velho que precisasse de mais cuidados. Logo pensou na própria mãe e na tristeza que estragara toda a vida dela. Parecia difícil acreditar que ela estivesse morta; ainda assim, sua vida fora pautada em tanto desespero que ela poucas vezes parecera viva. Às vezes, se sentira culpado por ser capaz de rir e se divertir enquanto ela vivia mergulhada em tanta melancolia.

"Mas por que deveríamos nos sentir culpados?", perguntava Im. "Eu era jovem demais para me lembrar do papai, e você tinha só 4 anos quando ele morreu! Não é justo que passemos a vida toda sofrendo. Da forma como Lottie fala dele, sei que gostaria que nós aproveitássemos cada minuto de nossas vidas. Se mamãe parasse de beber para anestesiar a dor, ela seria capaz disso também."

Matt sabia que Im tinha razão, mas não conseguia ser duro quando estava com a mãe. Sua própria solidão lhe dava ideia do sofrimento dela, e ele muitas vezes se sentara ao seu lado, em seus longos períodos de silêncio, principalmente depois que ela ficara doente.

– Por quê? – perguntara a Lottie, quando era criança. – Por que mamãe não fala mais? Quer dizer, falar de verdade?

Ela balançara a cabeça, e ele soube que ela estava confusa também; que o sofrimento podia tomar a forma de um silêncio forçado, como se a mãe tivesse medo de falar coisas das quais pudesse se arrepender. No final, ele se sentira feliz por ir embora, por deixar a mãe e Lottie, apesar de se sentir culpado quanto a isso também. Como invejava a tranquilidade de Im.

– Lottie não precisa ficar – dizia Im. – Ela tem escolha. Diz que é muito feliz com as coisas do jeito que estão e pode sempre recorrer a Milo. Pare de se *preocupar*, Matt.

O casal de meia-idade estava se levantando para ir embora. Matt terminou o café e voltou para o carro. A garoa havia parado. No oeste, o céu ainda brilhava com a luz dourada, mas logo escureceria. Durante o resto da viagem, ele manteve o rádio ligado para distrair seus pensamentos e manter a mente ocupada.

Eram quase 20h quando finalmente saiu da A39 para a Allerford e dirigiu ao longo da pista estreita até Bossington. Quando cruzou a pequena Aller Brook e sacolejou por cima do mata-burros no início

Casa de Verão

da estradinha, viu as luzes brilhando nas janelas da Casa Alta, na colina logo acima.

— Era Lottie telefonando para dizer que Matt chegou — anunciou Imogen, surgindo no vão da porta da sala de estar. — Fiquei feliz por ter telefonado para ele. Para ser sincera, não achei que ele pegaria o carro e viria para cá. Ele anda preocupado demais. Fará bem para ele mudar um pouco de ares. Lottie disse que ele parece muito bem. Venetia vai ficar para o jantar. Ah, pena que não estamos lá também, não acha?

— Não — respondeu Julian. Terminou de empilhar a lenha na lareira espaçosa, seguiu-a pelo corredor estreito até a cozinha e lavou as mãos na pia. — Estou cansado, com fome e com vontade de assistir a *Vida em Marte*. Não que eu não goste de todos eles, mas hoje prefiro não os ver. Graças a Deus não tenho plantão hoje à noite e posso beber alguma coisa. Você me acompanha, Im?

Levantou a garrafa de vinho, e Imogen concordou. Entregou a ela uma taça e serviu outra para si.

— Nada de novo no que diz respeito à casa?

— Nada que a gente possa pagar. — Im colocou o talharim no prato e sobre a grande bancada de pinho que separava a cozinha projetada do restante da grande sala iluminada. — Não sei se é o caso de entrarmos em pânico. Eu ficaria feliz se pudéssemos ficar aqui, mas Piers está dizendo que tem reservas para a Páscoa. Para ser sincera, achei que receberia um pouco mais de dinheiro das propriedades da mamãe. Eu não fazia ideia de como aquela clínica geriátrica era cara. Foi um choque, para falar a verdade.

— Não tem importância. — Ele levou os os pratos para a mesa. — Tem o chalé em Exford, que pode servir, se ficarmos apertados. Sei que não é exatamente a casa dos nossos sonhos, mas Exmoor é o lugar onde queríamos ficar, não é? Isso é o que importa. Às vezes é preciso abrir mão de algumas coisas. E sempre teremos o celeiro em Goat Hill. Que é muito perto de Simonsbath; nem dez minutos de carro até o trabalho, e temos o comércio em Challacombe também, assim como em Exford. Billy Webster disse que pode alugá-lo, assim que a casa do filho ficar pronta, o que, pelo que parece, pode acontecer a qualquer minuto. O pobre Billy está cansado de aluguéis por temporada e adoraria um contrato de longo prazo.

– Eu sei. – Sentou-se de frente para ele. – Preciso ir lá dar uma olhada, se o filho dele não se importar. Mas prefiro comprar, se pudermos.

– O preço das casas está caindo. – Julian serviu-se de talharim. – Talvez seja mais sensato esperar um pouco, mas quero ficar o mais perto possível do trabalho. Ficar de plantão quatro noites por semana já é bem ruim morando aqui, e eu não gostaria de ficar ainda mais longe.

Imogen empurrou os cabelos louros para trás das orelhas e apoiou o queixo nas mãos.

– Seria bom ficar mais perto de Simonsbath. – Sorriu para o marido. – Temos muita sorte. E foi muita gentileza de Milo deixar a gente guardar nossas coisas na Casa Alta. Alivia a pressão, não é?

Julian foi tomado por uma grande onda de amor pela esposa: sua energia e seu calor o faziam sentir que tudo seria possível desde que estivesse com ela. Imogen o observava e sorria.

– E quanto aos filhotinhos?

Ele começou a sorrir.

– Está mesmo falando sério? Veja bem, estamos morando de aluguel em um apartamento mobiliado, com um bebê de 9 meses, e não fazemos ideia de onde estaremos dentro de algumas semanas...

– Sempre há boas razões para não fazermos as coisas. Falei com Piers sobre isso, e ele disse...

Casa de Verão

— Falou com Piers? — interrompeu-a. — Francamente, Im...

— Bem, tinha que falar, não tinha? É o chalé dele. Não sou uma completa irresponsável, Jules. Ele me disse que morou aqui quando era menino, antes de eles se mudarem para Michaelgarth, e depois de novo, quando se casou pela primeira vez. Disse que sempre houve cachorros por aqui e que mais um cachorrinho não faria diferença. Simplesmente adoro Piers, ele é um anjo.

Julian revirou os olhos e suspirou.

— Então é isso.

— Acho que sim. Você vai perguntar ao fazendeiro se eu posso ver os filhotes?

— Acho que vou.

— Você disse que gostava deles. Disse que eram mesmo bonitinhos e fofinhos.

— Sei que eu disse isso. Sou um tolo. Lembre-se, nós não fazemos ideia de quem é o pai.

— Tudo bem. Um cruzamento entre collies é o ideal. São inteligentes, não têm estômago frágil e não se reproduzem demais. Mal posso esperar para vê-los. Rosie e eu podemos ir amanhã. Talvez Matt queira ir junto.

— Está bem. Vou telefonar para eles amanhã de manhã do centro cirúrgico e aviso a você.

O rosto de Imogen iluminou-se.

— Quer um pouco de doce de maçã? — Levantou-se e recolheu os pratos. — Ah, eu já lhe disse? Eu amo você, também.

Ele riu.

— Amor de filhote — respondeu ele, e ela também riu.

— Só um pouquinho. Bem pouquinho.

Jules a segurou quando ela passou pela cadeira dele.

— Vai ficar tudo bem, não vai?

Imogen baixou os olhos, confusa.

– Como assim? Com os cachorrinhos?

– Não. Bem, sim. Na verdade, tudo. Ter um bebê e um cachorrinho e não ter lugar para morar. Afinal de contas, a Páscoa é daqui a algumas semanas.

Imogen largou os pratos e o abraçou, balançando-o como se ele fosse Rosie.

– Se chegarmos a esse ponto, poderemos ir para Casa Alta, é por isso que não estou entrando em pânico. Milo e Lottie não fazem objeção. Há espaço suficiente lá. Sim, eu sei que você não quer que isso aconteça, nem eu. Eu os adoro, mas também sei que morar com eles pode ser complicado. Mas isso também quer dizer que não ficaremos na rua. Se for apenas por algumas semanas, acho que conseguiríamos administrar, não? E também tem o celeiro. Alguma coisa aparecerá. Não se preocupe. Ficaremos bem.

Julian respirou fundo. Como médico assistente do proprietário de uma pequena clínica veterinária em expansão, tinha um trabalho bom e de suma importância para ele. E precisava de condições para se concentrar: as exigências, tanto dos donos dos animais domésticos quanto dos fazendeiros, eram muito sérias, e a pressão era grande – assim como era alto o índice de suicídio entre os veterinários. Um colega seu, com o qual havia estagiado, cometera suicídio poucos meses atrás, com uma dose de Euthatal. No entanto, nos braços de Im, toda a sua confiança e a sua coragem eram restabelecidas.

Beijou-a.

– Eu sei – disse, despreocupado. – Que horas são? Não quero perder *Vida em Marte*, mas gostaria de um doce de maçã também. Temos creme?

Ela tinha razão: alguma coisa apareceria.

* * *

Casa de Verão

Imogen encheu a lava-louças e preparou café. Na sala de estar, Julian acendera a lareira e estava com o controle remoto na mão, passando pelos canais.

— Você não vem assistir comigo? – perguntou, quando ela colocou a xícara de café na mesinha, no canto do sofá grande e confortável.

— Vou dar uma olhada em Rosie.

Subiu correndo as escadas e parou à porta do quarto menor. Sob a luz acesa no corredor, viu que Rosie dormia em paz, bem tranquila. Ficou ali parada, tomada por uma mistura familiar de amor e terror que a visão da filha evocava. Sabia que a frágil vulnerabilidade daquela pessoinha podia ser disfarçada por uma determinação de ferro para conseguir as coisas que queria e deixar os pais frustrados e exaustos, contudo, normalmente, Rosie era um bebê tranquilo. Esperava que aquela criança não herdasse a inquietação que movia seu tio Matt e lhe causava pesadelos, nem a tendência de Jules a se preocupar, mas que herdasse, junto com seus cabelos louros e olhos azuis, sua própria disposição para a alegria.

Desde seu casamento e o nascimento da filha, desejara que Matt conhecesse tamanha riqueza: a alegria de estar com uma pessoa em quem pudesse confiar, de dividir a vida com alguém especial. Dissera essas mesmas palavras a Lottie.

— Mas Matt quer mesmo essas coisas? – perguntara Lottie. – A ideia dele de realização talvez não seja igual à sua.

Tivera que refletir sobre o assunto.

— Mas nem mesmo todo o seu sucesso maravilhoso lhe comprou a verdadeira paz de espírito, comprou? – argumentara. – Então, *o que* ele quer?

Lottie balançara a cabeça.

– Você sabe como ele é complicado; esses pesadelos que tem. Está procurando alguma coisa, não sei bem o quê. Mas tenho a impressão de que logo saberemos...

E então seu olhar se arregalara, vagara; os olhos focados em algo visível apenas para ela. Foi como se tivesse entrado em outra dimensão, em um mundo diferente: um hábito familiar seu, mas um mundo que, mesmo após todos aqueles anos, fez com que Imogen se sentisse perturbada.

– O que é? – perguntara, beirando o temor.

Mas Lottie sorrira de forma reconfortante e se recusara a responder.

Agora, Imogen deixava a filha adormecida e descia as escadas. Julian estava confortavelmente esparramado no sofá, e ela se sentou ao seu lado, sobre as pernas, recostando o rosto em seu ombro. Sua solidez e calor a confortaram e renovaram seu poder natural de recuperação.

– Tudo bem? – perguntou ele, sem tirar os olhos da tela.

– Sem dúvida, tudo bem – respondeu ela.

CAPÍTULO TRÊS

Matt dormiu até tarde na manhã seguinte. Lottie fez pudim e sentou-se à mesa para acabar as palavras cruzadas do *Telegraph* do dia anterior, mas achou difícil se concentrar. No momento, precisava ir de carro a Porlock, fazer compras; começou a preparar uma lista no bloco de anotações que ficava guardado na estante ao lado da mesa, junto com um pote de cerâmica cheio de canetas e lápis, que Imogen fizera na escola, quando tinha 8 anos. "Chá", escrevera. "Ração para cachorro. Farmácia." Milo entrou na sala. Ergueu as sobrancelhas, acenou sorridente com a cabeça, o que era o máximo de sua capacidade de ser social antes de beber duas xícaras de café, e retribuiu o cumprimento de Pud, inclinando-se para acariciá-lo de um jeito um tanto mecânico. Pud retornou à sua posição aos pés de Lottie, Milo passou pelo arco, rumo à cozinha, colocou a chaleira no queimador do fogão e olhou na direção de Lottie.

– Aceito, por favor – respondeu ela, automaticamente, e continuou a preparar a lista de compras. – Legumes, desinfetante. Carne.

Milo gostaria de lhe dar suas instruções com relação à carne.

Aproximou-se para espiar por cima de seu ombro.

– Queijo – murmurou, e ela o acrescentou à lista.

– Jantar muito bom o de ontem à noite – comentou ela.

Milo empinou o queixo e apertou os lábios, como se aceitando os cumprimentos, e Lottie começou a rir.

– Embora, francamente – acrescentou ela –, pobre Venetia. Estava esperando ser convidada para passar a noite aqui. Matt achou falta de gentileza de sua parte mandá-la sozinha para casa no escuro.

Milo estava de costas, fazendo o café, mas encolheu o ombro na defensiva, o que fez Lottie rir ainda mais alto. Venetia havia aproveitado a noite. Adorava Matt e, depois do jantar, levantara relutante, esperando claramente um convite para ficar.

– Que horas são? – perguntara, franzindo os olhos para o pequeno relógio de pulso. – Foi uma noite maravilhosa. Meu Deus, já é tarde assim?

– Não tão tarde – respondera Milo, na defensiva, pegando o casaco dela e ajudando-a a colocar os braços relutantes nas mangas. – Chegará em casa antes do que imagina.

Ele a acompanhara ao carro. Matt observara a cena, sentindo-se penalizado por Venetia.

– Ela vai conseguir dirigir bem na estrada? – perguntara a Lottie, um tanto timidamente. – Bebeu um bocado, não?

– Nem tanto, e nós temos que ser um pouco duros – defendera Milo. – Venetia tem vindo aqui com bastante frequência desde que Bunny faleceu.

Matt franzira a testa.

– É mesmo esquisito, uma vez que eles foram... bem, tão próximos. – Lottie percebera com humor que ele havia hesitado diante da palavra "amantes". – Afinal, Milo tem sido muito gentil com todos nós. Ele

Casa de Verão

é um cavalheiro e tanto. – Fez uma pequena pausa. – Não é? – acrescentara, na dúvida.

– Cavalheiros não se tornam brigadeiros – respondera ela, com leveza.

Milo retornou e colocou o café ao lado do bloco de notas, na cabeceira da mesa. Seguiu-se um momento de silêncio. Serviu-se de uma segunda xícara.

– O rapaz parece bem – comentou.

Lottie, que voltara às palavras cruzadas, largou o lápis. Tivera a estranha impressão de que, quando Matt chegara na noite anterior, não chegara sozinho. Tão forte fora a impressão que, quando se abraçaram, ela olhou à volta, por cima dos ombros dele, a ponto de ele olhar para trás e perguntar "O que foi?" e ela ser obrigada a disfarçar sua confusão, dando uma desculpa esfarrapada sobre Pud estar correndo no jardim. Foi como se o espírito do alter ego que Matt dera ao protagonista de seu livro tivesse se tornado real.

– Parece bem, sim – respondeu. – Achei que talvez estivesse pálido e ansioso, mas me pareceu bem. Vou perguntar a ele se quer ir a Porlock comigo. Poderíamos ver Imogen e Rosie.

– Traga-as para almoçar conosco – sugeriu Milo. – Eles já encontraram lugar para morar?

Lottie negou.

– Eles gostariam de ficar perto de Simonsbath, mas até mesmo os chalés bem pequenos são muito caros na região do Parque Nacional. Im tem esperança de conseguir uma casa com jardim por causa de Rosie, mas não tem muita coisa por ali no momento. Eles gastariam melhor o dinheiro deles na cidade, é claro, Minehead ou Barnstaple, mas ela continua esperando um milagre.

– Fiquei pensando na Casa de Verão. Eu contei que o casal Moreton vai viajar no Dia da Anunciação? Vão voltar para o campo, para ficar mais perto dos filhos e dos netos.

Lottie pareceu surpresa.

— Acha que eles poderiam alugá-la por um tempo? Bem, acho que sim. Im ficaria exultante; ela sempre adorou a Casa de Verão, é uma casinha linda, mas acho que eles estão querendo comprar.

— Eu sei que estão. Mas por que não poderiam comprar a Casa de Verão?

— Você está maluco? Primeiro, porque eles não têm condições de pagar e, segundo, mesmo se tivessem, Sara ficaria furiosa. Ela já ficou irritada quando você disse que eu poderia ficar ali, caso você morresse antes de mim.

— Esta proposição ainda está valendo. Nick não vê problemas.

— Eu sei. — Lottie sorriu. — Não vamos falar sobre esse assunto.

— Sei que você não fica muito feliz com a ideia. É por isso que estou pensando em Im e Jules comprarem a Casa de Verão. Se alguma coisa acontecer comigo, você poderia morar com eles.

— Meu querido Milo, isso seria um inferno para todos nós. Além do mais, eu não quero morar com Im e Jules na Casa de Verão. E ainda acho que seria muito caro para Im pagar o preço que a casa vale, e você não pode, simplesmente, dá-la a eles. Veja, Matt deve estar chegando a qualquer momento. Vamos falar sobre isso numa outra hora. Mas não faça nenhuma tolice. Você já fez o suficiente por todos nós. Esqueça isso agora e me diga o que mais preciso colocar nessa lista de compras.

Lá em cima, em seu quarto no sótão, Matt ajoelhou-se na claraboia baixa. Do outro lado do vale, os paredões de Dunkery Hill estavam banhados de sol e retalhados de cores invernais: samambaias vermelho-ferrugem e pedras claras; grama de um marrom desbotado e flashes brancos de água fria. Mais para o oeste, nuvens baixas desciam pelo rio Severn, densas como uma cortina cinzenta esticada até o outro lado do canal. Carneiros, belos carneiros de Exmoor, espalhavam-se de um lado a outro da estradinha e pastavam sob os galhos das grandes faias. Desfolhadas como estavam agora, era quase impossível para ele identificar o dragão na faia mais próxima de sua janela. Quando pequeno, fora o primeiro a perceber: o galho que se estendia como um pescoço flexível e folhudo, a cabeça formada por um ramo retangular e cheio de folhas, enquanto dois galhos, num ângulo perfeito com a cabeça, formavam as orelhas, e o intervalo pequeno pelo qual ele podia ver o escuro do tronco da árvore parecia um olho maldoso e arredondado. As mandíbulas fechavam e abriam quando o vento soprava, e um galho comprido, cintilante de folhas, dava a impressão exata de uma língua de fogo.

Usara essa imagem em suas histórias infantis e, mais tarde, em seu livro. O dragão da faia se tornara um amigo tão familiar em sua infância que ele fora incapaz de fazer dele o inimigo de seu herói infantil; em vez disso, o transformara no próprio herói do menino, que era chamado pelo espírito do alter ego, a quem ele dera o nome de "David".

– Por que David? – perguntara a mãe, demonstrando raiva.

Ele ficara surpreso com sua reação até se lembrar que o segundo nome do pai era David e que, a despeito do que fosse, a maioria das reações da mãe eram irracionais e exageradas.

– Por que não? – rebatera calmamente. – Simplesmente achei que era esse o nome.

Ela balançara a cabeça, o rosto se contorcendo com aquele tique nervoso que tanto lhe partia o coração.

– Você disse que ele era um espírito – murmurara ela. – Que nome tolo para um espírito.

Seguiam-se várias observações como estas, sempre críticas e negativas, e ele gostaria que ela tivesse sentido orgulho genuíno dele. Seu relacionamento infeliz com a mãe havia lhe ensinado a ser cauteloso com as garotas pelas quais se sentia atraído; uma parte dele, que esperava instintivamente a mesma reação da parte delas, o tornara um homem cauteloso demais. Retirou-se da janela, vestiu um suéter e desviou os pensamentos para o dia que teria pela frente. Talvez Imogen já estivesse a caminho. Ligou o celular para ver se havia alguma mensagem dela.

Não havia, mas havia uma de Annabel.

"Ótima ideia. Vou adorar nós 2 em Exmoor. Posso descer no fds."

— Droga! — resmungou e colocou o telefone no bolso. Desceu as escadas estreitas e íngremes. Adorava aquela casa velha, com algumas partes que tinham mais de duzentos anos e que era uma sequência genuína de quartos pequenos e aconchegantes. Passou pela sala na qual as cinzas da noite anterior ainda estavam incandescentes na lareira e outra escada, mais larga e menos íngreme, subia e virava até sair de vista. A copa estava vazia, mas ele ouviu Milo do outro lado do arco, na cozinha.

— Não confio nem um pouco em você. Acho que já tomou o seu café da manhã e não vai tomar de novo! Está achando que eu nasci ontem, está?

— Bom-dia — cumprimentou-o Matt.

Seguiu-se um breve silêncio, e Milo apareceu, Pud em seu encalço.

— Desculpe, companheiro. Não estava falando com você.

Matt riu e abaixou-se para acariciar Pud, puxando gentilmente suas orelhas compridas e tricolores.

— Percebi que não. Posso preparar meu café?

Casa de Verão

— Claro que sim. Lottie estava pensando se você gostaria de ir a Porlock com ela. Precisa fazer algumas compras e depois talvez vá ver Imogen. Acabou de ligar para ela.

— Por mim, tudo bem.

Matt ficou na dúvida se tocava no assunto de Annabel, mas decidiu falar primeiro com Lottie. Não havia pressa, pensou; com certeza, poderia aproveitar seu primeiro dia de folga sem qualquer aborrecimento.

CAPÍTULO QUATRO

Poucos dias depois, Sara telefonou antes do almoço.

– Olá, Charlote. Como está a vida aí, no País das Maravilhas?

Lottie suspirou. Sabia que Sara precisava ver o gesto de Milo de dar a ela, Lottie, moradia permanente como uma atitude puramente filantrópica e beirando o ridículo: algo para se zombar e fazer pouco, como se os dois fossem crianças tolas vivendo no mundo da fantasia. Por trás de sua brincadeira desdenhosa, no entanto, havia uma ansiedade real de que Nick pudesse sofrer alguma desvantagem material.

– A vida está muito boa, obrigada, Sara. E você, como está?

– Tenho algumas notícias chatas. Nick tem entrado em contato com vocês?

– Não recentemente. O que houve?

– Parece que aconteceu alguma coisa entre ele e Alice.

Lottie respirou fundo.

– Ai, não. Sinto muito. Eu não fazia ideia, eles pareciam tão... – hesitou. Estava para dizer "felizes juntos", o que não era exatamente verdade; pelo menos, não no sentido que Im e Jules eram. Nick

Casa de Verão

e Alice se toleravam mutuamente de uma forma bem-humorada. – Eles parecem se dar tão bem – concluiu.

– Eu também achava que sim. – Sara soou irritada. – É claro que Alice não está falando comigo, e Nick está prevaricando, portanto não sei muito bem o que está acontecendo de verdade. Achei melhor lhe avisar, caso um dos dois entre em contato.

– Você gostaria de falar com Milo?

– Não com ele em especial.

– Sinto muito, Sara. E quanto às crianças?

– O que têm elas? Nick disse apenas que Alice as levou para a casa dos pais em Hampshire, para as duas semanas de férias, e que ele não foi convidado. Ele virá almoçar aqui.

– Bem, dê a ele o meu abraço. Matt passará uns dias aqui...

– Hã? – A voz de Sara saiu esganiçada.

Lottie resistiu à necessidade de ter que explicar a presença de Matt e de se desculpar por ela. Até naquele momento, Sara se agarrava a todos os direitos de esposa quando o assunto era a Casa Alta, e protegia o futuro de Nick com unhas e dentes.

"Ela não tem nenhum direito", Milo dizia entre os dentes, quando a pressão se tornava insuportável. "Posso fazer o que quiser com a minha propriedade. Ela já devia saber agora que eu zelo por Nick."

– Isso – Lottie respondeu calmamente. – Estou feliz por vê-lo.

– E como anda o novo livro? Já faz um tempinho, não é? Desde o grande sucesso?

Lottie mordeu o lábio e engoliu a raiva.

– Essas coisas *levam* tempo. Ele está em ótima forma, e será bom para ele ver Im.

– Eles já encontraram lugar para morar?

– Não, ainda não.

– Bem, espero que Milo não tenha outro ataque patético de transformar a Casa Alta num orfanato. Uma vez já é suficiente.

Lottie desligou o telefone. O resultado de fazer algo tão correto, tão rude, ainda lhe causava choque. Fora Milo que lhe dissera que agisse assim, depois de tantas ligações que tinham como propósito brigas, protestos e irritação.

— É a única maneira de lidar com Sara — dissera. — Ela sempre terá a última palavra e deixará você se sentindo totalmente infeliz. Experimente só!

Ele tinha razão; funcionava muito bem, e Sara nunca tocava no assunto, mas ainda deixava Lottie em conflito.

Matt entrou. Ficou parado um segundo, as sobrancelhas erguidas, e Lottie lhe lançou um sorriso tristonho.

— Sara — disse ela. — Na verdade, más notícias. Disse que Nick e Alice estão com problemas conjugais.

— Sinto muito. Ela disse por quê?

— Não, na verdade não disse. Foi só para nos avisar, caso Nick telefonasse. Você o tem visto ultimamente?

— Não muito. De vez em quando, eles gostam de ir a alguns eventos literários e adoram as pré-estreias de filmes, claro, e às vezes também me convidam para jantar. Estão sempre ocupados demais, os dois trabalhando muito, e as crianças com vida social maravilhosa, uma vez que quase não saem da escola.

— Talvez seja só pressão por causa do trabalho, e tudo irá se resolver. São os tais cinco minutos de estresse entre um casal, como a mãe de Milo costumava dizer. O que tem aí?

Ele segurava um grande envelope pardo, dobrado ao meio, e agora dava um passo para a frente e colocava uma fotografia sobre a mesa entre eles.

— Antes de tudo, achei que você gostaria de dar uma olhada nisso aqui. — Empurrou a fotografia para Lottie, que a pegou. Seu rosto sorridente ria para ela agora. Tom também ria ao seu lado. Tinha

Casa de Verão

o braço colocado relaxadamente sobre os seus ombros, e ambos semicerravam os olhos por causa do sol.

— Ah! — exclamou. — Ah... — E então controlou-se. Matt a observava, parcialmente sorrindo, como se entendesse o que se passava. Mas como poderia? — Lembro disso — disse ela, após fazer grande esforço. — Tínhamos feito uma proposta a ele pelo livro, e eu o levara para almoçar e para discutir a proposta. Foi muito empolgante. Éramos uma editora muito pequena, mais de publicações acadêmicas, alguns poucos poetas. Tom era um jornalista muito famoso, e eu estava muito empolgada para encontrá-lo e publicar *Leopoldville*. Ele me convenceu a acompanhá-lo e conhecer Helen. Isso foi logo depois que todos vocês haviam chegado do Afeganistão, na década de 1970, e ela estava muito deprimida. Depressão pós-parto, após o nascimento de Imogen. Ele tinha esperança de que a publicação do livro a animasse.

— E animou?

Lottie hesitou.

— Não, na verdade. Não a longo prazo. Embora nós tenhamos tido uma noite adorável juntos. Foi Helen quem tirou a foto.

— Imaginei se não gostaria de ficar com ela. A não ser que já tenha uma cópia.

— Não. — Ainda segurava a foto, analisando-a. Podia se lembrar do calor do sol em sua cabeça, do aroma dos lilases no jardim e da pressão gentil do braço de Tom sobre os seus ombros. Alguém numa casa ali perto tocava piano: a sonata de Chopin em si menor, as notas fluindo pela janela aberta. Sempre, desde aquela tarde, essa sonata a fazia lembrar-se de Tom.

Com a lembrança, o coração de Lottie contraiu-se de dor.

— Eu gostaria muito. Obrigada, Matt.

— Estava na caixa marchetada de mamãe. E tem mais essas também. — Ele tirou o conteúdo do envelope, e as fotos deslizaram em forma de leque para a mesa. Lottie debruçou-se sobre elas. – Vê alguma coisa estranha?

Lottie examinou as fotos aleatoriamente e arriscou um palpite.

– Todas suas? Nenhuma de Im?

– É estranho, não é? – Pegou uma. – Mas é mais do que isso. – Franziu a testa. – Sei que parece estranho, mas quase nada posso falar delas, se é que entende o que estou dizendo.

Levantou outra foto.

– Como assim?

Balançou a cabeça como se desprezando ideias bizarras.

– Bem, por exemplo, não me lembro dessa camisa. Que idade eu tinha aqui? Seis, 7 anos? Simplesmente não consigo me lembrar de ter tido um suéter listrado com essas cores vivas. E olha só o fundo dessa foto? De quem era esse carro?

Lottie examinou-a atentamente.

– Não sei. O que você está querendo dizer?

– Não sei direito. É só esse sentimento de falta de orientação que tenho quando olho para elas.

– Você já as mostrou para Imogen?

– Não, não quero que veja que não há nenhuma foto dela.

– Mas nós temos álbuns cheios de fotos de vocês dois. Ela sabe como Helen estava esquisita no final. Acho que você está sendo superprotetor.

– Talvez. – Reuniu e guardou as fotos.

Lottie o observou, mais uma vez consciente da estranha sensação que tivera assim que ele chegara: a de uma sombra em seus ombros.

– O que houve? – perguntou, bruscamente.

– Nada. – Desviou o olhar. – Eu estava pensando num monte de coisas diferentes. Em para onde Im e Jules irão na Páscoa. E em Nick.

Ele pareceu aliviado.

– Sim, claro. É para preocupar mesmo, não é?

Casa de Verão

— O que é para preocupar? — Milo entrou atrás dele.

Matt sinalizou para Lottie e saiu de fininho.

— Sara acabou de telefonar — contou-lhe. — Disse que Nick e Alice estão tendo problemas. Deu a entender que era bem sério.

Os ombros largos de Milo despencaram, e sua expressão triste encheu-a de compaixão. Imaginou se seria mais difícil para pessoas divorciadas falar dos problemas conjugais dos outros. O que Sara e Milo estariam sentindo agora? Que lembranças estariam vindo à tona?

— Talvez seja apenas uma fase ruim — comentou ela, timidamente. — Isso acontece em todos os casamentos.

— Há outras pessoas envolvidas?

— Sara não disse. Ela não sabe. Alice foi para a casa da mãe com as crianças, para passar as férias de meio do ano, e não chamou Nick. Sara o está esperando para almoçar. Espero que ele lhe conte mais detalhes quando a vir.

— O que mais ela falou?

Lottie decidiu distraí-lo de sua ansiedade para com Nick.

— Disse que esperava que você não exercitasse de novo o seu talento para a filantropia, oferecendo a casa para Im e Jules morarem.

Ele riu sem vontade.

— Ah, pelo amor de Deus! Essa mulher é obsessiva. Ou é vidente.

— Eu sei. Depois que conversamos sobre a Casa de Verão, também pensei a mesma coisa. E desliguei na cara dela.

— Sorte sua. Podemos beber alguma coisa? O almoço está quase pronto. Para onde foi Matt?

— Deve ter achado que estava sendo diplomático. Acabei de lhe contar sobre Nick.

— Chame-o. — Milo entrou na cozinha. — Tentaremos não nos preocupar até ficarmos sabendo de toda a história.

CAPÍTULO CINCO

Após o almoço, Milo acomodou-se no jardim de inverno, na cadeira de vime que, ultimamente, ele achava mais confortável que as poltronas ou sofás estofados. Adorava aquela sala ensolarada, com os gerânios enfileirados no peitoril das janelas e as almofadas ainda encapadas com o chitão surrado que a mãe escolhera. Havia uma mesa redonda, baixa, de carvalho – cujas duas prateleiras estavam normalmente tomadas de livros –, que podia ser puxada para perto de sua cadeira e, no banco encostado à parede, os trabalhos de tricô de Lottie eram guardados em grandes cestas de vime. Ela costumava tricotar duas ou três peças ao mesmo tempo, por isso, havia sempre uma boa variedade de texturas e cores.

O sol da tarde aqueceu-o e ele cerrou os olhos, respirando fundo, relaxando. Surpreendeu-se do quanto estava tenso; afinal, não era do tipo introspectivo. Não era daqueles que viviam no futuro e que se deprimiam com o que poderia vir pela frente – um total desperdício de energia, em sua opinião –, mas, naquele exato momento, sentia-se desamparado. Desde a droga da operação no pulmão ficara mais vulneravel. O problema, pensou, era que se preocupava com todos eles; com todos aqueles que lhe eram caros.

Os queridos Im e Jules, por exemplo, sem saber para onde se mudariam na Páscoa. Pensara que a Casa de Verão poderia ser a resposta ao problema deles, mas sabia que Lottie tinha razão sobre a reação de Sara de querer manter tudo para Nick. Apesar de que, para ser franco, não podia imaginar qualquer um deles querendo morar em Casa Alta. Não que fosse da conta de Sara por quanto ele venderia a Casa de Verão – e, de qualquer forma, o dinheiro seria incorporado ao seu patrimônio, e Nick acabaria herdando tudo mesmo para, depois, sem dúvida, vender. E, então, o que seria de Lottie?

Milo remexeu-se, inquieto: o que Lottie *faria* se alguma coisa acontecesse a ele? Sabia que ela não ficaria ali sozinha, mas para onde ela iria?

– Tenho agido como uma das virgens néscias – dissera-lhe ela certa vez. – Não guardei nem um pouco de óleo em minha candeia para o futuro frio e sombrio.

Falara isso em tom de brincadeira, sem pedir compaixão, mas ele sabia muito bem que ela estava ajudando Helen e as crianças no apartamento em Blackheath. Tom deixara o suficiente para eles comprarem o apartamento, mas muito pouco além disso, e Lottie havia contribuído com muito mais do que simplesmente o aluguel.

– Eu os amo, você sabe disso – dissera a Milo quando ele resmungara que ela deveria pensar em si. – Helen simplesmente não consegue trabalhar, é insegura demais, e não posso abandoná-la, nem as crianças.

Milo resmungara outra coisa sobre ela sempre poder morar com ele, e ela se levantara repentinamente da cadeira para abraçá-lo. Doce Lottie; doce e divertida Lottie. Que garotinha esquisita fora ela com seus cabelos escuros e olhos cinza, delineados por cílios negros feito piche. Seus cabelos se tornaram grisalhos quando completara 30 anos, mas ela nunca se dera ao trabalho de pintá-los, e ele gostava disso; ela parecia tão interessante, tão *diferente*, que, de alguma forma, ficava bem assim. É claro que Helen lhe deixara alguma recompensa em seu testamento, mas todas as despesas com médicos e, por fim, com a clínica haviam custado tanto que não sobrara muito para nenhum deles.

Na verdade, de forma bem egoísta, ele ficara feliz. E ficara surpreso até o fundo de sua alma quando Lottie concordara em fazer de Casa Alta a sua casa, assim que se aposentara antecipadamente no ano anterior. Poderia muito bem ter ficado em Londres com todos os amigos, mas tinha amigos ali também, dissera, e preferia Casa Alta a qualquer outro lugar, embora os dois soubessem que o verdadeiro motivo de ela querer ficar ali fora a necessidade dele de se submeter à cirurgia e sua vontade de cuidar dele. É claro que Sara pulara; vira as complicações que poderiam facilmente surgir e lhe dissera exatamente o que pensava:

— Você nunca pensou em mais ninguém a não ser em você mesmo – dissera. – Para onde Lottie irá quando você morrer? Lembre-se do quanto é mais velho do que ela. Seria melhor se ela desse um jeito na vida dela agora. Você sempre a mimou e protegeu. Já passou da hora de ela viver no mundo real.

Ele rira alto ao ouvi-la. Para Sara, que fora a vida inteira sustentada pelos outros, criticar Lottie, que trabalhava em horário integral enquanto tentava manter Helen sã e as crianças felizes, era algo totalmente estapafúrdio, e ele lhe dissera isso.

— Vou me certificar de que ela possa ficar aqui pelo tempo que quiser – respondera.

E Sara gritara, de forma que ele simplesmente desligara o telefone. Ainda assim, ele a amara um dia.

Casa de Verão

Milo foi tomado por uma tristeza inesperada e dolorosa. Sara fora tão linda, tão divertida... e tão apaixonada por ele! Ou assim parecera. Fora ingênuo, claro: jovem demais aos 22 ou 23 anos para saber muita coisa sobre o amor. Não demorara muito a perceber que o comportamento afetuoso de Sara em público era bem diferente do comportamento crítico que tinha quando estavam sozinhos. Ele lhe chamara atenção para isso uma vez, e ela rebatera com veemência. Mas aí eles já estavam casados, e Milo começou a compreender que ele havia sido o passaporte para fora de uma vida chata e solitária, ao lado de um pai velho e distante, e de uma irmãzinha cansativa.

Pobre daquele amor, pensou agora. Pobre Sara.

Ela se divorciara dele para casar-se com um rico corretor de valores que a traíra com uma sequência de amantes e, finalmente, a abandonara, deixando-a com uma casinha em Sussex, uma pensão razoável e uma dose muito grande de humilhação para enfrentar em meio aos amigos. Pobre Sara. Depois, tentara se aproximar; tentara persuadi-lo a voltar para ela.

Milo negou com a cabeça: nada feito. Na época, estava apaixonado por Venetia, e ela por ele. De início, lutaram contra esse sentimento; tentaram fingir que nada estava acontecendo. Afinal, nenhum dos dois queria magoar Bunny; ele era um bom marido, embora enfadonho, e um oficial muito leal. Então, Bunny fora gravemente ferido na Irlanda do Norte, confinado a uma cadeira de rodas, e Venetia decidira que era sua obrigação se dedicar a ele.

É claro que o velho Bunny ficara sabendo a verdade sobre o caso deles. Dera até a entender − muito vagamente − que estava feliz por isso, que Venetia precisava de uma vida sexual normal e que ele preferia que fosse com alguém que ele conhecesse e em quem confiasse. E eles sempre foram muito discretos. Milo se sentira culpado quando Lottie lhe contara que Matt ficara ligeiramente chocado com sua agressividade para com Venetia; mas de nada adiantava ser sentimental. Era tarde demais para eles tentarem uma vida conjugal. Ficara sozinho por muito tempo, e ela se tornara uma mulher orgulhosa, que não mudaria seu jeito de ser. Ela era, afinal, alguns bons anos mais velha do que ele. Não, não, quando Bunny morreu já era tarde demais. Muito melhor morar sozinho; manter acesa a chama do romance ao cultivar uma pequena distância e, ao mesmo tempo, cuidar dela e fazê-la sentir-se parte da família sempre que possível.

Mas, ao mesmo tempo, era um desperdício. Deus do céu, que bagunça! Que bagunça! E parecia que Nick estava para seguir a mesma estrada.

Milo escorregou um pouco na cadeira; sentia-se velho, cansado e entediado. As pessoas que amava estavam todas com problemas: caro Matt com um bloqueio agonizante de escrita; queridos Im e Jules e seu doce bebê prestes a ficarem sem casa; e seu querido Nick à beira do divórcio.

Ouviu passos atrás de si e sentiu a mão em seu ombro. Virou-se e fitou os olhos de Lottie, aqueles olhos fascinantes, e seu humor melhorou um pouco. Ela sempre parecia saber quando sua coragem diminuía; seu toque o revigorou.

– Matt sairá para visitar Im e Jules – disse ela. – Acabou de ligar para ela e foi convidado para tomar chá. Pensei em levar Pud para dar uma volta em Crawter. Talvez a gente ande por Pool Bridge e Wilmersham Common. Gostaria de vir?

Ela sabia que aquele era um dos passeios prediletos dele, e a caminhada lhe faria bem.

– Você é uma bênção, querida – disse, agradecido. – Eu adoraria.

* * *

Casa de Verão

Ao sair de carro de Bossington, Matt tentou conter seu sentimento de culpa. Dissera a Annabel que aquele seria um fim de semana ocupado e, por isso, não seria muito bom para uma primeira visita a Exmoor. Para se sentir melhor, telefonara para ela; fizera parecer que aquele fim de semana seria uma longa sequência de compromissos sociais e encontros familiares, mas concordara que ela deveria aparecer um dias desses. Enquanto isso, telefonaria, disse-lhe, tão logo chegasse a Londres. Ela fora tão compreensiva que isso o fizera sentir-se ainda pior, mas ele não hesitara. Estava com muitas coisas na cabeça para assumir o papel de anfitrião e, em suma, não era a época certa do ano. Talvez na Páscoa ou na primavera: Annabel era extremamente urbana, e ele suspeitava de que somente os aspectos mais belos do campo e da costa lhe atrairiam a atenção de fato.

Dirigiu pela Bossington Lane e pegou a Porlock que, naquela tarde fria e ensolarada, estava quase deserta, e depois seguiu para a estrada principal. Adorava aquela estrada íngreme que serpenteava pelo vale Allerpark, com suas enormes árvores grudadas ao acostamento e o ruído da água lá embaixo, ao longe. Reduziu a velocidade para observar um bando de estorninhos se acomodarem como uma nuvem cinza e desigual numa árvore desfolhada, e viu belas e delicadas campainhas-de-inverno surgirem, brilhando timidamente entre uma cobertura densa de folhas secas de faias. Havia se esquecido de Annabel e pensava em algo que Lottie lhe dissera logo após o almoço, enquanto arrumavam a cozinha juntos. Ele havia lhe contado sobre todas as viagens que fizera nos últimos dois anos e como ainda não havia conseguido nenhuma inspiração para o novo livro, embora tivesse usado as experiências para escrever alguns artigos sobre viagens e alguns contos. Não só isso, relatara-lhe, era também como se viajar tivesse piorado sua inquietação, e seu senso de incompletude tivesse ficado ainda mais forte. Lottie enchia a lava-louças e enxaguava os pratos na pia. A cozinha era comprida e estreita, e eles se moviam como dançarinos, fazendo pausas e aguardando, à medida que iam para a frente e para trás, para dentro e para fora da copa.

— Você já pensou em passar algum tempo aqui? — perguntara. — Bem, não necessariamente aqui em Casa Alta. Mas um pouco mais perto de todos nós. Sabe, Matt, tenho a sensação de que as respostas para suas buscas estão aqui entre nós. Não sei como. Apenas sinto que algo guiará você na direção de algum tipo de resposta para sua inquietação *e* para o tema de seu novo livro, e isso tudo será parte da mesma coisa.

Matt fizera uma pausa para olhá-la, uma taça de vinho em cada mão, querendo acreditar no que ela dizia. Tinha muita confiança em Lottie.

— Mas o que quer dizer? — Soara como uma criança desejando ser convencida.

Ela franzira a testa, tomando a taça de sua mão e a colocando dentro da lava-louças. Matt sabia que mais tarde Milo viria e a encheria de novo. Ele sempre conseguia colocar três vezes mais coisas lá dentro do que qualquer outra pessoa.

— É só um sentimento que eu tenho — respondera ela. — De que as duas coisas estão amarradas e você precisa se afastar de tudo e aguardar.

— E você não acha possível eu fazer isso em Londres?

— Não, não acho. Há muita coisa acontecendo e até mesmo a sua viagem tem uma razão oculta. Não é apenas um feriado, é? Você está o tempo todo fazendo anotações, testando as próprias reações para ter ideias. Saia de lá só por alguns meses.

— E quanto ao aspecto familiar? Ficar com todos vocês?

Lottie secara as mãos e virara para ele.

Casa de Verão

– Sua mãe acabou de morrer, Matt. A morte de alguém próximo desperta em nós todos os tipos de dores e temores. Acho que você nunca aceitou muito bem a morte de Tom, apesar de ter escrito sobre isso durante anos. Se tem algo de que você não precisa mais é encher sua vida de tumultos, compromissos de trabalho e viagens para silenciar seus medos e negar seu sofrimento. Precisa deixar que seus pensamentos e lembranças venham à tona. Não estou dizendo que deva ser introspectivo, nem que deva ficar cutucando a mente para se lembrar das coisas; precisa apenas de um período de quietude perto das pessoas que o amam, caso queira companhia ou alguém com quem conversar sobre o passado. Temos medo do silêncio, não temos? Ligamos a televisão, pegamos um livro, telefonamos para alguém. Qualquer coisa para não nos sentarmos em silêncio. Tentamos fugir constantemente de onde estamos, do aqui e do agora. Achamos sempre que a vida vai começar no dia seguinte, ou em outro lugar. Mas, às vezes, esperar pacientemente e em silêncio revela algumas coisas...

Lottie esfregou os olhos.

– Veja bem, o que sei eu? São apenas coisas que me ocorreram nestes últimos dias. E depois você vem para cá com essas fotografias...

– São estranhas, não são? – perguntou avidamente, aliviado por ela ter concordado com ele em relação às fotos. – Como se mamãe e eu tivéssemos tido uma vida secreta em algum lugar, e eu não conseguisse me lembrar.

Lottie ficou olhando para ele, claramente chocada com a ideia.

– Mostre-as a Imogen – dissera. – Desculpe, Matt. Sinceramente, não estou tentando lhe dizer o que fazer com elas, mas...

– Eu sei – respondeu rapidamente. – E gosto da ideia de um tempo de quietude. Acredito que consigo resolver algumas pequenas pendências, vir para cá na Páscoa e ficar por alguns meses. Parece um ótimo plano. Mas acho que gostaria de encontrar um lugar só meu para ficar.

– Claro. Mas seu quarto está aqui se precisar. Sabe disso.

Agora, enquanto atravessava a ponte Birchanger e ia na direção das cabines de pedágio, percebeu que estava ficando empolgado com a ideia. Lottie tinha razão: sempre atribuíra sentido à vida escrevendo sobre ela; recontando-a para si mesmo na forma de histórias para que pudesse entendê-la. Até mesmo seu sofrimento pela mãe ele remodelara num conto diferente, empolgante, que fora publicado na seção de livros do *Times*. Era como se não pudesse sofrer como todo mundo, mas pegar a dor e transformá-la em qualquer outra coisa, mesmo que aquela solidão familiar e de longa data ainda permanecesse. Era muito pior do que solidão: era a angústia da perda e da separação real de alguém muito querido e insubstituível... Mas quem?

Não havia ninguém na cabine do pedágio, então ele desceu do carro para colocar dinheiro na caixinha e seguiu pela estrada, colina acima, rumo ao chalé.

CAPÍTULO SEIS

O chalé de pedras tinha sido construído numa dobra da colina, de frente para a baía de Porlock, na direção de Hurlstone Point. Com o quatro por quatro de Jules e o carro hatch de Imogen no estacionamento ao lado da casa, não havia lugar para seu carro. Ele saiu da estrada, estacionou do outro lado e desceu do carro. Do ponto em que estava, teve a vantagem de ficar de frente para Bossington: lá estava a Casa Alta, com suas chaminés redondas e altas claramente visíveis, bem acima da vila e, lá embaixo, ao longo do riacho por entre as árvores, Matt distinguiu o telhado vermelho de quatro lados da Casa de Verão. O mar era um perolado e suave cinza, liso como gelo; um navio de carga parecia deslizar em sua superfície, descendo o canal, saindo de Bristol.

Virou-se quando Imogen abriu a porta com o dedo nos lábios.

— Rosie está dormindo — avisou. — Assim, vamos conseguir conversar como gente grande. Entre. Jules está dormindo também, na frente da televisão. Fale de Nick.

Ele se sentou em um dos bancos em torno da bancada de pinho, enquanto ela acendia o fogo para a chaleira.

— Não sei de nada além do que eu disse a você quando telefonei. Eles estão com problemas, e Alice levou as crianças para a casa dos pais.

— Fiquei imaginando se Nick não andou pulando a cerca.

Matt encolheu os ombros, sentindo-se pouco confortável com esse tipo de especulação. Imogen abriu um sorriso.

— Está bem. Sei que você detesta uma boa fofoca. Escute, fomos informados sobre um chalé em Dulverton. Quer ir comigo lá amanhã para dar uma olhada?

Ele concordou; isso lhe daria a oportunidade de ver se havia alguma coisa para alugar para os próximos meses. Não seria muito provável, claro. A maioria das casas de veraneio já estaria reservada para a primavera e para o verão, e aquelas que não estivessem deveriam ser muito caras. Pensou se comentaria a ideia com Im, mas, em vez disso, decidiu mostrar as fotos a ela antes que Jules acordasse.

— Tenho uma coisa que eu queria lhe mostrar. Encontrei na caixa de madeira de mamãe. — Tirou o envelope dobrado do bolso e fez as fotografias deslizarem por cima da bancada. Im debruçou-se avidamente sobre elas.

— Ai, que lindas! Fotos de quando você era bebê. Ah, e outras de você mais velho também. Por que será que ela as guardou separadas de todas as outras?

Matt ficou aliviado por ela não demonstrar sinais de ciúmes por não haver nenhuma foto sua.

— Veja esta aqui — disse ela, rindo como se não acreditasse no que via. — Ei, o seu cabelo era curtinho, hein? E olha essa outra aqui...

Ele ficou aguardando, e Imogen franziu os olhos.

Casa de Verão

– O que houve? Está preocupado porque ela guardou estas fotos separadas das outras ou porque não há nenhuma foto minha?

Ele sorriu e encolheu os ombros.

– Bem, é meio esquisito, não é? Mas não é só isso. Vê alguma coisa estranha nelas?

Imogen analisou-as mais uma vez, franzindo os olhos.

– Como assim, estranha?

– Não sei dizer muito bem. Em primeiro lugar, sim, é estranho você não aparecer em nenhuma delas. Mas esta aqui, por exemplo. Simplesmente não me lembro desse suéter... Nem desse boné de beisebol. E eu usava mesmo o cabelo tão curto? Também não reconheço esse carro. Você reconhece?

Imogen ficou olhando para o irmão e depois voltou-se novamente para as fotografias.

– O que você está querendo dizer?

– Não sei – respondeu, frustrado. – Apenas sei que tem alguma coisa errada.

Do outro lado do corredor, Jules se mexeu e se levantou. Eles ouviram a porta da sala de estar abrir. Matt reuniu as fotografias rapidamente e as colocou de volta no grande envelope pardo. Balançou a cabeça para Imogen, que virou de costas e começou a preparar o chá.

– Oi – cumprimentou-o Imogen, assim que Jules entrou na cozinha. – Nós acordamos você? Estou fazendo chá.

– Não – respondeu. – Oi, Matt. Eu não estava dormindo mesmo.

– Claro que não – respondeu Imogen, em seguida. – A que você estava assistindo, então? Uma competição de roncos?

Antes que Jules pudesse responder, eles ouviram um choramingo, e Imogen resmungou.

— Bem, o nosso chá civilizado foi por água abaixo. Rosie está acordada. Você poderia pegá-la, Jules? Ela vai adorar ver o tio Matt. — Depois que ele saiu, virou-se para o irmão. — Por que você não quer que ele veja as fotos? Não está mesmo preocupado, está? Nem todo mundo consegue se lembrar de todas as roupas que usou quando era criança. É sempre meio chocante ver velhas fotos de família, não é?

— Bem, é — respondeu. — Acho que foi só porque eu não esperava encontrá-las na caixa de mamãe. Entende?

— Entendo — respondeu em seguida. — Claro que entendo. Você se importa se tomarmos chá aqui? Fica mais fácil controlar Rosie se eu puder colocá-la no cercadinho. Daqui a um minuto eu lhe conto o que sei sobre o chalé. Jules gosta muito dele, mas ainda o acha longe demais de Simonsbath.

Ele sorriu e concordou, preparando-se para ser um tio feliz. Jules chegou trazendo Rosie, que logo esticou uma das mãozinhas gorduchas para Matt. Seu sorriso reluzente lhe tocou o coração, e ele a pegou no colo enquanto Jules e Imogen sorriam com um misto de amor e orgulho.

Venetia ficou se olhando no espelho; gostou do que viu e chegou a sorrir, como se compartilhando um autoelogio com o próprio reflexo. Virou ligeiramente a cabeça, elevando o queixo e examinando o rosto. Muito bom, considerando tudo.

Deus do céu, sorte a dela ter nascido loura e de pele clara! E aquelas blusas listradas de gola alta ainda estavam muito boas, escondendo um pouco do pescoço flácido e dando uma aparência jovem, bem à Lady Di. Sorte também ser naturalmente magra. As roupas lhe caíam bem, e ainda tinha os tornozelos em boa forma. Esticou uma perna para aprovar a elegância da perna e do calcanhar finos. Gostava de usar meia-calça e salto alto, não camisões, botas de camurça e roupas

Casa de Verão

tricotadas à mão, como sua querida Lottie; também, Milo era um tremendo rabugento no que dizia respeito às contas do aquecimento! Ele ainda se via preso à regra militar: o aquecimento nunca era ligado antes de 1º de outubro – nem mesmo nessa data, se o clima estivesse ameno – e impreterivelmente desligado em 1º de abril, mesmo se estivesse nevando. Lottie nunca reclamava, simplesmente colocava mais um casaco, e os dois ficavam o dia inteiro na copa, o mais perto que podiam do fogão, sem realmente irem à cozinha. Venetia arrepiou-se. Por mais que gostasse de Casa Alta, não poderia viver ali; detestava sentir frio. E, enfim, Dunster era um lugar bom para ela; sua pequena e bela casinha era aconchegante, e ela não levava muito tempo para entrar no carro e chegar à A39, a caminho de Bossington.

Venetia afundou o dedo num pote de base facial e espalhou-a suavemente pelo rosto. Pobre Lottie, com aquela pele morena!

– Querida – dissera uma vez para ela –, parece que você está enferrujando. Sei de um hidratante perfeito para você. E tem se lembrado de usar protetor solar?

Lottie simplesmente rira.

– Acho que é um pouco tarde demais para mim. Sempre fui meio cigana, você sabe disso.

Bem, era verdade. Lottie sempre fora meio morena, como um pônei desgrenhado. Mesmo assim... Venetia franziu a testa: detestava quando uma mulher não fazia de tudo para se cuidar. Era por isso que o querido Milo ainda a adorava, claro. Adorava sua feminilidade, embora ele não fizesse ideia das cansativas rotinas necessárias para mantê-la. Sorte a dela eles nunca terem se casado, senão ela não teria segredos para com ele.

Encolheu brevemente os ombros ao imaginar Milo a vendo sem roupa. Muito melhor do jeito que era, com os dois jogando aquele joguinho de continuarem a admitir a possibilidade de reatarem um relacionamento mais íntimo, ao mesmo tempo que o postergavam. Amava-o, claro que sim. Ah, que homem lindo ele fora; bem, ainda era, claro. Magro e elegante, postura ereta, pernas torneadas. Ela não poderia amar um homem que se deixasse acabar. Os dois tinham muita sorte, porque podiam comer o que quisessem e nunca engordavam nem um quilo sequer – e, claro, aqueles anos cuidando de Bunny a mantiveram sempre ativa e com o corpo tão elegante quanto um violão. Como ele fora paciente! E como fora generoso; nunca reclamara de que ela se divertisse e a encorajara a aproveitar o mais que pudesse a vida. Mas, Deus do céu, também fizera tudo por ele! Fizera tudo o que podia para tornar os dias dele tão suportáveis quanto possível.

Venetia enxugou as lágrimas com um lenço de papel. Ela o amara; ah, não daquela forma louca e apaixonada que amara Milo, mas, mesmo assim, amara Bunny. E Milo fora muito gentil com ele, sentando-se horas a fio ao seu lado, empurrando-o naquela sua cadeira de rodas odiosa até o bar para tomar cerveja. É claro que eles haviam ingressado no Exército mais ou menos na mesma época. A infantaria Somerset Light, como era chamada naqueles dias, era uma grande família. Nossa, como eles haviam se divertido juntos! Pensara nisso na última vez que fora visitar a coitada da Clara, praticamente gagá e começando a se tornar uma pessoa difícil para as moças que cuidavam dela; gritando e brigando, quando precisavam cortar suas unhas e lavar seus cabelos. Trágico, isso é o que era, simplesmente trágico.

Venetia olhou-se no espelho, lutando contra as lágrimas; os ombros caídos, o queixo erguido. Encontrara uma foto de Clara daquela época tão feliz. Ela estava deslumbrante, com um vestido decotado e sorrindo para a câmera. Conseguia parecer arrogante e malcriada ao mesmo tempo, e Venetia pensara em levar a foto à clínica geriátrica para mostrar às meninas e dizer: "Vejam só. Esta é a Clara de verdade; esta é a pessoa de quem vocês estão cuidando. Sejam gentis com ela."

Estremeceu diante da possibilidade de ficar como ela; o rápido declínio para a dependência e a insanidade. O que faria, então? Nunca se dera bem com as noras, e seus filhos eram terríveis. O que faria se ficasse doente? Nesses momentos, preferia que ela e Milo *tivessem* se casado depois da morte de Bunny. Que estivesse segura (embora com frio) na Casa Alta, junto com a querida Lottie – tão mais jovem! – cuidando deles.

Na verdade, alguma vez Milo sugerira que eles poderiam se casar? Claro que sim, mas meio na brincadeira, e ela dera uma resposta meio na brincadeira também – e ficara por isso mesmo. Seria sensato, quem sabe, pensar nisso mais seriamente e encorajar Milo a refletir sobre a possibilidade de matrimônio? Só uma formalidade, é claro. E eles poderiam ser bastante civilizados com relação ao assunto – e ela teria gente à sua volta, cuidando dela. Será que valeria a pena perder a independência? Isso lhe ocorrera antes, mas ela nunca chegara a se convencer de sua necessidade absoluta. As coisas estavam funcionando bem do jeito que estavam.

Venetia acabou de se maquiar, checou a aparência no espelho e levantou-se. Não devia ficar ansiosa; preocupação envelhecia. Abaixou-se para se olhar mais uma vez no espelho e deu uma piscadela. Talvez não houvesse razão para pânico, ainda.

CAPÍTULO SETE

Lottie saiu calmamente pela porta que dava para o jardim, com um pote plástico nas mãos e Pud, atento, aos seus pés. Circundou a casa até o local onde ficava o comedouro dos pássaros, ao lado da janela do jardim de inverno. Com cuidado, espalhou os miolos de pão, algumas passas e farelos de bolo para os melros. Pud se aboletara na grama, embaixo da mesa, na esperança de receber alguma migalha, mas depois desistiu e saiu correndo pelo gramado na direção das árvores, no rastro de algum visitante noturno: raposas ou texugos. Lottie aguardou um momento, os olhos fixos no outro lado da costa, onde estava a lua, fantasmagórica, naquele céu claro da manhã, acima de Culbone Wood.

Da janela de seu quarto, Milo a observava. Lembrou-se da mãe fazendo a mesma coisa com a pequenina Lottie ao seu lado carregando a comida dos pássaros com um misto de importância e ansiedade. Um dos ancestrais de Pud certamente estivera ali com elas, esperando um pedacinho de pão, assim como um ancestral do melro – que agora aterrissava na mesa para pegar um pedacinho de miolo e levá-lo para longe, para a segurança dos arbustos – também estivera ali aguardando, todos esses anos, para fazer o mesmo.

Gostava dessa sensação de continuidade e sentia-se grato a Lottie pelas diversas formas como ela lhe proporcionava isso; apesar de sua mãe jamais ter saído vestida da forma como ela estava agora: com um casaco comprido de tricô, no estilo Kaffe Fasset, por cima do pijama e botas de borracha. A mãe teria levantado cedo, tomado banho, se vestido e e arrumado os cabelos. Fora uma mulher forte e rude – mas adorara a pequena Lottie.

– Ela é a filha que eu nunca tive – dizia a ele, em um tom meio indulgente, esperando que ele entendesse.

Aos 23 anos, ele já era velho demais para sentir qualquer tipo de ciúme; no entanto, isso ia ao encontro dos seus próprios sentimentos com relação a Lottie, e suas visitas à Casa Alta o faziam sentir-se menos culpado quanto ao fato de ficar tanto tempo longe de casa, sem escrever nem telefonar, quando poderia fazê-lo. Algumas pessoas chegavam mesmo a acreditar que ela *era* sua irmã, enquanto outras, que faziam observações maliciosas, logo eram desencorajadas a pensar assim. Milo descobrira que Lottie fora apaixonada por Tom. Ela nunca lhe falara nem uma palavra sobre o assunto e ele também nunca perguntara, porém, mais de uma vez, quando Lottie falava sobre ele, seu rosto se iluminava de tal forma que despedaçara seu coração. É claro que ele não chegara a conhecer Tom, nunca o encontrara, mas ele, Milo, sempre tivera grande respeito pelos correspondentes de guerra e concordara plenamente com o suporte que Lottie dera à sua família. Pensando nisso, supôs que Lottie devia ter conhecido Tom em algum momento nos anos de 1970 enquanto editava seu livro e, depois que ele morrera, ela perguntara se poderia trazer as crianças para Casa Alta, para dar um descanso a Helen. Matt deveria ter cerca de 5 anos e Imogen, 2. Duas crianças adoráveis; como tinham gostado da liberdade do quintal para brincar e do imenso sótão! Milo sorriu com as lembranças. Sua mãe os adorara também, da mesma forma como adorara a pequena Lottie.

Pobre Lottie; como fora leal àquela jovem família sem pai. Lembrou-se de uma ocasião, quando estava ouvindo um CD; sonatas e noturnos de Chopin. Fora no meio da sonata em si menor o que percebera que Lottie começara a chorar, um lamento terrível e silencioso, de tal forma que, após alguns momentos, ele fora se sentar ao lado dela para abraçá-la. Ela se apoiara nele, ainda soluçando, e eles ficaram parados até ela se recuperar.

— Foi a música — murmurara ela. — Que loucura, não? Estou bem agora. Desculpe.

Soubera, então, que a sonata a fizera lembrar-se de Tom e imaginara brevemente se eles haviam chegado a ser amantes. Achara que não. Mas até mesmo naqueles momentos, quando um tipo diferente de intimidade poderia ter brotado entre eles, a antiga relação de irmãos estava arraigada demais para tornar isso possível. Aos poucos, amigos e conhecidos aceitaram o relacionamento deles pelo que era e, felizmente, Venetia tornara isso ainda mais fácil; o caso deles era um segredo mais ou menos conhecido. Para falar a verdade, muitos homens o invejavam.

— Seu velho sortudo! — diziam. — Tem aquela moça bonita para cuidar de você e uma mulher maravilhosa como Venetia caindo de paixão. Qual é o seu segredo, Milo?

Somente Sara ficava furiosa por ele ter tudo isso.

Milo franziu a testa. Junto com a imagem de Sara veio a lembrança de que Nick chegaria mais tarde. Sara havia telefonado antes.

— Nick que ir ver você — dissera, agressivamente, quase como se Milo tivesse renegado o filho. — E não o atormente, Milo! O pobre rapaz está muito triste. Seja gentil com ele.

Milo sentira uma indignação familiar, raiva até: por que ela sempre achava que ele seria difícil ou desagradável? Ou será que queria acreditar que somente ela entendia bem o filho? Milo balançou a cabeça: não era verdade. Quando Nick era criança, eles haviam tido momentos maravilhosos em família, na Casa Alta e, também, algumas vezes, apenas os dois juntos; alguns fins de semana fantásticos velejando. E ele sempre se esforçara ao máximo para estar por perto nos eventos importantes da escola, embora o Exército nem sempre tenha tornado isso fácil. Essa observação injusta de Sara, usada com tanta frequência no passado, quase o fizera *ter vontade* de ser difícil com Nick, mas seu amor pelo filho – e a própria atitude relaxada de Nick com relação ao partidarismo da mãe – sempre o desarmara. No entanto, suspeitava de que aquela visita seria complicada.

Outro melro aparecera, e uma batalha por território se instaurava agora; Lottie chamara Pud e fora embora. Milo virou as costas para a janela e foi tomar um banho.

Lá embaixo, na sala, Lottie abriu a portinhola da lareira e colocou cuidadosamente um pedaço pequeno de lenha em cima das cinzas ainda quentes. Também estava pensando em Nick e imaginando o motivo de sua visita. Sara fora evasiva.

— Nick vai telefonar – dissera com sua voz autocrática que sugeria que continuava no comando em Casa Alta. – Ele quer ver o pai. Espero que Matt não esteja mais aí com vocês.

— Matt já foi embora – respondera calmamente –, mas, mesmo se estivesse aqui, haveria espaço de sobra para Nick. Nós adoramos vê-lo. Você sabe disso.

— Não é essa a questão. Mas, de vez em quando, Charlotte, Nick gosta de ficar a sós com o pai. É a casa dele, afinal de contas.

– Claro que é. E, como acabei de falar, Matt já foi e prometo que serei bem sensata e me manterei fora do caminho. – Hesitou. – Espero que não seja nada muito sério.

– Não é. – Respondera rápido demais para convencer. – Alice está exagerando, é claro. Ponha Milo na linha, sim?

Lottie fechou as portinholas e se levantou, sacudindo as mãos e puxando o casaco de lã para perto do corpo. Sara não fazia segredo do fato de nunca ter gostado de Alice; nem mesmo para a própria Alice. Sua falta de estima pela nora não ajudaria na situação atual.

Lottie ficou parada alguns momentos, observando os pássaros nos comedouros de sementes e castanhas em cima da mesa: chapins-azuis, um tordo, um grupo de pardais. De repente, uma ave bem maior apareceu. Além das portas envidraçadas, um faisão passou pelo terraço, sua plumagem rica em cores iridescentes: tons de cobre de verde e de vermelho. A ave parou, cabeça baixa, pescoço esticado e olhou para a janela onde viu um rival: um macho belo e agressivo que a encarava. Aproximou-se, e seu reflexo moveu-se junto com ela, afetado, arrogante, bicando o vidro até Pud entrar na sala, hesitar espantado e avançar, latindo, para a janela. O faisão recuou com um movimento assustado, gritou e saiu correndo com as pernas duras para os arbustos.

Ela riu.

– Venha logo, Pud. Ele já foi. Vamos tomar café.

Sua mente ordenou as poucas coisas que ainda teria a fazer antes de Nick chegar, naquela tarde. O quarto dele já estava pronto e ela já havia preparado uma torta de peixe para o jantar; era só aguardar que ele aparecesse. Deu o café da manhã a Pud, fazendo uma pausa para acariciar sua cabeça sedosa, depois fez um pudim e cortou algumas fatias de pão para fazer torradas. Levou um tempo entre a cozinha e a copa, pondo a mesa, aguardando a torradeira cuspir as torradas prontas e surpreendeu-se quando Milo apareceu mais cedo do que

Casa de Verão

de costume. Mais surpresa ainda ficou quando ele sorriu, tocou seu ombro e perguntou se estava pronta para tomar um café.

De repente, percebeu que sua prontidão pouco comum para conversar devia-se à sua inquietação; ansiedade, talvez, com relação a Nick. Lottie polvilhou açúcar mascavo no pudim e aguardou.

— Vi você alimentando os pássaros — disse ele. — Parecia muito frio lá fora.

— E está — concordou ela. — O vento virou para noroeste. O quarto de Nick está uma geladeira, então liguei o aquecimento. Ele vai precisar de calor hoje à noite.

Milo não pareceu muito satisfeito, mas furtou-se a comentar.

— Não somos todos tão fortes quanto você — disse ela. — Ou tão desumanos.

— Ele é um homem jovem — protestou. — Calor! Essa é boa!

— Ele tem quase 40 anos — remendou Lottie, gentilmente. — Nem tão jovem assim. E não está acostumado à nossa existência espartana.

Milo bufou.

— Eles mantêm aquela casa deles como se fosse um forno. Não é de admirar que as crianças andem tão doentes. Estão sempre com tosse, resfriadas, fungando.

Franziu a testa, como se tivesse acabado de se lembrar do problema desconhecido de Nick, e tomou um gole do café, em silêncio. Lottie espalhou geleia de laranja na torrada.

— Parece inacreditável Alice o deixar — disse ela, recusando-se a se intimidar pelo assunto e falando com franqueza. — Ele deve ter feito alguma coisa muito séria. Acho que estamos nos precipitando.

Milo ficou olhando para ela; parecia aflito.

— Mas o quê?

Lottie retribuiu o olhar, compadecida. Encolheu os ombros, baixando os cantos dos lábios, especulando sobre qual seria o crime de Nick.

— Acredito que seja sexo ou dinheiro — disse, por fim.

— Você faz isso parecer um romance de Jane Austen — disse ele, rabugento.

— Desculpe — respondeu ela —, mas normalmente são esses os dois motivos, não são, quando se fala em problemas conjugais? Desculpe — repetiu rapidamente ao ver sua expressão. — Foi falta de tato minha, Milo, desculpe.

— Mas é verdade. — Serviu-se de mais café. — É só que... Você sabe o que dizem sobre filhos de pais divorciados terem mais probabilidade de se divorciarem também. Por Deus, Lottie, às vezes me sinto tão culpado pelas coisas!

— Acho que isso tem mais a ver com as pessoas propriamente ditas — respondeu ela, calmamente. — Nick é muito atraente e é muito gentil também, e seus instintos para o jogo fazem dele ótimo no trabalho, mas ele é inseguro, não é? Não consegue resistir a um flerte, porque isso dá um impulso e tanto em sua autoestima, e uma ou duas vezes foi longe demais e teve problemas. Por outro lado, os dois gastam mais do que deveriam. Pode ser uma coisa ou outra. E é muito cedo ainda para se falar em divórcio, não acha? Logo saberemos.

— Detesto essa situação — resmungou Milo. — Não sei o que falar com ele. Simplesmente acho que vou ficar irritado, querer lhe dar umas palmadas e dizer que se controle.

Lottie riu:

— Bobagem. Você sempre diz isso. Aí ele chega aqui com aquela fala à Hugh Grant: "Sei que não tenho me comportado bem", e você lhe dá um abraço apertado e lhe serve um uísque.

Milo ficou encabulado.

Casa de Verão

– Gosto muito dele – murmurou.

– Claro que gosta. Eu disse a Matt que pessoas sentimentais não viravam brigadeiros, mas acho que, no seu caso, abriram uma exceção. Mas, veja bem, você consegue ser duro como pedra com Venetia.

Ele assobiou entre os dentes e balançou a cabeça.

– Venetia é uma mulher perigosa. Você precisa ver onde pisa.

Lottie bebeu um pouco de café.

– Ela é de cair o queixo – comentou, pensativa. – Sabe que tenho muita dificuldade de acreditar que ela tem 70 anos?

Milo cedeu a uma risada impiedosa.

– Mas ela tem mesmo. Viu os saltos que ela estava usando na semana passada? Ficou andando por aí como se fosse um pato de pernas de pau. Qualquer dia desses vai quebrar o tornozelo.

Lottie não pôde evitar um risinho.

– Retiro tudo o que disse. Você é muito cruel.

– Bobagem. Eu não ousaria dizer isso a *ela*.

Lottie balançou a cabeça, mas não disse mais nada. Ficou pensando que essa era uma das vantagens de não ser casada. Não tinha nenhuma responsabilidade pelo jeito de Milo; não era incumbência sua reprová-lo ou sentir-se constrangida pelo que ele viesse a falar ou fazer. Afinal, nada disso se refletia nela. Havia muita liberdade no relacionamento deles: nada daquele mau humor que surge dos questionamentos ou das dúvidas quanto ao amor e aos direitos.

Ela levantou-se da mesa.

– Vou me vestir – disse, e saiu.

Milo demorou mais alguns minutos para terminar o café e sentiu-se mais relaxado. Talvez os problemas de Nick não fossem tão sérios, afinal. Levantou-se e começou a limpar a mesa.

CAPÍTULO OITO

Quando Imogen correu para abrir a porta, com esperança de que Rosie não tivesse acordado com o som da campainha, ficou surpresa ao ver Nick de pé, do lado de fora.

— Nick! — gritou e colocou automaticamente o dedo nos lábios. — Rosie está dormindo. Entra. O que está fazendo aqui? Chegou ontem à noite?

— Não fui em casa ainda. — Seguiu-a até a sala de estar, olhando ao redor, sorrindo seu sorriso secreto. — Eu queria ver você primeiro.

— Oh! — Ela já havia passado para trás da bancada, ligado a chaleira e agora virava-se para olhá-lo, os olhos apertados em suspeita. — Por quê?

Ele encolheu os ombros, ainda sorrindo.

— Porque somos velhos amigos, não somos?

— Claro que somos. — Ocupou-se com xícaras e saquinhos de chá, abalada como sempre ficara com aquele olhar sorridente. — Mas mesmo assim...

Nick empoleirou-se em um dos bancos.

Casa de Verão

— Bem, preciso de todos os amigos que eu tiver no momento.

— Ah, Nick! — Ela pareceu preocupada. — O que foi dessa vez? Alice deixou você de verdade ou é só um período ruim?

Ele se debruçou com os dois braços sobre a bancada, sem olhá-la nos olhos.

— Dessa vez é um pouco mais sério, Im.

Ela sentiu um arrepio de frio.

— Ai, meu Deus, Nick! Você andou aprontando?

— Não da forma que você está pensando. Não há nenhuma mulher envolvida.

Nick observou-a, e ela soube que ele viu e registrou um rastro inexplicável de alívio; mas por que, depois de todo esse tempo, ela ainda se preocupava com isso? Ela lhe retribuiu o olhar; o estômago contraído e as mãos geladas.

— Bem, já é alguma coisa — respondeu, com voz mais branda. — Alice vai ficar feliz em saber.

O sorriso de Nick disse-lhe que ele sabia que ela ficava feliz também, e ela virou de costas, confusa, aliviada por poder ocupar-se com o preparo do chá.

— Estou quebrado financeiramente — disse-lhe. — Peguei dinheiro emprestado no clube de golfe em que sou tesoureiro.

— Ai, meu Deus... — Virou-se para encará-lo, e ele lhe tomou uma das mãos. Ela não tentou resistir. — O que isso quer dizer exatamente?

Ele deu uma risada impaciente.

— Isso importa? Quer mesmo os detalhes? Usei um dinheiro que na verdade não era meu. Um erro grosseiro. Eu tinha esperança de devolver a grana com minha gratificação de final de ano, mas as coisas estão difíceis na cidade e só recebi a quarta parte do que estava esperando. Não sei como vou me explicar para papai, mas preciso de dinheiro, e rápido.

Imogen logo recolheu a mão, sentiu-se culpada e estendeu-a novamente, e ele a apertou.

— Sinto muito, Nick. Sinceramente. Mas não consigo ver como posso ajudar.

— Pelo menos você não se afastou de mim enojada e me mostrou a porta. Acho que eu só queria um pouco de... ah, sei lá. Afeto? Amizade? Antes de encarar papai. — Nick levou as mãos dela aos lábios, beijou-as com delicadeza e as soltou. — Você sempre foi muito especial, Im, sabe disso.

— Isso foi há muito tempo — murmurou ela, empurrando uma xícara de chá pela bancada.

— Mas nada chegou nem perto depois, chegou? — perguntou ele.

— Nós dois concordamos — disse ela, sem responder diretamente. — Dissemos que éramos íntimos demais. Quase como irmãos. Nós *concordamos* — repetiu com mais firmeza. — Nós éramos quase como Milo e Lottie.

— Nós não éramos nem um pouco como Milo e Lottie — disse ele. — Não havia nenhum laço familiar entre nós.

— Nós crescemos praticamente como irmãos — protestou ela. — Ou pelo menos como primos.

Ele a observou, pensativo.

— Mas tenho razão, não tenho? Nada chegou nem perto depois. Eu nunca fui tão feliz, Im, como fui com você.

Ela ficou ruborizada.

— Isso faz parte do passado, Nick. Dez anos atrás. E o que isso tem a ver com o que está acontecendo agora? O que você dirá para Milo?

Ele respirou fundo.

— Acho que terei que dizer a verdade. — Sorriu diante da expressão dela. — Está surpresa? Não, não se iluda, já pensei em todas as histórias em que ele pudesse acreditar, mas não consigo pensar em alguma coisa plausível. Espero que ele não corte o meu pescoço.

— Você sabe muito bem que Milo nunca faria isso.

Ele lhe pareceu tão desesperado que o coração dela apertou-se com ansiedade e pena. De nada adiantaria lhe dizer o quanto era tolo; com certeza, ele já sabia disso.

— Alice está muito furiosa? — Imogen nunca gostara muito de Alice.

— Está extremamente decepcionada comigo — murmurou. — Disse que não consegue olhar na minha cara. Não posso culpá-la.

— Mas por que você fez isso? — perguntou com mais gentileza. Percebeu que se sentia ligeiramente virtuosa, mais tolerante com as falhas dele do que a correta e rancorosa Alice. É claro, ela o conhecia desde sempre; conhecia suas fraquezas. E forças.

Nick tomou um pouco do chá.

— Você não faz ideia, Im, do que é viver numa sociedade extremamente comercial. Quando até mesmo nos portões da escola você é julgado pelos sapatos que está usando, e seus filhos correm o risco de serem perdedores se usarem o estojo errado ou se a sua estação de esqui não for a que a sociedade considera a da moda naquele ano. A pressão é imensa. As festas das crianças são um pesadelo de competição. Eu estourei os meus cartões de crédito, atrasei a hipoteca e precisei de dinheiro extra; simples assim. O problema é que você se sente na obrigação de acompanhar os amigos.

— Então se mude. Viva em qualquer outro lugar onde esses valores não se apliquem.

Ele riu.

— Será você a dizer a Alice que ela precisa mudar os hábitos de uma vida inteira? É com esse mundo que ela está acostumada, e eu sabia disso quando me casei. Achei que poderia dar um corte. Não é culpa dela eu não ter conseguido. Se eu arrumar logo uma grana emprestada, vou conseguir resolver a situação e ela talvez, *talvez*, seja capaz de relevar.

— Quanto, Nick?

Ele fez uma careta.

— Vinte e três mil.

— Meu Jesus!

— Eu sei. Mas estou amarrado, independentemente de para onde eu me vire, quando o assunto é contrair empréstimo, e não posso fazer outra hipoteca, portanto, papai é minha última saída.

— E você acha que Milo tem esse dinheiro guardado? Ele vive só da aposentadoria, não?

Nick desviou o olhar.

— Ele tem a Casa de Verão — disse, relutante. — E mamãe disse que os inquilinos estão para se mudar.

— Você está querendo vendê-la? — Ela sentiu uma pontada de pesar. — Ah, Nick, isso seria tão triste! Ela sempre fez parte da Casa Alta, não foi?

Ele encolheu os ombros.

— Você tem alguma ideia melhor? — Ele baixou a xícara. — Preciso ir. Eles vão começar a pensar que aconteceu alguma coisa comigo. Vejo você depois?

— Claro. Conte-me o que ficar resolvido.

— Obrigado, Im. Obrigado mesmo.

Ela deu a volta na bancada para lhe dar um abraço, sentindo-se tanto agradavelmente compadecida quanto horrorizada, as duas coisas ao mesmo tempo. Ele a envolveu em seus braços e a apertou.

Casa de Verão

— Boa sorte — desejou ela, soltando-se rapidamente.

Apressou-se a acompanhá-lo até a porta, fechou-a assim que ele saiu e ficou de pé, com o olhar parado. Para seu alívio, Rosie começou a chorar, e ela subiu correndo as escadas.

Nick foi dirigindo devagar: não tinha estômago para o encontro que se sucederia e, enquanto dirigia, ia ensaiando as palavras que usaria com o pai. Em seu coração, abençoava Im por seu apoio; ele nunca deixara a mãe saber o quanto gostava dela: mesmo quando eles eram pequenos, a mãe estivera determinada a fazê-lo olhar para Matt e Im como usurpadores, e ele fingira concordar, para satisfazê-la. Mas Im fora sempre muito doce e se tornara uma bela mulher. O fato de ninguém da família ter ficado sabendo do *sentimento* que existira entre eles fizera dele ainda mais excitante: nem mesmo Matt desconfiara. Nick quase chegara a sorrir; fora divertido enganar a todos. Mas ele sempre tivera suas suspeitas em relação a Lottie; aquele jeito direto com que ela costumava olhá-lo algumas vezes, de forma que ele precisava desviar os olhos. Mulher engraçada a sua tia Lottie; ela não se parecia nem um pouco com o que as pessoas pensavam de uma tia. Perguntou-se se poderia contar com ela para lhe dar apoio; talvez devesse contar para ela primeiro e deixá-la dar a notícia a seu pai.

Nick bateu levemente com o pulso no volante e balançou a cabeça, aborrecido, ao pensar no assunto. E sentiu um aperto no estômago quando imaginou como seria o diálogo que teria pela frente. Seu pai era muito antiquado, muito correto, embora sempre tenha ficado ao seu lado. Fez uma careta. É claro que houvera algumas ocasiões no passado em que ele se encontrara em dificuldades: aquele pequeno furto quando estava no colégio interno, por exemplo, e aquele problema com drogas; mas nada muito sério. Não como desta vez.

Suspirou alto, desesperado. Daria tudo, tudo o que pudesse para fazer o relógio voltar. Diminuiu a velocidade ao se aproximar da cabine do pedágio, mas não havia ninguém. Não ficou surpreso, estava frio demais para ter alguém ali – frio demais também para sair do carro e colocar o dinheiro na caixinha e, para completar, ele estava sem trocado. Pagaria dobrado na próxima vez. Seguiu em frente, dando um aceno conciliatório com a mão para o caso de ter alguém olhando pela janela do chalé. Talvez viesse a reconhecê-lo e entendê-lo.

Durante todo o trajeto pela estrada sinuosa, passando pelo vale Allerpark e entrando em Porlock, ficou pensado em Alice e nas crianças.

– Você vai contar a seus pais? – perguntara, timidamente.

Ela lhe lançara seu olhar frio e desdenhoso, que parecia ser sua expressão normal ultimamente.

– Não – respondera. – Acho que eu não conseguiria suportar o fato de eles saberem que cara estúpido e imoral você é. Se você concordar, então ninguém, exceto nós dois, ficará sabendo. Eu, com certeza, não conseguiria suportar se isso viesse a público.

Humilhado, ele aceitara todas as suas críticas: não tinha escolha.

– Se você tinha mesmo que fazer algo tão desprezível, pelo menos a hora foi boa. Essas férias de duas semanas já estavam planejadas há tanto tempo que meus pais não irão suspeitar de nada. Exceto de que você tinha dito que apareceria assim que pudesse. Mas acho que você pode esquecer isso. Vou inventar alguma crise. Depois que souber o que Milo tem a dizer, pode me passar uma mensagem de texto.

– Não esqueça – sentira vontade de gritar em defesa – em que o dinheiro foi gasto! Naquelas férias de duas semanas na estação de esqui em Verbier, por exemplo, quando você insistiu em alugar

Casa de Verão

um chalé e convidar seis amigos como agradecimento por hospitalidade, isso sem falar naquele novo Mercedes conversível que você tinha que ter.

É claro que ele não dissera nada: não havia desculpas. Dirigindo ainda mais devagar ao longo da Bossington Lane, na direção da vila, Nick tentou se preparar para o que viria: pelo menos Im estava a seu lado. Levantou os olhos para a Casa Alta, no alto da colina e, com o coração apertado, virou para a estrada.

CAPÍTULO NOVE

Milo saiu para receber o filho. Logo viu que ele estava tenso de tanta apreensão, o rosto contraído e pálido. Toda a irritação do homem mais velho desapareceu, embora sua ansiedade tenha aumentado, e ele pôs o braço nos ombros do filho, abraçando-o.

– Fez boa viagem? – Pergunta idiota: sabia muito bem que a viagem devia ter sido um inferno. – Lottie está dando uma volta com Pud e voltará mais tarde. Quer tomar um chá?

Sentiu o alívio de Nick. Tinha sido ideia de Lottie ausentar-se quando ele chegasse.

– Pode ser que ele queira desabafar assim que chegar – dissera ela. – Ele sempre foi assim, não? Será uma agonia para ele ficar sentado, conversando educadamente enquanto toma chá. Levarei Pud para dar um bom passeio e espero que vocês tenham bastante tempo juntos antes de eu voltar.

Indo à frente pelo o caminho até a casa, Milo sentiu-se insuportavelmente nervoso; estava velho demais para esse tipo de problema.

Sentiu-se vulnerável. Preparou chá, enquanto Nick falava sem propósito sobre a viagem de Londres até ali, e tentou não se intrometer; mas, assim que colocou a caneca na mão do filho, não perdeu mais tempo.

— Qual é o problema? — perguntou. Sabia que sua voz saíra brusca, mas essa era a única forma que tinha de controlar os nervos. — Sente-se e me conte o que aconteceu.

Nick pôs a caneca sobre a mesa — sua mão tremia demais para conseguir segurá-la — sentou-se e começou a falar. Claro que havia ensaiado todo o discurso, mas gaguejou enquanto falava: contas a pagar, medo de não ter dinheiro suficiente para pagar a hipoteca, mensalidades escolares; claro que havia planejado devolver o dinheiro com o bônus do final do ano... Ficou resmungando, sentindo-se infeliz com Milo o observando; primeiro, com compaixão, depois, com incredulidade e, então, horror.

— *Quanto*? — gritou Milo, quando Nick revelou a quantia. E "Seu idiota completo", quase fora de controle, quando Nick repetiu o valor.

— Eu sei — respondeu. — Eu sei, pai. Mas não tenho mais a quem recorrer.

Milo pensou nas férias caríssimas, nas mensalidades escolares, na quantidade de brinquedos e roupas para Alice e as crianças.

— Você alguma vez já pensou em, de vez em quando, dizer não para Alice e para as crianças?

Nick ficou claramente chocado com a pergunta. Considerou-a e balançou a cabeça.

— Parte do acordo era manter o estilo de vida — respondeu apenas. — Acreditei mesmo que poderia fazer isso.

— Parte do acordo? — repetiu Milo, incrédulo. — Por acaso você está falando do seu acordo nupcial?

Nick quase chegou a sorrir.

— Acho que dá para falar assim. Alice é uma mulher cara, e eu sabia disso quando me casei com ela.

— Mas ela não contribui em nada para esse estilo compulsivo. Ela não pode arrumar um emprego?

Dessa vez, Nick riu de verdade.

— Alice? Trabalhar? Em quê?

— Com certeza ela pode estudar para fazer alguma coisa. É bem jovem para isso. Você pode pensar em uma boa razão para eu, na minha idade, gastar minhas economias feitas a duras penas para pagar pelas extravagâncias dela enquanto ela não faz nada? E quanto aos pais dela? Eles têm uma condição muito melhor do que a minha.

— Ela disse que não quer que eles saibam o cara estúpido e imoral que eu sou. Acho que foram essas as palavras dela. Preciso resolver essa situação ou o meu casamento está em jogo.

— Então, eu tenho que subsidiar a manutenção do alto padrão de vida de sua família, as extravagâncias de Alice e suas fraquezas? Percebe que o que você fez é crime?

Nick mordeu o lábio, humilhado.

— Prometo que vou tentar devolver. O problema é que... não tenho muito tempo.

— Quanto tempo?

Seguiu-se um breve silêncio.

— Duas semanas — respondeu ele, relutante. — O caixa tem que fechar até lá.

Milo fechou os olhos.

— Meu Deus, Nick!

— Eu sei — respondeu ele, arrasado. — Tentei tudo o que pude antes de vir falar com você... pelo amor de Deus, pai! — Deu um soco na mesa. — Eu não queria ter que fazer isso.

Casa de Verão

Milo não se comoveu com o desabafo do filho – Nick tendia a ficar teatral quando a situação assim exigia –, levantou-se, foi até a bandeja onde ficavam as bebidas e serviu-se de uma dose de uísque. De costas para o filho enquanto bebia, ficou com o olhar parado em sua densa e loura cabeleira. Como poderia ajudá-lo? Colocou a mão em seu ombro, sentindo seu sofrimento e sua humilhação.

– O que sua mãe disse?

Milo sentiu o ombro de Nick encolher-se.

– Está furiosa comigo e culpa Alice por tudo, o que não é verdade. Você tem razão. Eu devia ter mais coragem e enfrentá-la de vez em quando. O problema é que me sinto um fracassado quando não posso atendê-la.

Sem perceber, Milo apertou com mais força o ombro do filho, quando seu próprio sentimento de fracasso o assaltou. Cometera erros semelhantes com Sara e, por causa disso, o casamento acabara... e com que consequências para Nick? Quase na mesma hora, a pequena cena perdeu o foco, e ele estava de volta a seus 40 anos e, dessa vez, era seu pai sentado à mesa, olhando para ele com uma expressão chocada e incrédula.

– Divórcio? – repetia ele, sem acreditar no que ouvia. – Você e Sara querem se divorciar? Mas e quanto à criança? E quanto ao que sua mãe vai achar...?

A mãe ficara arrasada, furiosa, condenatória. Mesmo naquele momento, Milo sentia um aperto no estômago quando se lembrava de seu desamparo e humilhação.

– Vamos dar um jeito – falou, e sentiu o ombro de Nick relaxar. – Preciso pensar como – acrescentou –, e você precisa me prometer aproveitar essa experiência para estabelecer novas bases para seu relacionamento com Alice. Se ela quer mais do que você pode dar, então você terá que dizer a ela para trabalhar e ganhar dinheiro.

Nick concordou, determinado – parecia doente de tanto alívio – e Milo soube que sua prontidão ao concordar em mudar era apenas uma reação de agradecimento: nada mudaria. Suspirou.

– Lottie vai voltar logo – disse. – Você quer que isso fique em segredo entre mim e você?

Nick negou com a cabeça.

– Contei para Im. Não me importo de Lottie saber que sou um cara estúpido e imoral. Ela é minha tia. E isso não vai ser novidade para ela.

A amargura em sua voz, a ênfase na frase que usara antes, partiram o coração de Milo; ao mesmo tempo, sentiu-se impaciente com a insensatez do filho e ansioso sobre como ajudá-lo.

– Acha que seria melhor – perguntou Nick, timidamente – se eu voltasse para Londres? – Sorriu, forçando uma expressão envergonhada. – Você não vai conseguir falar mal de mim para Lottie comigo aqui, vai?

Milo riu também, lembrando a observação de Lottie com relação a Hugh Grant e o uísque.

– Não vejo por que não – respondeu. – Isso nunca foi um impedimento antes. Ela é sua tia, afinal de contas.

Nick olhou-o, agradecido.

– Obrigado, pai. Obrigado mesmo. Você salvou minha vida. – Levantou-se. – Vou desfazer a mala. Tudo bem se eu tomar um banho?

Milo observou-o sair e serviu-se de mais uma dose de uísque. Sentou-se à mesa e começou a pensar em como poderia ajudá-lo. Ainda estava ali quando Lottie e Pud voltaram. Ela ergueu as sobrancelhas, ele fez um aceno de cabeça e apontou para o teto.

– Vinte e três mil – resmungou, e os olhos dela se arregalaram, horrorizados. – Eu sei – disse ele –, mas a situação é desesperadora dessa vez.

Casa de Verão

– Você parece muito calmo com relação a isso. – Lottie manteve a voz baixa. – Como vai se virar?

Milo encolheu levemente os ombros.

– Pensei no que já havíamos comentado mais cedo. Sobre minha ideia de vender a Casa de Verão para Im e Jules. Afinal de contas, nem Sara nem Nick poderiam reclamar agora, se eu a vender para eles a um preço bastante competitivo, certo?

Lottie pareceu ansiosa.

– Mas está bem para *você*, Milo? A Casa de Verão é mais ou menos uma apólice de seguros, não é? Pelo menos é isso o que você sempre disse. Uma proteção para a velhice ou para a doença.

– Será difícil alugá-la de novo sem uma boa reforma. Se eu a vender, poderei comprar duas outras propriedades para alugar em Minehead ou Dulverton, o que será muito mais sensato, e Im e Jules terão onde morar. Eles não irão se importar se ela estiver um pouco avariada, e eu terei os aluguéis para aumentar minha aposentadoria.

Lottie franziu a testa.

– Parece sensato – admitiu ela, cautelosa.

Eles ouviram os passos de Nick e trocaram um olhar.

– Está tudo bem, ele quer que você saiba. – Lottie virou-se para cumprimentar o sobrinho e o abraçou, consciente do medo e do desespero que se escondiam sob seu alívio e percebendo uma pergunta em seu olhar envergonhado: será que ela já sabia? Será que o condenaria?

– Bom ver você, Nick.

Ele sorriu.

– Obrigada, Lottie. É bom estar em casa. Pensei em dar uma caminhada. Pegar um pouco de ar fresco e esticar as pernas.

Ele saiu, fechando suavemente a porta, e Lottie sentou-se de frente para Milo.

– Muito diplomático da parte dele – disse. – Sirva uma bebida para mim, Milo, por favor, e comece do início.

Nick desceu a rua, a cabeça baixa por causa do vento frio, as mãos nos bolsos.

– Vai dar tudo certo – repetiu algumas vezes, um tanto pessimista, sem sentir realmente qualquer alegria.

Daria qualquer coisa para voltar àquele momento em sua vida quando não havia sucumbido ao medo, retornar àquele momento em especial e fazer tudo diferente. Ainda se sentia mal de tanto arrependimento e vergonha, embora o terror de torcer o estômago houvesse diminuído.

Havia discutido sozinho durante todo o trajeto de carro, tentando justificar as próprias ações. Era fácil agora, pensou, desesperado, imaginar que poderia ter tido coragem de dizer a Alice que eles haviam exagerado em todos os sentidos: que não poderiam continuar a viver no mesmo padrão e que, juntos, teriam que enfrentar vários cortes no orçamento. Só de pensar em tamanho confronto, sentiu-se incomodado novamente, temeroso com a possibilidade de descontentamento dela com seu fracasso. E ali estava o verdadeiro xis da questão: não seria *ela* que estaria errada por conta de suas extravagâncias e esnobismo; apenas *ele* seria culpado por não conseguir mantê-los. Abalado, reconheceu que era por mais do que aflito por preservar a afeição da família e dos amigos; que se sentia diminuído com a crítica deles. Por causa de sua necessidade de agradar a todos ao mesmo tempo, se permitira tomar más decisões, tentando adivinhar o que faria feliz um amigo ou um membro da família. Invariavelmente, isso levava a um ressentimento secreto, mas, ainda assim, continuava a ser guiado por essa necessidade.

Casa de Verão

Quando saiu da estrada para a rua do vilarejo, começou a lembrar das inúmeras ocasiões em sua vida em que seu desejo de se manter popular, amado e admirado fora mais forte do que o instinto de ser sincero consigo mesmo. Era facilmente influenciado e inseguro demais para ter coragem de ter suas próprias convicções. Ah, sabia ser cara de pau, se necessário, usar uma capa de afetação para encobrir suas incertezas e passar a impressão de ser um homem confiante e feliz. Fazia tanto sucesso com sua dupla personalidade que, às vezes, se perguntava se era esquizofrênico. Ele era bom em ser alegre; meio palhaço. Alice gostava disso.

– Você me faz rir – dissera ela uma vez, no início do relacionamento deles. – Gosto disso.

Ele ficara lisonjeado; determinado a manter esse aspecto de sua personalidade e, assim, manter sua aprovação e amor.

Agora, enquanto caminhava pela vila, passando pelos belos chalés com suas chaminés altas de pedra, na direção de Allerford, soubera a razão de seu breve relacionamento com Im ter sido tão mágico. Ela o aceitava pelo que ele era, e havia também a confiança da consanguinidade.

– Éramos como primos – dissera ela, e era verdade, mas aquela proximidade afetiva fora incomparável e preciosa durante o curto período em que tiveram um caso. Im tinha 18 anos e estava no seu primeiro emprego, trabalhando num haras de cavalos de corrida perto de Newbury; ele, um homem imaturo de 30 anos, ia bem no mercado de commodities após algumas mudanças desastrosas de emprego, e saía de carro de Londres para vê-la nos fins de semana.

Ali estava outro campo no qual ele desejava muito reinventar o passado; ter outra chance no que desistira por causa do medo.

– Ninguém precisa saber – dissera Im, ansiosa. – O que sua mãe diria se suspeitasse?

Seu temor o influenciara, e até mesmo naquele momento ele podia se lembrar do medo que sentira diante da possibilidade de dizer à mãe que estava apaixonado por Imogen. Com muita frequência, ao longo de sua vida, a mãe se expressara com bastante ênfase sobre os "usurpadores". Quando criança, andara numa corda bamba entre a raiva potencial da mãe e seu amor natural pelo pai, por Lottie, Matt e Imogen. Ainda assim, sempre precisara do amor e da aprovação da mãe, temeroso de que ela pudesse deixar de gostar dele da mesma forma como havia deixado de gostar do pai.

– A culpa é minha, não é? – perguntara o pequeno Nick, ansioso. – É por minha causa que você e papai não querem mais ficar juntos.

E nenhum dos dois fora capaz de dar uma explicação adequada para o contrário, embora o pai tenha permanecido inalterado em seu amor e atenção para com ele; mais estável e confiável do que a mãe, que era dada a acessos de raiva com relação ao pai naqueles primeiros anos após o divórcio.

Olhando para trás, achava que isso acontecera porque fora a mãe quem decidira se separar e, portanto, se sentira culpada – e tentava se justificar para o filho –, mas ele sabia, naquele momento, que era simplesmente jovem demais para entender as complexidades dos relacionamentos adultos. Esforçara-se muito para manter o frágil vínculo que existia entre os pais.

Nick passou pela Fazenda West Lynch e virou de repente, entrando por um estreito portão de madeira. Andou pela trilha que levava à pequena capela de pedras e entrou. Sentado no banco de trás, ficou olhando para aquele cenário tão conhecido seu. Sentara-se ali com o pai, quando criança, durante o Natal e a Páscoa, durante as férias do colégio interno e, mais recentemente, com o próprios filhos. O silêncio e a atmosfera de paz e devoção lhe trouxeram um conforto inesperado, e ele começou a temer o momento em que precisaria

Casa de Verão

levantar e voltar para a realidade deprimente de sua vida. Baixou a cabeça, tentando pensar em algum pedido, em alguma oração que devesse fazer, mas a única palavra que veio à sua mente confusa foi: "Socorro." E assim rezou:

— Por favor, me ajude — murmurou e, após uma pequena pausa, levantou-se e saiu para aquela noite fria de março.

CAPÍTULO DEZ

A temperatura caiu abaixo de zero durante a noite, e, pela manhã, os narcisos ao longo do acostamento, dos dois lados da estrada, estavam pesados com uma densa camada de gelo, praticamente congelados como um exótico pudim de limão. Amentilhos pendiam como estalactites no ar gelado.

Lottie estava à janela do quarto vestindo seu grosso roupão de lã. À noite, nascera um cordeiro no campo logo abaixo da casa: uma forma pequenina, cinza e branca, como uma pedra no caminho, com duas ovelhas a observando por cima. Uma orelha torta exibiu-se de súbito e logo mergulhou novamente no amontoado de pele e osso. Um pássaro pousou ali perto, e as ovelhas o encararam. Ele saltou para bem perto de Lottie, que se inclinou na janela e sacudiu um xale, de forma que a ave hesitou e saiu voando. As duas ovelhas cutucaram suavemente aquela forma inanimada, e agora um corvo chegava voando, pousando perto do pequeno grupo e sacolejando para a frente. Uma vez mais, as ovelhas o olharam, uma delas deu uma corridinha para a frente, mas parou, e Lottie abriu novamente a janela, batendo palmas para espantá-lo. Agora, pelo menos, o carneirinho estava de pé, cambaleante, fraquinho de dar dó, e as ovelhas protegiam seu corpo trêmulo, abaixando a cabeça para cutucá-lo. O pássaro desceu num lampejo monocromático, segurou a placenta ensanguentada com o bico e arrastou-a, enquanto o corvo aborrecido assistia de um galho baixo e seco.

Lottie ficou mais um pouco na janela até acreditar que o carneirinho estivesse fora de perigo e depois saiu do quarto. Parou no patamar para olhar para cima, para as escadas que levavam ao quarto de Matt no sótão; vazio novamente. Era estranho que, desde suas primeiras visitas, Matt tenha pedido o sótão para si. Até mesmo quando pequeno, adorara o isolamento e a privacidade de seu quarto lá no alto, ficando feliz ao saber que as pessoas que lhe eram importantes não estavam muito longe dali. Lottie e Imogen dividiam aquelas escadas, enquanto o quarto de Milo ficava do outro lado da casa, assim como o quarto de Nick e o de hóspedes.

Quando ela desceu ao primeiro andar, passando pela sala e, depois, para a copa, imaginou como Nick estaria se sentindo naquela manhã. O jantar fora tenso: Milo, quieto e pouco comunicativo, enquanto Nick se apegava, agradecido, a qualquer início de conversa.

O problema era que, pensou Lottie ao se curvar para receber o cumprimento matinal de Pud, em momentos como aqueles quase todos os assuntos pareciam acabar levando para águas perigosas. Vasculhara a mente atrás de algum assunto que, de uma forma ou de outra, não se referisse à família de Nick ou ao trabalho e, por fim, decidiu sacrificar o orgulho de Matt no altar da necessidade social. Conversaram sobre a dificuldade de se dar continuidade a um romance e a um filme de sucesso com algo igualmente bom, se não melhor, e sobre a pressão em que ele se encontrava. Nick fora leal e concordara totalmente com a ideia de Lottie de que Matt precisava de um descanso de Londres e dos lembretes constantes de seu fracasso para prosseguir com seus planos.

— Ele voltará na Páscoa — dissera a ele. — Não consegue encontrar um lugar para alugar no momento, então ficará algum tempo aqui. Ele gostaria de ficar uns dois meses afastado.

Sorrira para Nick, não buscando sua aprovação, mas esperando que ele não se sentisse desapossado pela expectativa de Matt ficar tanto tempo ali.

— Acho que é uma ótima ideia — respondeu Nick, sem demora. — Talvez encontre inspiração, já que ficará afastado dos fantasmas de sempre. Adorei *Epiphany*. É um livro maravilhoso, não é? Um encontro de *Senhor dos Anéis* com *Harry Potter*. Está cheio de imagens, tramas e ideias. Acho que ele precisaria de alguns anos para escrever outro livro como esse. Ou talvez queira fazer algo diferente dessa vez.

Lottie negara com a cabeça.

— Não acho que Matt saiba o que quer fazer. Está tentando desesperadamente ter alguma ideia. Precisa de um tempo com Im e Rosie. De vida familiar normal.

— E a mãe dele morreu. Precisa de um tempo para se acostumar com isso também. Pobre Helen. Com certeza, é ainda pior para Matt e Im o fato de ela ter tido uma vida tão conturbada.

Tocada por sua intuição, Lottie sorriu com carinho, e ele retribuiu com um sorriso tão triste e consciente que ela sentiu vontade de se levantar, contornar a mesa e abraçá-lo. Então Milo mexeu-se, serviu-se de mais vinho e começou a falar em vender a Casa de Verão. Lottie ficou tensa e trêmula, mas logo ficou claro que essa não era uma ideia nova para Nick e, quando Milo sugeriu que talvez oferecesse a casa a Im e Jules por uma quantia que eles pudessem pagar, viu que Nick ficou claramente satisfeito.

Também ficou claro que a rápida generosidade de Nick a favor de Im causara em Milo um tipo de satisfação às avessas. Lottie era capaz de ler seus pensamentos sem dificuldade; afinal, a única pessoa que teria algum prejuízo com tal arranjo era o próprio Milo – mas Nick ficou tão aliviado, tão ansioso para se mostrar satisfeito com a venda da Casa de Verão para Im e Jules, que não lhe ocorreu se solidarizar com a perda financeira do pai. Do outro lado da mesa, Lottie vira Milo num embate interior, lembrando a si próprio que, em primeiro lugar, ele já queria fazer isso mesmo antes de ficar sabendo do dilema de Nick e, finalmente, desistindo de fazer qualquer comentário sarcástico que pudesse humilhar ainda mais o filho. Ela levantou os óculos e olhou para Milo, reconhecendo sua batalha interior silenciosamente, e ele entendeu e sorriu, admitindo a tentação que sentira com uma piscadela ligeiramente constrangida.

Quando Lottie e Pud fizeram sua peregrinação matinal ao comedouro dos pássaros, ela sentiu-se mais leve: o momento difícil havia passado, e Nick estava fora de perigo. Imaginou como Milo abordaria o assunto da Casa de Verão com Imogen e tentou dimensionar sua satisfação. Uma corrente de ar gelado movimentou as folhas espessas dos arbustos de rododendros e lhe roçou o rosto; ela levantou a gola do comprido roupão de tricô e voltou correndo para casa.

Para alívio de todos os três, Nick fora embora no meio da manhã. Milo fizera a ligação necessária para o banco e preenchera um cheque que Nick aceitara com murmúrios incoerentes de gratidão e promessas de nunca fazer uma coisa daquelas de novo. Todos os três estavam constrangidos, nenhum sabendo como se despedir de forma natural. Estava claro que Nick sentia vontade de ir embora, apesar do quanto tentasse convencê-los de que isso se dava apenas porque ele precisava descontar o cheque e pagar as dívidas. Em seguida, após entregar o cheque, Milo teve uma recaída súbita e violenta por causa da estupidez do filho e o fez prometer que iria pedir demissão do cargo de tesoureiro do clube de golfe. Nick, aparentemente magoado, disse-lhe que já havia decidido fazer isso, tão logo chegasse o momento oportuno.

Desde que essa cena ocorrera na copa, com a presença de Lottie, ela tentara amenizar o constrangimento oferecendo um sanduíche e café a Nick, mas ele não aceitou, apenas sorriu e retirou-se para buscar a bolsa de viagem.

Milo parecia desconfortável, lamentando seu destempero emocional, mas aborrecido por ainda sentir remorso.

Lottie lhe sorriu.

– "Presentes caros tornam-se pobres quando quem os deu se prova descortês" – citou, com a voz branda.

– Cala a boca – resmungou ele em resposta, mas já estavam os dois rindo quando Nick voltou à copa.

Ele olhou para um e outro, os ânimos revigorados de alívio, e todos foram juntos até o carro.

– Agora, para ser franco – disse Milo, ainda magoado, quando acenavam para Nick que descia a estrada –, esse meu filho se comporta de forma tão... bem, tão *desonradamente* imbecil, que ainda mal posso acreditar.

– Ele me pareceu mesmo disposto a lhe pagar – respondeu Lottie. – Disse que ficou tão horrorizado quando viu o tamanho da dívida, que chegou a ficar doente. Tente ver as coisas pelos olhos de Nick. Foi como se ele estivesse pegando dinheiro emprestado por apenas algumas semanas. Foi assim que viu. Não estou usando isso como desculpa, Milo, não mesmo, mas não foi um ato criminoso. Todos nós nos vemos tentados em algum momento, não é? E fazemos coisas que outras pessoas podem considerar desonradas.

Milo abriu a boca para rebater que nunca havia se visto numa situação dessas, mas a fechou, imaginando, de repente, quantos amigos seus haviam olhado para seu relacionamento com Venetia sob a mesma luz de complacência que ele. Talvez alguns deles tenham também considerado que era desonroso ter um caso com a mulher de um amigo aleijado.

Mas não foi exatamente *assim*, pensou, na defensiva, e viu que Lottie o observava com aqueles olhos estreitos, como se querendo que ele fizesse as conexões.

— Acho que vou levar Pud para dar uma volta — disse repentinamente. — Vamos até o correio para pegar minha aposentadoria. Precisa de alguma coisa?

Lottie negou com a cabeça.

— Acho que não.

Milo hesitou.

— É melhor você falar com Im sobre a Casa de Verão? Ou eu falo?

— Ah! — Ela pensou no assunto por um momento. — Achei que você gostaria de falar. Como quiser.

— Fale você — disse ele. — Vá e fale com ela que eles podem ficar com a casa. Você sabe quanto eles podem pagar.

— Tudo bem — respondeu. — Vou procurar Pud enquanto você pega o casaco e depois ligo para Im.

CAPÍTULO ONZE

Imogen estava sentada no sofá do Bar e Adega do Dunster Castle Hotel, com uma xícara de café sobre a mesa e Rosie no carrinho ao lado.

— Podemos nos encontrar antes de eu voltar? — perguntara Nick durante a ligação apressada na noite anterior. — Sim, tudo vai ficar bem, graças a Deus, mas eu adoraria ver você, se puder. Dunster? Ótimo. Onze horas no Castle? Nos vemos lá então.

Agora, ela observava a porta de entrada do bar e conversava com Rosie, que estava sonolenta e relaxada, quase adormecida, depois de ter sido empurrada rua acima no ar frio da Conygar Tower e sacolejado pelas pedras, num passeio pela cidade. Imogen sorriu para Gryam atrás da bancada do bar e perguntou-se por que seus encontros com Nick sempre a deixavam com um leve sentimento de culpa. Eles se conheciam praticamente a vida toda e não havia razão para que não pudessem tomar café ou qualquer outra bebida juntos — ainda assim, havia uma pequena sensação de nervosismo que remetia àquele momento louco que haviam dividido dez anos antes.

Casa de Verão

Por exemplo, ela não contou a Jules que veria Nick nessa manhã e se sentiu extremamente relutante para explicar o que, exatamente, Nick fora fazer lá, dizendo apenas que ele se atrasara com os pagamentos da hipoteca e que Alice gastava dinheiro demais. Não que Jules estivesse muito interessado; o novo emprego exigia muito dele, e ele nunca tivera tempo de sobra para Nick.

Imogen se remexeu inquieta quando três mulheres entraram no bar e se dirigiram para uma mesa num canto. Imaginou se Venetia alguma vez teria ido ao Castle tomar café com seus amantes e virou o corpo instintivamente, voltando-se para Rosie.

– Olá – disse Nick, aproximando-se por trás. – Oi, Rosie – e levantou um brinquedinho, um coelhinho macio e aveludado.

Rosie estendeu os bracinhos ávidos, emitindo sons de encantamento que fizeram Imogen sorrir.

– Ah, meu amor! – disse para a filha – Não é lindo? Diga "Obrigada, Nick", ou devíamos chamá-lo "Tio Nick"? – perguntou, erguendo os olhos para ele e sentindo-se constrangida de repente, agora que ele estava ali, tentando dar ênfase ao aspecto familiar.

– Não sei muito bem se tenho jeito para tio – disse, sentando-se no outro sofá, que fazia um ângulo de noventa graus com o outro e tirando-a da visão do restante das mesas. – Tenho, Rosie? Gosta dele? – E fez o coelhinho dançar, arrancando uma risadinha dela.

Imogen serviu café para ele.

– Então ficou tudo bem? – perguntou, mantendo a voz baixa. – Minha nossa, que alívio. Para ser franca, agradeço a Deus por você. E Milo fez aquela cara de pai durão?

Nick encolheu os ombros.

– Um pouco. Mas ele tinha todo o direito, não tinha? Para falar a verdade, ele foi brilhante. – Respirou fundo e soltou o ar vagarosamente. – Ele salvou minha vida.

— Nosso querido Milo. E o que fará agora?

— Estou indo para casa. Preciso organizar tudo e, enfim, seria um pouco complicado ficar aqui. Você sabe como é, todo mundo meio constrangido. Voltarei em breve e tentarei ser mais natural.

— E o que Alice falou?

Nick recuou um pouco; seu rosto ficou inesperadamente ruborizado, e ela o observou, curiosa.

— Eu ainda não contei para ela — admitiu ele, relutante.

Mais uma vez, Imogen foi tomada por várias sensações: por aquela mistura peculiar de triunfo e choque; de prazer de saber mais do que Alice; de estar ali firme, ao lado de Nick.

— Mas por que não? — perguntou ela, fingindo indignação por Alice. — Francamente, Nick, ela deve estar extremamente nervosa.

Ele pareceu desconfortável, até mesmo aborrecido.

— É que não estou muito ansioso pela nossa conversa. Ele não vai ficar feliz como você ficou. Não por mim. Ficará feliz por termos nos livrado do aperto, e isso é tudo. Não dará a mínima para papai, e eu ainda vou ouvir um sermão, por isso não contei.

— Ah, Nick. — Imogen tocou-lhe levemente o joelho e depois foi rápida em recolher a mão, quando ele ameaçou pegá-la, segurando a xícara de café. Rosie deixou tombar a cabeça, sonolenta, o coelhinho ainda próximo do peito. Imogen olhou para a filha com o coração se derretendo de amor. A culpa lhe revirou o estômago. — Mas você terá que contar a ela, não? — acrescentou rapidamente, enchendo novamente a xícara.

— Ela ficará com a mãe pelas duas próximas semanas — respondeu ele, como se isso fosse algum tipo de resposta. — Bem, sim, claro que contarei para ela. Mas não fará muita diferença. Eu estava pensando, Im, se volto na semana que vem para ficar um ou dois dias. Eu tinha

Casa de Verão

planejado uns dias de folga, para ir ver as crianças, mas não acho que isso mudará alguma coisa no que diz respeito a Alice e, enfim, também não posso dizer que esteja com muita vontade de encarar os pais dela no momento.

Imogen não olhou para ele, em vez disso, prendeu com mais firmeza a manta nas perninhas de Rosie.

— Acho que Milo ficará feliz em ver você.

— Eu detestaria que ele pensasse que só apareço quando quero alguma coisa. Acha que é uma boa ideia eu vir ou está perto demais de tudo o que aconteceu, e ele só vai ficar constrangido?

— Claro que não — afirmou ela. — Milo não é assim. E Lottie também não. Traga um presente para ele e o leve para tomar uma cerveja.

Nick concordou.

— É o que eu gostaria de fazer. E quanto a você? Também devo lhe trazer um presente ou levá-la para tomar uma cerveja?

Ela riu, mantendo o tom de brincadeira.

— Por que não?

Eles sorriram, acolhidos pela afeição mútua. Nick a olhava, como se na dúvida se deveria lhe contar alguma coisa, tinha um olhar estranho e empolgado.

— O que foi? — perguntou.

— Sabe o que eu estava dizendo sobre papai ter que vender a Casa de Verão? — perguntou. Ela concordou, com os olhos arregalados. — Bem, ele vai vendê-la.

— Ah, Nick! — Imogen pareceu triste. — Sinto muito.

— Escute aqui. Papai não está sentindo muito, nem eu. Ele quer vendê-la para você e Jules. A um preço que vocês possam pagar. É o que ele quer, Im.

— Mas ele não pode fazer isso! — disse, com ênfase. — Não deve! Quer dizer, ele pode vendê-la, é claro, a casa é dele, mas deve vendê-la a um preço justo. Não para nós.

— Mas é o que ele quer — repetiu Nick. — Papai vê você e Matt como parte da família, e é uma forma de, bem, você sabe, dar alguma coisa a você, como se fosse filha dele.

— Mesmo assim. Ele não deveria fazer isso. — Im estava em estado de choque. — Não posso acreditar.

— Eu não devia ter contado. Eu só queria que você soubesse que estou totalmente encantado, caso você pudesse vir a achar que eu ficaria... bem, você sabe.

— Mas sua mãe vai ficar furiosa. Vai ficar louca. Afinal, é a sua herança, não é?

— É por isso que eu quero que você saiba que estou totalmente do lado de papai. Espero que você seja boa atriz, Im. Você terá que fingir que não sabe de nada quando papai ou Lottie contar para vocês.

— Tem razão. Você não devia ter falado nada.

Nick pareceu desapontado, e ela soube que ele sentira vontade de ter sua participação na generosidade de Milo, para amenizar seus próprios erros e ser capaz de atribuir algo de bom à situação. Como sempre fizera, Imogen respondeu à sua expressão magoada estendendo a mão e sorrindo.

— Não vou nem ousar acreditar nisso até Milo dizer alguma coisa. É bom demais para ser verdade. Eu adoro a Casa de Verão.

— Eu sei. — Apertou a mão dela, sorrindo em retribuição... E então Rosie acordou subitamente, procurando pelo brinquedo caído, deu um gemidinho, e o momento passou.

* * *

Casa de Verão

Enquanto saía de carro de Dunster por Alcombe, Imogen foi tomada de apreensão. Mesmo que Milo quisesse oferecer a ela e Jules a Casa de Verão, ela preferia que Nick não tivesse contado. Sabia que não era boa atriz e perguntou-se como é que iria fingir surpresa diante de tanta generosidade. Sentiu-se reconfortada ao pensar que Milo logo se arrependeria de sua generosidade inicial e ninguém tocaria no assunto de novo, e foi logo tomada de decepção, no caso de isso ser verdade.

– Não se esqueça – Nick a avisara assim que eles se despediram no estacionamento. – Você não sabe de nada. Nós não nos encontramos. Desculpe, meu amor, mas esse pareceu o melhor caminho.

Eles haviam se abraçado, e Nick fora embora, mas ela ficou se sentindo ligeiramente irritada pelo fato de ter de encenar sua surpresa. Agora, enquanto passava por Tivington, pela igreja de Selworthy, estonteantemente bela sob a luz do sol, tomou uma decisão. Virou à direita para a Allerford e continuou pela estrada para Bossington até chegar à entrada da Casa Alta. O carro de Milo não estava, mas Lottie saiu para encontrá-la, abaixando-se para sorrir para Rosie, que a observou séria e levantou o coelhinho como uma forma de cumprimento.

Ao ver o coelhinho, o coração de Imogen pareceu se apertar dentro do peito.

Pensou: Graças a Deus, Rosie não sabe falar. Mas isso a fez sentir-se mais culpada ainda, e ela logo se virou para Lottie e conversou sobre amenidades, contou que elas haviam estado em Dunster, passeado pela Conygar Tower, depois tomado um café no Castle e, num impulso, haviam decidido parar ali para ver como iam as coisas... De repente, ficou em silêncio, pensando em tudo que não deveria dizer e fingindo nem mesmo saber se Nick ainda estava ali com eles.

Lottie a abraçou e beijou.

— Nick já foi — disse — e está tudo bem. Você pode ficar para o almoço? Se deixar Rosie aqui fora, trago a caixinha com todas as coisas dela. Espero que você tenha trazido um pouco de leite, trouxe? Milo deu uma corrida até Porlock, mas não vai demorar.

Imogen soltou as tiras da cadeirinha e levantou Rosie. Tinha a sensação de que Lottie sabia muito bem que ela e Nick haviam feito contato, talvez até soubesse que eles haviam se encontrado, e sentiu-se pouco confortável. Assim que entraram, Lottie foi buscar o cercadinho que guardava para as visitas de Rosie e o colocou no chão, perto da lareira. Imogen colocou-a dentro dele, e Rosie sentou-se no acolchoado, examinando o coelhinho — que agora, aos olhos culpados de Imogen, parecia ser de tamanho natural — e murmurando suas próprias palavras para ele.

— Bah — murmurou Rosie. — Bah, boh, da. — Apertou o coelhinho contra o rosto e depois jogou-o com um movimento brusco contra a tela do cercadinho. Mudou o lado de apoio e deu meia-volta, engatinhando precariamente para um livrinho rasgado, pendurado numa cordinha.

— Ela já tomou a mamadeira. — Im ocupou-se com a bolsa cheia de fraldas, sucos e brinquedos, quase não conseguindo olhar no rosto de Lottie, de tanto medo de dizer logo a verdade. — Mas eu trouxe coisas para ela almoçar, caso seja necessário.

— Espero que você tenha tido notícias de Nick — disse Lottie, tranquilamente. — Você é o porto seguro dele em momentos como esse, não é? Ele sabe que você está sempre do lado dele.

Imogen ficou em silêncio, as mãos ligeiramente tensas, respostas passando por sua mente, embora ela não conseguisse encontrar nenhuma que julgasse adequada.

— Enfim — dizia Lottie, sem esperar por qualquer resposta. — Milo encontrou uma saída. E ela inclui vender a Casa de Verão.

Casa de Verão

— Ah! — lamentou-se Imogen, a cabeça ainda enfiada dentro da bolsa. — Pobre Milo. — Simplesmente não conseguia olhar para Lottie e maldizia Nick por tê-la colocado naquela situação. — Sinto muito.

— Bem, mas *ele* não. — Lottie parecia quase feliz. — Ele estava tentando pensar numa forma de oferecer a casa para você e Jules a um preço que fosse justo para Nick, e não fizesse Sara entrar em órbita, e agora Nick apresentou a solução ideal.

Imogen levantou a cabeça, as faces vermelhas, e ficou olhando para Lottie. A mulher mais velha começou a rir.

— Pobre Im — disse. — Você nunca foi boa em esconder os seus sentimentos, não é? Mesmo quando era pequena, quando Matt ameaçava matar você, você logo contava tudo. Então Nick já lhe falou, e está tudo bem. Talvez devesse ter dado ao pai a chance de ele mesmo contar, mas como ele me pediu que eu contasse...

— É que ele queria que eu soubesse como estava feliz. — Im finalmente desabafou. — Sabe como é. Ele disse que Sara certamente ficaria uma fera, mas que ele estava supercontente. Ele só queria que eu soubesse, e queria também se despedir... Como ficou sabendo?

—Ah, querida! O seu rosto. Está com uma aparência tão culpada e sofredora que adivinhei na mesma hora. Pobre Im. E ele fez você jurar que não diria nada, claro.

— Bem, fez. Estava muito envergonhado pelo que tinha feito e pela generosidade do pai, mas achou que a notícia deveria vir como uma surpresa quando Milo me contasse. Para ser franca, Lottie, ainda não consigo acreditar. Não posso acreditar que Milo seria tão generoso. Por que está agindo assim?

— Porque ele ama você. Você e Matt são muito queridos para ele. Nick já recebeu uma infinidade de ajuda e herdará tudo o que é dele um dia, e Matt está seguro financeiramente depois de todo o sucesso que fez. Milo estava procurando uma forma de ajudar você e Jules, e isso é tudo. Sabe como você adora a Casa de Verão e que precisa de um lugar para morar. Mas você terá que contrair uma hipoteca. Ele não está te dando a casa de presente.

– Claro que não! – Gritou Imogen. – Nem iríamos querer que fizesse isso. Só que é tão... incrível. Não é, Rosie? – Inclinou-se e tirou Rosie do cercadinho, balançando-a no ar. – Meu Deus, essa criança está com um cheiro terrível! Vou levá-la lá para cima e trocá-la. – Hesitou, segurando Rosie perto do corpo, os rostos quase se tocando. – E obrigada, Lottie. Eu já devia ter imaginado, não é? Que você vê através de mim.

– Você sempre amou Nick – limitou-se a responder. – Ele tem muita sorte. Todos nós precisamos de alguém que nos ame incondicionalmente. Você sempre esteve ao lado de Nick.

Im ficou confusa, constrangida, abriu a boca para tentar dar uma explicação, mas Rosie começou a choramingar, então olhou agradecida para Lottie, pegou a bolsa e subiu correndo as escadas.

CAPÍTULO DOZE

Durante todo o caminho de volta ao chalé Imogen ficou se perguntando como contar a Jules as empolgantes notícias.

— É claro que Jules não conhece direito a Casa de Verão — dissera para Lottie. — Só viu partes dela e, mesmo assim, através das árvores. Você acha que o casal Moreton nos deixaria dar uma olhada? Afinal, se eles estão indo embora, não faria muita diferença, faria?

Imogen diminuíra a velocidade do carro no início da estradinha, no lugar em que ela se bifurcava para a Casa de Verão, e ficou observando, para ter uma noção da pequena casa caiada com seu telhado de telhas vermelhas e sua bela varanda. Sabia que a casa fora construída num impulso, pela bisavó de Milo, que queria um ateliê onde pudesse pintar suas belas aquarelas em paz; a geração seguinte utilizou-a como casa de veraneio especial, na qual as crianças poderiam fazer piqueniques e dar festas. Logo depois da guerra, o pai de Milo fizera um acréscimo na casa-ateliê e a transformara num delicioso chalé para o casal que trabalhava para ele. Imogen se lembrava da distribuição dos cômodos: duas grandes salas no andar de baixo, agora uma sala de visitas e uma copa-cozinha divididas pelo corredor que se abria para a varanda; e um outro acréscimo bem posterior, no andar de cima, dois quartos de tamanho muito bom, um quarto menor (perfeito para Rosie) e um banheiro.

Alegre com a perspectiva, dirigiu-se a Porlock, acenou para Richard – o dono da Antlers, a pet shop – e encostou no meio-fio, ao lado dele, parando na linha amarela dupla.

– Vamos querer um cachorrinho! – gritou. – Venho pegá-lo daqui a duas semanas. Virei aqui comprar algumas coisas para ele! – Deu uma olhada no espelho quando um carro parou atrás, sem conseguir passar. – Ai, meu Deus! É melhor eu...

Saiu com o carro novamente, ainda exultante, conversando com Rosie e acelerando para a rodovia expressa rumo ao chalé. Ray saiu da cabine do pedágio, reconheceu o carro e acenou para ela passar. Imogen sorriu, sentiu-se tentada a parar e lhe contar as novidades, mas resistiu, ciente de que Jules deveria ser o primeiro a saber. Pensou em como deveria lhe contar:

– Você não faz ideia do que aconteceu! Tenho uma notícia mara-vilhosa! Milo quer nos vender a Casa de Verão!

Entrou no caminho de carros e deu uma olhada no relógio: quase 15h30. Rosie havia pegado no sono, e Imogen decidiu deixá-la ali, dormindo sob o sol, por mais dez minutos. Desceu do carro, fechou a porta lentamente e ficou um momento do lado de fora, respirando o ar frio. Nesse dia, a costa de Wales, limpa e muito bem-definida, parecia estar a apenas um passo da estreita faixa de água azul, na qual um barquinho a motor avançava para o norte como uma flecha brilhante, seu rastro ondulado e cremoso cintilando no sol do entardecer. Uma gaivota solitária voava em ângulo com ele.

Imogen suspirou de prazer. Entrou no chalé, imaginando o que prepararia para o jantar – havia alguns cortes de carneiro na geladeira

— e foi ver se tinha uma garrafa de vinho com a qual pudessem comemorar a boa notícia. Esperaria Rosie dormir — a hora do banho era sempre um caos muito grande, e ela queria conversar direito com Jules, sem distrações — e, então, lhe serviria um drinque e contaria a novidade. Se desse sorte, seria uma daquelas noites em que ele chegaria tarde em casa a tempo apenas de ler uma historinha para Rosie e lhe dar um beijo de boa-noite. Assim, sentiria menos tentação de desabafar tudo no momento em que ele chegasse, antes que Rosie já estivesse dormindo. Deixou escapar um gritinho de antecipação assim que seu celular tocou: uma mensagem de texto.

Pegou o telefone, apertou a tecla: era de Nick.

"Em casa. Td bem? Papai já te falou? Bj."

Respondeu rapidamente:

"Lottie contou. Louca p/contar p/Jules.", hesitou, sem saber se adicionava uma mensagem afetuosa. Então acrescentou "bj." E a tecla "send".

Outra mensagem chegou, quase em seguida.

"Blz. Faça contato. Te amo mto. Bj."

Im ficou olhando para a mensagem e encolheu os ombros desprezando o desconforto. Nick sempre enviava mensagens afetuosas; não havia nenhum mal nisso. Estranho como nesses dois últimos dias ela ficara extremamente sensível a ele. Estava apenas sendo uma tola. Digitou rapidamente outra mensagem, sem se dar tempo de ficar pensando, e a enviou.

"Falamos + tarde. Te amo tb."

Deu outra olhada no relógio: hora de acordar Rosie ou ela não dormiria à noite. Imogen foi buscá-la. A filha dormia profundamente e reclamou ao ser acordada: choramingou, buscando o coelhinho de pelúcia e reclamando quando não conseguiu encontrá-lo.

– Pare com essa agitação. – Imogen colocou a filha sobre o quadril.
– Aqui está o coelhinho. Vamos lá. Vamos tomar um chá.

Pegou a bolsa grande com os apetrechos do bebê no banco traseiro, trancou o carro e levou Rosie para dentro de casa.

– Mas eu não quero comprar a Casa de Verão – disse Jules. Com metade do corpo no banco alto do bar, virou-se para olhar para Imogen, um dos cotovelos apoiados na bancada larga de pinho. – Não quero morar em Bossington.

Imogen permaneceu imóvel, ajoelhada no chão, alguns brinquedos de Rosie ainda nas mãos. Jogava-os para dentro do cercadinho, mas agora o encarava, imóvel de tão chocada. Sua expressão, a forma suplicante como estava ajoelhada, irritaram Jules. Fez com que se sentisse culpado, como se a estivesse agredindo, o que não era justo.

– Vamos lá, Im. Já falamos um milhão de vezes sobre isso. Queremos morar perto de Simonsbath. Você sempre disse que queria também. Não fui só eu.

– Eu *sei* que eu disse! – Gritou, angustiada, querendo que ele entendesse como aquilo era crucial para ela. – Mas foi antes de isso acontecer. Jamais pensei, nem por um *minuto* sequer, que teríamos a chance de comprar a Casa de Verão. E a um preço que poderemos pagar. Ela vale duas vezes o valor, Jules. E, todos os assuntos a parte, você não está vendo a pechincha que é?

– Uma coisa só é pechincha se for o que você quer. E eu não quero a Casa de Verão.

Imogen atirou o restante dos brinquedos dentro do cercadinho e levantou-se. Jules preparou-se inconscientemente para o que viria. As faces dela estavam rubras, o que fez com que seus olhos parecessem mais azuis do que o usual e, de calças jeans e com a malha frouxa que vestia, estava muito bonita e muito, muito jovem. Jules sentiu vontade de lhe estender os braços, mas sua expressão não o encorajou.

– E quanto a mim? – perguntou.

Jules retribuiu-lhe o olhar. De repente, não quis mais abraçá-la; em vez disso, viu-se tomado de ressentimento.

– Não estou pensando em você – disse, bruscamente – ou estou pensando indiretamente. – Virou-se para olhá-la, quando ela circundou a ponta do bar pisando forte para entrar na cozinha. – Nós já falamos sobre a distância que estamos do meu trabalho, e já cansamos de comentar que o trânsito é um inferno quando sou chamado para alguma emergência à noite. Nós dois odiamos isso, não sou só eu. Tudo bem, daqui eu posso chegar bem rápido à rodovia A39, mas, mesmo assim, há quilômetros e mais quilômetros de curvas. Você sabe muito bem que nós atendemos fazendas e haras até Twitchen e Molland, e é você que faz o maior escândalo quando eu tenho que sair no meio do nevoeiro ou da neve às duas da manhã. E você detesta quando passo a noite no apartamento da clínica. É uma clínica pequena, Im, somos só duas pessoas, e eu sou o assistente que está de plantão quatro noites por semana, não posso arriscar que algo não dê certo.

– Mas isso irá mudar – argumentou ela – quando a clínica começar a crescer. – Mordeu o lábio tentando conter sua grande decepção. Ele a fez sentir-se egoísta, mas sua vontade de comprar a Casa de Verão era tão grande que ela não conseguia pensar direito.

Jules a observava. A resposta dela o magoara profundamente.

– Você está querendo dizer que a Casa de Verão é mais importante que a minha segurança. É disso que estamos falando, Im. Dirigir por Exmoor é ótimo em um dia bonito, sem pressão; mas faça isso num dia de nevoeiro, com um animal doente na carroceria, ou voltando exausto para casa com outro dia de trabalho pela frente. Estaremos acrescentando quase cinco quilômetros, se nos mudarmos para Bossington, e não estamos falando de boas estradas.

Im recostou-se no escorredor de pratos, os braços cruzados sobre o peito; sentia-se desafiadora e na defensiva, as duas coisas ao mesmo tempo. Sabia que fazia todo sentido Jules lhe dizer aquelas coisas, embora mal pudesse acreditar que ele não estivesse, nem por um minuto sequer, pensando no que essa oportunidade representava para ela: ser a dona daquela casinha e ficar próxima de Milo e de Lottie, com Matt e Nick por perto e Rosie crescendo rodeada por uma família de verdade. E – seu coração ficou ansioso – se eles não comprassem a casa, será que Milo poderia ajudar Nick? Milo sabia que ela e Jules tinham o dinheiro para a entrada e uma linha aberta para financiamento imobiliário. Se eles não comprassem a Casa de Verão, talvez ela demorasse anos para ser vendida. Sendo assim, como Milo arrumaria dinheiro? Não podia dizer essas coisas a Jules; soaria um pouco estranho preocupar-se a esse ponto com Nick. Já fora difícil explicar o coelhinho. Rosie se recusara a dormir sem ele, e Jules perguntara se o brinquedo era novo, ao que Im respondera:

– Sim, conseguimos hoje de manhã em Dunster.

O que não era uma completa mentira, mas também não era a absoluta verdade. Simplesmente não sentira vontade de mencionar seu encontro com Nick e naquele momento via-se numa mistura de decepção, choque e raiva.

– Dê uma olhada no mapa – continuou Jules. Descera do banco e pegara o atlas da prateleira. – Veja só. – Estava batendo com o dedo nas linhas irregulares que simbolizavam as estradas, a cabeça baixa a ponto de ela ver o início de sua calvície, e ela nunca gostara tão pouco dele quanto naquele momento. – Veja o tipo de terreno do outro lado

Casa de Verão

do mangue, entre onde estamos agora e Simonsbath. Eu levo em torno da meia hora a partir daqui. E só para chegar ao trabalho. E se eu tiver que ir aos haras em Molland ou em Twitchen?

Ergueu os olhos para Imogen, e ela ficou olhando o mapa, sem querer olhá-lo de frente. Jules fechou-o com força e colocou-o de volta na estante.

— Você simplesmente não está dando a mínima, não é?

— Eu só queria uma chance de discutir o assunto de forma sensata, é isso — respondeu, com raiva.

Eles se encararam, nenhum dos dois disposto a ceder, a noite em ruínas para ambos. Jules levantou-se e dirigiu-se ao corredor, enquanto Im permaneceu imóvel, ouvidos atentos: com certeza, ele não iria simplesmente sair. Para onde iria? Ele retornou com a capa de chuva, a expressão fechada.

— Tenho plantão hoje à noite — disse — e é quase certo que terei que ir a Molland em algum momento. Vou passar a noite no apartamento da clínica e jantar no bar. — Fez uma pausa, esperando que ela protestasse, gesticulasse, e encolheu os ombros. — Boa-noite, então. — E saiu.

Im mal pôde acreditar que ele havia ido embora; tinha certeza de que ele estava blefando e voltaria. Ouviu-o ligar o motor do quatro por quatro e depois o barulho diminuir quando se afastou. Ressentimento e decepção bloquearam qualquer tendência no sentido do arrependimento, embora ela soubesse, no fundo do coração, que Jules tinha todo o direito de expor suas razões.

Ainda assim... Im saiu de trás do bar. Mal sabia o que fazer; nutrira expectativas tão grandes, sentira-se tão feliz! E não podia falar sobre isso com ninguém. Não ainda. Seus amigos mais íntimos entenderiam, claro que sim, mas seria meio traiçoeiro apresentar o ponto de vista de Jules sem que eles suspeitassem de que ela estivesse sendo egoísta.

Por outro lado, com certeza, eles entenderiam como ela se sentia com relação à Casa de Verão. Só o fato de pensar nisso já lhe dava vontade de gritar. Im encheu uma taça de vinho e guardou a comida que estava preparando para o jantar de comemoração: simplesmente não estava mais com fome. No corredor, fez uma pausa para ver se ouvia algum barulho no andar de cima e foi à sala de visitas. Acendeu a lareira, ligou a televisão e sentou-se, concluindo que nem teria coragem de ligar para Nick. Após alguns momentos de reflexão, percebeu por quê: não suportaria se sua ansiedade com relação ao dinheiro fosse maior do que sua preocupação com o seu desapontamento.

Tomou uns goles do vinho e, num impulso, pegou o telefone do braço da poltrona e chamou o número de Matt. Ele atendeu após alguns toques.

– Oi, Im. – Como sempre, pareceu um tanto desligado, mas, ainda assim, de um conforto familiar.

– Como está?

– Ah, Matt – respondeu, abalada. – Estou péssima. Você nem pode imaginar!

– Não, não posso. – Soou mais alerta. – O que está acontecendo?

– Tem um minuto? Não está de saída?

– Não, tem toda a minha atenção.

– Bem... – Im acomodou-se aliviada no canto do sofá e começou a falar.

CAPÍTULO TREZE

Matt largou o celular e ficou um momento pensando na conversa que tivera com Im. Que confusão tudo aquilo! E o que seria o certo? Podia entender o ponto de vista de Jules: além da preocupação genuína com a distância do trabalho, também podia entender a razão de ele talvez não querer morar tão perto de Milo e Lottie.

– Pense bem – dissera para Im. - Você gostaria de morar tão perto assim dos pais de Jules? Eu sei que eles moram na Escócia e, portanto, há uma série de razões para isso não ser uma possibilidade de verdade, mas pense nisso, Im.

– Milo e Lottie não são meus pais – respondera, renitente. – É diferente.

– Não, não é. Não é mesmo – dissera ele. – Seja honesta. Lottie sempre esteve *in loco parentis* para nós, com aquele seu jeito de vida pouco convencional. E Milo foi a nossa figura paterna. E é assim que Jules os vê. Mas eu sei que você adora a Casa de Verão e a ideia de ter Milo e Lottie por perto...

Tentara ser franco, mostrar-lhe os dois lados da questão, mas a verdade é que sentira muitíssimo por Im; devia ter sido um choque tremendo ver Jules tão firme em sua posição contra os desejos dela. E, depois, ainda tinha toda aquela história com relação a Nick, sobre precisar de dinheiro e não receber a gratificação. Bem, pelo menos não era outra mulher, apesar de que, conhecendo Alice como ele conhecia, suspeitava de que ela superaria um caso extraconjugal com muito mais facilidade do que perdoaria um sério problema financeiro: ela jamais aceitaria uma queda no padrão de vida.

É claro que percebia que, se Jules comprasse a Casa de Verão, isso seria a solução perfeita para todos, mas por que Jules deveria se sacrificar por Nick?

— Como vou contar para eles? — gritara Im, angustiada. — Milo está achando que realizará o meu sonho e resolverá o problema de Nick. E Lottie vai ficar supermagoada, achando que Jules não quer morar perto deles.

— Ei, relaxa! — dissera a ela. — Tente ser racional. Nenhum dos dois vai ficar nem um pouco surpreso por Jules se preocupar com o trajeto de ida e de volta do trabalho. É uma viagem dos infernos, principalmente quando o tempo está ruim e com animais doentes na carroceria do carro. Eles podem ficar um pouco decepcionados, mas vai acabar tudo bem. Não sei como Milo irá arrumar dinheiro para Nick, mas isso não é problema seu. É entre eles. Enfim, não vejo o banco de Milo criando problemas com todos os bens que ele tem. E ele ainda pode vender a Casa de Verão.

— Isso é tão cruel — dissera, num fio de voz. — Foi como o meu sonho se realizando. Mal pude acreditar quando Jules disse que não queria, sem pestanejar. Ele não pensou nem por um segundo sequer no que isso poderia significar para mim. No que seria ter a família por perto, para mim e para Rosie.

Casa de Verão

Este é o verdadeiro problema, pensou Matt. Im está magoada porque Jules não está levando os sentimentos dela em consideração, e Jules está magoado porque acha que Im não liga para ele. Deus do céu, que confusão! Todos esses desentendimentos e mágoas jorrando para todos os lados; toda chantagem emocional que vem junto com os relacionamentos. Que bom que estou fora disso.

Pensou na mãe; em seu comportamento nunca completamente embriagado, mas também nunca completamente sóbrio, que sempre o deixara ansioso quando pensava em levar amigos em casa; as complexidades que sempre o deixaram preocupado demais com relação a ele mesmo encarar um relacionamento mais íntimo com alguém. Em poucas ocasiões, chegara a imaginar que uma relação amorosa seria a resposta para aquela necessidade interna sua e dispersaria sua assustadora solidão. Ainda assim, isso nunca acontecera dessa forma. Em vez disso, seu senso de incompletude bloqueara sua habilidade para amar e se dar por inteiro, deixando as mulheres confusas e depois irritadas por sua aparente autossuficiência. Todas as vezes dizia a si mesmo que seria diferente; que seria capaz de se abrir, de ser honesto com relação a esses sentimentos estranhos e aos pesadelos que o assombravam — mas, ainda assim, nenhuma mulher chegara muito perto. Nunca se sentira com segurança emocional suficiente para arriscar a aparência de um amor se desintegrando e se transformando em um olhar de desprezo — e, afinal, não gostaria de embarcar num relacionamento dessa importância declarando tanta fraqueza. Um dia, se tivesse sorte, encontraria uma mulher por quem sentisse total sintonia, de forma que o diálogo se tornaria fácil — mas isso não havia acontecido ainda...

Como se adivinhando seus pensamentos, o telefone tocou, e ele olhou para o visor: Annabel. Resmungou brevemente, hesitou e atendeu.

— Oi — dissera, mantendo a voz especialmente calma numa tentativa de não dar a impressão nem de avidez por falar nem de desinteresse. — Como foi a festa?

— Você devia ter ido — respondeu, alegre e crítica. — Teria adorado. Foi muito divertido.

— Ótimo! — Seu tom de voz agora transmitia satisfação por ela ter se divertido, mas recusava-se a demonstrar qualquer tipo de arrependimento. — Que bom, então.

— O problema dessas festas de lançamento que começam cedo é que você se sente meio perdida depois. Ainda está animada e não tem mais para onde ir.

Não caia nessa, refletiu Matt. Não caia.

— Foi mais alguém conhecido? — Parecia interessado, mas não preocupado, e acabou se parabenizando por sua habilidade de manter o clima amistoso.

— Bem, nem todo mundo. — Claramente, estava relutante em admitir isso; e ligeiramente irritada por ele não ter mordido a isca e a convidado para ir até lá, ou sugerido que se encontrassem em algum lugar. — Acho que alguns vão sair para jantar.

— Me parece uma ótima ideia — dissera entusiasmado. — Eu iria se estivesse aí.

— Por que não vem e se encontra conosco? — Estava tentando parecer natural, fazendo um esforço para não demonstrar muita ansiedade. — Seria divertido.

— Eu? — Pareceu surpreso. — Está meio em cima da hora. Estou escrevendo um artigo para a seção de viagem do *The Times* e já estou atrasado.

— O que não é nenhuma surpresa — rebateu ela. Estava magoada agora e não se esforçava para esconder. — Tentei telefonar antes, mas o telefone ficou décadas ocupado.

Casa de Verão

– Minha irmã, Imogen – respondeu brevemente, não gostando de ter que se explicar para Annabel. – Estamos tendo alguns probleminhas aqui, é isso. É por isso que estou atrasado.

– Está bem, não vou tomar seu tempo. – Tinha a voz seca, magoada. – Até sábado.

Mesmo irritada como estava, mal podia suportar desligar sem lembrá-lo de seu próximo encontro com ela, e ele sentiu partes iguais de culpa e de aborrecimento.

– Com certeza, a gente se vê então – respondeu alegremente. – Aproveite o resto da noite. Tchau.

Desligou o telefone. Talvez, se Annabel tivesse telefonado antes de Im, ele teria ido se encontrar com ela, mas os problemas da irmã haviam reacendido todos os seus medos cristalizados no que dizia respeito a compromisso, e ele reagira de acordo. Embora estivesse agindo com cautela, Annabel era muito ansiosa, e isso o preocupava. O fato de ter concordado em ir a Exmoor na Páscoa, para ficar um bom tempo por lá, queria dizer que ele poderia mantê-la a certa distância por um período um pouco maior: gostava muito dela, apenas não estava com pressa de aprofundar o relacionamento. Embora lastimasse não ter encontrando nenhuma casa para alugar, estava um tanto ansioso por um descanso na Casa Alta – e naquele momento parecia que ele poderia ser de alguma ajuda; pelo menos, poderia estar perto de Im e animar um pouco seu caro cunhado.

Matt suspirou frustrado. O que precisava mesmo era de inspiração; algumas ideias empolgantes para seu novo livro. Essa sensação de estar vivo somente pela metade, de estar mentalmente aleijado, era de desestruturar; afetava todas as partes de sua vida. Fora por isso que não sentira vontade de ir à festa de lançamento, nem de se encontrar com Annabel depois. Havia amigos e colegas demais que fariam a mesma pergunta – ou permaneceriam estrategicamente calados – sobre o seu trabalho. Gente demais aguardando para ver se ele poderia repetir a dose ou se seu grande sucesso fora mera sorte de principiante.

Lottie tinha razão quando lhe sugeriu uma mudança de cenário; e talvez também tivesse razão quando lhe falara sobre o fato de a morte de alguém muito próximo revelar medos escondidos. Os pesadelos haviam começado recentemente, e aquele sentimento dominador e de uma vida inteira de solidão e perda, posto de lado durante toda a escrita de *Epiphany* e de seu consequente sucesso, viera à superfície como vingança.

Lembrando-se da mãe, da forma como *ela* desmontara por causa do sofrimento, Matt foi tomado por um sentimento de grande piedade.

– Ela deve ter amado muito papai – dissera ele, uma vez, a Lottie, quase com amargura.

Sentira muito que nem ele, nem Im pudessem, de forma alguma, melhorar a situação daquela perda incapacitante.

– Sim – respondera Lottie. – Ela o amou muito. Mas também sofreu de depressão pós-parto depois que teve Imogen e depois, a morte de Tom, em sequência, pareceu fazer com que a recuperação fosse impossível. Duas coisas muito ruins juntas. Mas temos que continuar esperando que um dia ela melhore.

Ela nunca melhorou – mas, enquanto vivera, houvera esperança. Já era tarde demais. A compaixão, ali mantida como regra, jorrava dentro dele enchendo seu coração de sofrimento. Tudo fora um *desperdício*; um tremendo desperdício. Até mesmo o nascimento da neta fora visto através de uma névoa de álcool e dor; ela parecera indiferente, quase desinteressada. Matt ficara muito desapontado e magoado, em defesa da irmã.

– Talvez – dissera esperançoso para Lottie – o nascimento da neta venha a desencadear alguma coisa.

Im, como sempre, fora filosófica:

– Ela nunca foi uma mãe de verdade – lembrara a ele. – Não consegue ser, e eu já estou acostumada. A mãe e o pai de Jules estão eufóricos, e Lottie e Milo também estão pra lá de empolgados. – Encolhera os ombros. – Nós temos mais sorte do que muita gente, Matt.

Ele sabia que a irmã tinha razão, mas, ainda assim, enfrentara uma batalha interna. Podia lembrar-se muito vagamente de uma Helen diferente: que ria e cantava para eles, que os levantava no alto pelos braços. Ali parecia residir um pedaço inteiro de sua vida, aguardando além de suas lembranças, que ele se esforçava continuamente para recordar: uma vida na qual sua mãe fora uma pessoa animada, feliz, que os abraçava e beijava e fazia brincadeiras bobas com eles. Essas lembranças indefinidas o confundiam, porque, assim que Imogen nascera, a depressão da mãe se instalara e seu pai fora morto. Ainda assim, continuavam a atormentá-lo: aqueles flashes em sua mente de uma mulher feliz brincando com os filhos. Durante todos os anos de sua infância, ele a quisera de volta.

– Cresça – disse, bruscamente. – Cresça e apareça.

Levantou-se tão rápida e impacientemente que tirou do lugar alguns livros e papéis da mesinha ao lado da cadeira. Abaixou-se para pegá-los e viu alguns envelopes: as correspondências da manhã, que ainda não haviam sido abertas. Todas as três haviam sido enviadas para a mãe, no apartamento de Blackheath, e redirecionadas pelo correio. Matt olhou-as sem muito interesse. Uma era propaganda de vidros duplos; outra, de uma casa de caridade. O terceiro envelope estava escrito à mão, e ele o abriu. Tinha um outro envelope dentro, endereçado à mãe na agência de notícias na qual seu pai trabalhara, com a observação: "Favor encaminhar." Ele o abriu com curiosidade, mas não havia nada dentro a não ser uma fotografia.

Ficou com a foto na mão, olhando para o próprio rosto que ria de volta para ele; sentiu o estômago apertado, como se com medo, e seu coração acelerou. Virou a foto, mas não havia nada escrito no verso. Olhou dentro do envelope, balançou-o, mas não encontrou mais nada ali, o envelope tinha um selo estrangeiro que ele não reconhecia e uma marca borrada que ele não conseguia decifrar. Observou a foto mais uma vez. A câmera estava um pouco recuada, e ele tinha a cabeça virada, rindo para o fotógrafo.

Matt tentou lembrar-se de quando aquela foto fora tirada, onde — numa das viagens ao exterior? —, por quem, e imaginou por que ela teria sido enviada a ela sem qualquer mensagem. Foi dominado por um temor irracional, e uma confusão imensa obscureceu sua mente.

Quando seu celular sinalizou que ele havia recebido uma mensagem de texto, ele o segurou, aliviado. A mensagem era de Lottie, e era curta.

"Vc ta bem?"

Matt ficou olhando para o celular. Não era a primeira vez que Lottie demonstrava seus poderes de sexto sentido. Ele e Im sempre brincaram com ela com relação a isso. De alguma forma, sua mensagem o acalmara. Confirmava sua decisão de deixar Londres por uns meses e ficar algum tempo com a família. Pôs a foto de volta dentro do envelope, olhando mais uma vez o selo e o carimbo postal, sem conseguir identificá-los, e mandou uma mensagem para Lottie.

Estava decidido: iria para Exmoor na semana seguinte.

CAPÍTULO CATORZE

Durante o mês de março, caiu uma forte nevasca seguida por chuvas de granizo. A neve se acumulara nas colinas altas e nuas, e ao longo dos galhos finos e secos das árvores; era levada pelas baixadas e inundava os vales. Até mesmo em Bossington a neve permaneceu por algumas horas.

Olhando para fora da janela do sótão, Matt ficou maravilhado com a transformação; com as propriedades mágicas e ocultas da neve. A paisagem era maravilhosa. Os lobos podiam perambular pelas ladeiras altas e cintilantes de Dunkery Hill, sem parecerem fora de lugar; gnomos podiam ficar à espreita nas grutas geladas, bem dentro de Culbone Wood, enquanto Kay e Gerda poderiam fazer uma guerra de bolas de neve no jardim. Até mesmo o pequeno chalé octogonal de Lottie, com seu telhado pontudo, parecia uma casa de conto de fadas, com os galhos caídos das árvores à volta, pendendo por causa do peso da neve. Parecia que a qualquer momento a porta se abriria e um personagem de Hans Andersen, bem agasalhado e com pesados tamancos de madeira apareceria. Além do amontoado de telhados de Bossington, do outro lado da faixa prateada de água que parecia achatada como um recife de metal, as montanhas de Wales cintilavam sob o sol do fim de tarde, um branco ofuscante em contraste com um azul-índigo.

Com um grito de alerta, o melro saiu voando do arbusto até uma das faias, derrubando a neve acumulada, que caiu com um *plop* macio e explosivo no telhado do chalé. Enquanto Matt observava, Pud apareceu do emaranhado de arbustos de rododendros, seu pelo uma mancha dourada e quente em contraste com a brancura gelada. Fora ele, sem dúvida, que perturbara o melro e agora ia para o aconchego da casa comer biscoitos. Os rastros de suas passadas deixaram marcas em ziguezague na neve, assim que saiu do caminho para examinar a área pisoteada em torno do comedouro dos pássaros; agora, voltava a se dirigir à cozinha e sumia de vista.

Matt levantou-se, tremendo de frio. Lottie lhe dera um aquecedor elétrico, numa tentativa de aquecer os dois quartos do sótão, mas ali, bem no alto, abaixo do telhado, ainda estava extremamente frio. Ele desceu a escadinha íngreme até o primeiro piso, depois desceu de novo e então passou por entre a sequência de cômodos rumo à sala, onde a lareira estava em brasa e Venetia conversava com Milo.

– Olá. – Matt cumprimentou Venetia. – Vi você chegar e achei muita coragem sua sair com esse tempo.

Ela lhe ofereceu o rosto para um beijo.

– As estradas estão bem limpas – disse ela –, embora eu tenha que admitir que vim pela Bossington Lane em vez de me arriscar pela Allerford, mas há bem pouca neve no vilarejo. Vocês estão muito mais no alto aqui. Por Deus, Matt, você está congelando! Venha se sentar aqui do meu lado.

Empurrando a pilha de trabalhos de tricô de Lottie, Venetia foi chegando para o lado, para que Matt ficasse perto do fogo, e ele se sentou, rindo da expressão de Milo.

– Frio! – zombou o velho guerreiro, na mesma hora. – Isso não é frio! Catterick Camp. *Lá* é que é frio. Gelo do lado de dentro das janelas quando você acorda de manhã. Água congelada nos canos. Terra dura feito aço. Hoje em dia, é só cair uns floquinhos de neve e todo mundo já tem que acender aquecedores o dia inteiro e usar bolsas de água quente à noite! – Bufou, contrariado.

Venetia tocou o joelho de Matt.

– É óbvio que Milo não é humano – disse ela, com pesar –, mas ele não consegue ser diferente, pobre coitado. Lottie está preparando um chá quentinho. Isso irá aquecê-lo. Ah, e aqui está o querido Pud.

Pud chegou se sacolejando, com jeito de cachorro que foi enxugado com uma toalha e ganhou um agrado, e foi direto para Venetia com aquele sentido certeiro de que ali encontraria carinho e um pedaço de bolo. Acomodou-se perto das pernas dela, e Venetia o acariciou, sussurrando palavras afetuosas. Suas orelhas se achataram de prazer, embora ele revirasse os olhos, preocupado com Milo, que o observava criticamente.

– Você não deve dar comida a ele – avisou-a. – Sabe que não gosto.

E Matt sorriu diante da expressão de magoada inocência de Venetia, que continuava a acariciar a cabeça de Pud.

Lottie entrou com a bandeja, e Matt se levantou para ajudá-la. Olhou para ele como quem procura algo, e ele retribuiu o olhar de maneira reconfortante. Desde sua chegada, eles haviam discutido durante um bom tempo sobre a foto, e ela estava tão confusa quanto ele.

– É sempre a mesma coisa com essas fotos – insistira ele. – Você as tira, mas por quê? Tem alguma coisa estranha com relação a elas.

Lottie percebera o medo dele, mas não tinha nenhuma resposta pronta. Ele havia telefonado para a agência de notícias, que fora incapaz de ajudá-lo, dizendo-lhe apenas que tinham uma recomendação de longa data para encaminhar qualquer e-mail.

— E isso também é estranho — dissera a Lottie. — Papai morreu há mais de vinte e cinco anos. Por que alguém ainda estaria escrevendo para ele? Enfim, isso foi enviado para mamãe.

— Pessoas que tenham lido seus livros ou artigos podem tentar contato com ele dessa forma, via família — respondera ela —, mas concordo que não é normal depois de todo esse tempo.

Eles haviam decidido que, depois de toda a confusão com relação a Im, Jules e a Casa de Verão, por enquanto, não tocariam nesse assunto com mais ninguém, e Matt sentiu-se agradecido por se ver distraído de suas preocupações. Passou o chá para Venetia, serviu uma xícara para si e sentou-se novamente.

— Não *culpo* Jules — dizia Milo, pela enésima vez —, mas fico muito triste por causa de Im. Ela teria gostado muito. Bem, todos nós teríamos. Mas é assim. Parece que Jules já se decidiu.

Por um breve momento, Matt achou que o homem mais velho curvava os lábios, classificando Jules como um dos maricas que faziam questão de quartos aquecidos e camas quentes quando as temperaturas estavam abaixo de zero. Sem dúvida, Milo teria ficado muitíssimo feliz por atravessar todas as variações de tempo de Exmoor, no meio da noite, sem jamais pensar duas vezes. Matt decidiu bancar o advogado do diabo.

— Foi muito duro para ela, está transtornada. É claro que entende o ponto de vista de Jules, e ela mesma odeia a viagem que ele precisa fazer, mas, mesmo assim, adoraria morar na Casa de Verão. Acredito que você tenha presenciado o mesmo tipo de dificuldade no trabalho,

Milo. Há esposas que simplesmente não querem viver nos quartéis dos oficiais casados na base, ou que se enchem logo com o excesso de mudança de endereço, querendo fixar residência em um lugar e, acredito, enfrentando problemas.

Milo ficou em silêncio. Tomou o chá, franzindo ligeiramente a testa, enquanto Venetia olhava para os lados e Matt lhe dava uma piscada cúmplice.

— Você está certo, claro — disse ela, com um olhar malicioso para Milo. — Todos esperam que estejamos lá com o regimento, dando apoio aos homens, morando às vezes nas piores acomodações, e os oficiais e suas esposas olham com muito desprezo para aquelas mulheres que parecem não aguentar mais. A pobre Sara simplesmente não aguentava mais, não é, Milo? Simplesmente não conseguia, principalmente depois que teve Nick. Queria a sua casinha no interior. Meu velho pai costumava ser muito duro comigo com relação a isso, se eu ousasse reclamar. "Casou com um homem, casou com o emprego dele", costumava dizer. "Não adianta reclamar depois." Não que Im esteja reclamando. Aliás, ela está sendo bem prática, e espero que Jules esteja se sentindo mal por estar dando para trás.

— Já disse que não culpo Jules — repetiu Milo, irritado.

Após ter jogado a raposa no galinheiro, Matt recostou-se no sofá e tomou o chá. Sentiu que era de suma importância que ninguém tomasse partido, e que Im e Jules resolvessem o assunto sozinhos. Aceitou uma fatia de bolo e logo negou-se a encarar o olhar esperançoso de Pud; não queria atiçar mais a fúria de Milo.

— Devíamos ter pensado nos problemas — dizia Lottie. — Devo admitir que achei que seria uma ideia maravilhosa, mas agora consigo ver os inconvenientes. É uma distância muito grande até Simonsbath, e não é justo querer que Jules a enfrente. Estou com medo de que tenhamos causado problemas para eles.

– Vai vender a casa de qualquer maneira, Milo? – perguntou Venetia. – Matt podia dizer que até ela estava preocupada demais com o humor de Milo para deixar cair um só farelo de bolo para o ansioso Pud. – Agora que o casal Moreton está saindo?

Milo remexeu-se na cadeira, esticando as pernas compridas.

– Não tenho vontade de vendê-la para qualquer um – admitiu. – Além do fato de que me custará uma fortuna modernizá-la, ela sempre fez parte da família e pega parte do jardim. Seria complicado dividir o terreno para colocar a casa no status de vendável. Por sorte, o casal Moreton nunca criou problemas com o jardim, e nós todos nos acostumamos uns com os outros depois de todos esses anos. Mas a situação é outra quando o assunto é vender. Acho que fico com medo de arrumar vizinhos infernais, mas vai ver estou apenas sendo rabugento.

Matt o olhou solidário. Podia entender como seria difícil para Milo ver a Casa de Verão nas mãos de estranhos e que seria impossível ter o mesmo relacionamento amistoso que tivera com o casal Moreton, vinte anos atrás – dividindo parte da área da churrasqueira, por exemplo, e algumas das dependências externas –, com outras pessoas que quisessem comprá-la. Enquanto observava o rosto do velho amigo, teve uma ideia extraordinária. Ficou pensando nela à medida que a conversa ia e voltava, e gostava mais a cada minuto.

Por que *ele* não comprava a Casa de Verão? Ganhara dinheiro suficiente com o filme e o livro – e continuava a ganhar – e, embora tivesse feito alguns investimentos cautelosos, vinha imaginando como utilizar o restante do capital de forma sensata. Por que não comprar a Casa de Verão? Poderia ele mesmo aproveitá-la e levar amigos para

Casa de Verão

lá, Im e Jules poderiam usá-la como um lugar para passar os fins de semana, e isso também resolveria o problema de para onde Lottie iria, se Milo morresse primeiro. Olhando para ela e sorrindo, Matt sentiu um fluxo de prazer pela ideia e imaginou uma forma de poder retribuir um pouco do amor e do carinho que ela dera tanto a ele quanto a Imogen, ao mesmo tempo que sabia que acabaria com a ansiedade de Milo. Afinal, não havia mesmo a menor possibilidade de Nick e Alice algum dia irem morar na Casa Alta; eles a venderiam, não tinha dúvidas quanto a isso. E, sendo assim, para onde iria Lottie? É claro que Milo já tomara providências para ela ficar pelo tempo que quisesse ali, mas estava claro também que Lottie não faria nada parecido. Tomar medidas para que a Casa de Verão ficasse na família daria a ela alguma segurança.

Matt terminou o chá. Esse era um dos momentos em que ter dinheiro era uma grande alegria. Desde seu sucesso, vinha achando difícil agir com os amigos, ficar naquela linha frágil entre ser considerado generoso e patrocinador e castigado como avarento. Às vezes, parecia que ele não podia ganhar. É claro que gostava de ter dinheiro, mas não era de natureza extravagante. Até mesmo sua grande paixão – viajar – poderia ser levada sem muito luxo; hotéis grandes e luxuosos e os prazeres de lugares tipo Dubai nunca o atraíram. Ele era como o gato que caminha sozinho por ruas silenciosas, secretas, ainda não descobertas, sempre esperando descobrir o que curaria aquela sua sensação de incompletude.

Lottie o observava com curiosidade agora, e Matt lhe sorriu abertamente. Nem mesmo o mistério das fotografias podia afastá-lo da alegria genuína daquele momento. Queria falar alto, surpreender a todos, mas suspeitou de que Milo não aprovaria um anúncio daqueles publicamente. Matt não sabia o quanto Milo confiava em Venetia:

será que ela sabia do deslize de Nick, por exemplo? Percebeu que era melhor esperar até que estivesse sozinho com ele.

Incapaz de conter a empolgação, levantou-se.

– Acho que vou caminhar um pouco – disse. – Uma caminhada rápida antes que a neve desapareça por completo. Vamos lá, Pud. Esqueça o bolo. Vamos fazer um pouco de exercício.

CAPÍTULO QUINZE

Após Matt ter ido embora e Lottie ter recolhido a louça do chá, Milo permaneceu sentado mais um momento, refletindo. Sentia-se irritado, sem vontade até mesmo de responder a Venetia, que agora falava abertamente sobre a pobre Clara. Todo o episódio da Casa de Verão o deixara para baixo – e as observações de Matt não ajudaram muito. É claro que o rapaz tinha razão – e Milo percebia que, se Imogen insistisse em morar em Bossington, poderia muito bem arrumar problemas para si e o marido –, mas isso não o fazia se sentir nem um pouco melhor. Estava tão feliz com a possibilidade de matar dois coelhos com uma cajadada só – e, para ser honesto, desejava também partilhar da alegria e gratidão de Im; de ser reconhecido como a boa fada madrinha que ajudou a realizar seus sonhos – ao mesmo tempo que arrumava a vida de Nick. Quisera passar para Lottie o prazer de dar a Im a boa-nova, e tinha certeza de que ela viria correndo vê-los, cheia de alegria e pronta para celebrar. Já havia até mesmo colocado uma garrafa de champanhe de prontidão na geladeira.

Em vez disso, recebera uma ligação telefônica encabulada de Im, dizendo que Jules ficava muito preocupado de morar tão longe assim do trabalho e que parecia que eles teriam que recusar a proposta maravilhosa. Ah, ela lhe falara incessantemente em seu nome e no do marido, no quanto fora generoso da parte dele pensar no assunto e coisa e tal, mas a verdade era que a proposta não seria aceita. Ele ficara arrasado e mal fora capaz de se recuperar da própria reação: de que era muita frescura de Jules ficar tão preocupado com a ideia de ir e voltar de Exmoor no conforto de um supercarro com tração nas quatro rodas. Que sofrimento! O rapaz mal havia entrado na casa dos 30; nessa idade, ele estava lutando na Irlanda do Norte... Milo encolheu os ombros mentalmente: de nada adiantava seguir por esse caminho.

E, disse a si mesmo, não era só porque ele sabia o quanto Im gostava da Casa de Verão que se sentira tão confortável com a ideia, era também porque pensava num tipo de segurança para Lottie, por mais que ela pudesse protestar que jamais moraria ali com eles. Era o melhor que poderia fazer por ela.

Remexeu-se irritado, tentando se concentrar no que Venetia lhe dizia, e então ela parou de falar.

— Você não está escutando nem uma palavra do que estou falando — disse, taxativa. — Venha se sentar ao meu lado, Milo.

Ele se levantou e sentou-se ao lado dela, colocando o braço sobre seus ombros magros, olhando-a com uma mistura de grande afeição e ligeira impaciência. Por que, por exemplo, ela usava rímel? Maquiados com aquela pasta preta, seus cílios se espalhavam como patas de aranha, pesando com tanta crueldade sobre as pálpebras finas que ele queria ter um daqueles lencinhos umedecidos que Im usava para limpar o rosto de Rosie para retirar sua maquiagem e deixar os cílios livres e naturais.

Casa de Verão

– O que você faz, Milo, quando acorda apavorado às 3 horas da manhã? – perguntou a ele. Venetia tremeu sob seus braços e ele a apertou. – Você sabe do que estou falando, não sabe? "Os medos e horrores da noite"? Isso é de alguma oração ou um hino religioso, não é? Mas é perfeito. Parece impossível manter qualquer tipo de equilíbrio a essa hora da noite, tudo simplesmente parece muito escuro, e eu fico desesperada. O que você faz?

Milo percebeu a vulnerabilidade contida em sua pergunta, sua necessidade de conforto e respondeu, do fundo do coração:

– Recito um salmo – disse-lhe, e ela recostou-se em seu braço, encarando-o, incrédula.

– Um *salmo*? – Venetia estava com cara de que iria explodir numa risada. – Isso não se parece em nada com você, querido.

– Não, não parece mesmo, não é? – concordou, placidamente. – Mas funciona. Um padre do Exército me deu a dica, ah, anos atrás, quando eu estava na Irlanda do Norte e havia acabado de ver dois amigos íntimos meus explodirem em pedaços. "Sempre que sentir medo", disse-me, "reze alguns versículos dos salmos. Você vai se surpreender como eles acalmam e confortam". Bem, eu era um soldado jovem e cético, mas decidi fingir que aceitava o conselho. "E qual salmo seria, padre?", perguntei, e ele logo respondeu: "Salmo 121", respondeu, e quando fiquei olhando para ele com cara de bobo, ele o recitou, e eu vou lhe dizer uma coisa, Vin, fiquei imensamente comovido. Talvez porque fosse um momento assustador aquele, e eu estivesse chorando a morte dos meus amigos, mas ele fez cair a ficha. Saí e fui procurar. "O senhor é quem te guarda; o senhor é a tua sombra à tua direita. O sol não te molestará de dia nem a lua de noite. O senhor te guardará de todo o mal; guardará a tua alma. O senhor guardará a tua entrada e a tua saída, desde agora e para sempre." Eu o guardei na memória. – Venetia ainda o observava, e ele logo desprezou a seriedade do momento. – Bem, você me perguntou. O que *você* faz? Toma calmante?

Relutante, ela riu.

– Às vezes – admitiu.

Milo virou o pulso atrás do ombro dela e deu uma olhada no relógio.

– Quase na hora de beber alguma coisa – disse, tirando-a daquele momento emocional. – Vai ficar para o jantar?

– Ah, eu adoraria. Tem certeza? Há comida para todos? – Estava se esquecendo dos medos e horrores, exatamente como ele esperava que acontecesse. – Talvez seja bom checarmos com Lottie.

Ele bufou.

– Hoje não temos nada a ver com Lottie. Eu é que vou cozinhar. Ela transformaria o meu carneiro delicioso em carne atropelada. Fique, se sentir vontade.

Nada de mais: um gesto de gentileza bem menor do que ela estava tentando arrancar dele... ou assim suspeitava ele. Ela o estava testando, sondando para ver como seria o futuro para eles dois, e o instinto lhe dizia para ser cauteloso. Lottie retornou, e ele a olhou aliviado; a hora das confidências estava adiada.

– Nós lhe dissemos que Nick vai voltar para passar alguns dias aqui? – Lottie perguntou a Venetia. Sentou-se em sua cadeira e retomou o trabalho de tricô com as agulhas grossas de madeira. – E como vão os seus filhos?

E a conversa passou para os filhos, e filhos dos filhos, e Milo acomodou-se no canto do sofá, esticando o braço para pegar o jornal e imaginando como iria explicar ao gerente do banco que, no fim das contas, não iria vender a Casa de Verão tão rapidamente.

* * *

Casa de Verão

— Matt veio aqui hoje — Im dizia a Jules. — Lottie ficou tomando conta de Rosie, e nós fomos a Porlock Weir, almoçar no The Ship.

— Foi bom?

Estava claro que Jules fazia um esforço enorme para parecer interessado e que Im sentiu um desejo súbito de lhe bater na cabeça com alguma coisa bem pesada. Afinal, ela estava fazendo o possível para agir com sensatez com relação à Casa de Verão, apesar do quanto estava sofrendo, sem ficar fazendo perguntas, ou falando no assunto, mas tentando restabelecer a harmonia que certa vez existira entre eles. E, em vez de responder, de ser grato a ela por reagir dessa forma positiva, ele se manteve distante, educado, porém frio.

— Foi *muito* bom — respondeu irritada, pegando a tábua de passar roupa com uma força desnecessária e ligando o ferro. Olhou de longe para a cesta cheia de roupas para passar, em parte imaginando se ele se ofereceria para ajudar. Ele sempre fora bom para cuidar das próprias camisas, mas se recusava a tentar ajudar com as coisas dela ou de Rosie. Em vez de ajudar, olhou para o cesto de roupas e colocou as mãos nos bolsos.

— Acho que vou assistir um pouco de televisão — disse, e saiu.

Imogen bateu com o ferro para a frente e para trás, sentindo-se infeliz. Era Jules que deveria estar se sentindo culpado por lhe negar a Casa de Verão, em vez de agir como se, de alguma forma, fosse a vítima.

— Ele está agindo de forma completamente irracional — dissera mais cedo a Matt, no bar. — É como se tivesse sido ele a ter a maior decepção da vida e não eu. E eu não estou nem tocando no assunto.

Matt bebera cerveja e parecera pensativo.

— Mas como não está nem tocando no assunto? — acabara perguntando.

— Como assim? — rebatera, indignada. — Estou agindo de forma muitíssimo nobre, se quer saber.

Matt largara a cerveja sobre a mesa e fingira fungar.

— Estou sentindo o cheiro de um mártir sendo queimado na fogueira? — perguntara a ninguém em particular, e ela o chutara na canela, como se fossem crianças de novo.

Im tirou outra peça de roupa do cesto, pegou o ferro e fez mais uns rasgos na tábua de passar. Ficara encantada ao receber uma mensagem de texto de Nick, dizendo-lhe que chegaria na sexta-feira. Ela lhe telefonara pela manhã, depois que ligara para Matt, e lhe contara a verdade sobre a Casa de Verão. Ele fora muito solidário e não deixara escapar nenhum indício de ansiedade em seu benefício. Uma voz em sua mente dizia que, na verdade, ele não tinha motivos para ficar ansioso; que o cheque certamente já havia sido descontado e que quem tinha motivos agora para ficar ansioso era Milo, mas estava encantada demais com as palavras amorosas e compreensivas dele. Mal podia esperar para vê-lo.

Dobrou a camisa de Jules, ciente de sua presença silenciosa do outro lado do corredor, e lembrou-se de como ela havia planejado lhe contar sobre a sua ideia de montar uma empresa pela Internet para oferecer programas de férias especializados em montaria, em Exmoor. Então ele chegara em casa tarde e com aquela cara fechada, de forma que todo o seu ressentimento voltara à tona, e eles estavam se portando como dois estranhos. Im encolheu os ombros e tirou um dos vestidinhos de Rosie do cesto. Cabia a ele, agora, acabar com tudo isso e começar a agir de forma sensata com relação ao ocorrido. Ela havia feito o que podia, e agora era a vez de Jules tentar consertar as coisas.

Do outro lado do corredor, Jules olhava fixamente para a televisão. Sentia-se culpado — mais do que isso, sentia-se como se estivesse

Casa de Verão

deixando todos mal. Afinal, Milo não sugeriria que eles comprassem a casa se não tivesse julgado a distância entre ela e o trabalho dele perfeitamente cabível. Era sempre complicado atender aos anseios de Milo; ele fora um soldado extremamente rígido, e era fácil se sentir um fracote quando ele virava aquele olho imperial para você. E, *é claro*, era difícil para Im; *obviamente*, ele adoraria dar a ela a casa dos seus sonhos; porém, se não tomasse cuidado, sabia que fraquejaria e recuaria, e ele tinha a sensação de que morar em Bossington criaria problemas para eles, o que simplesmente seria uma tolice. Mas, veja bem, qualquer coisa seria melhor do que aquela guerra-fria que estavam enfrentando. Im estava muito controlada, mas exalava um ar de superioridade, de um sofrimento nobre, insuportavelmente irritante. Ela estava agindo como se eles não tivessem chegado a uma decisão conjunta, e sim como se ela estivesse aturando a violência de seu egoísmo insuportável.

Jules imaginou o que todos os outros estariam falando: Milo, Matt e Lottie; um lado dele queria levantar, abraçar a esposa e dizer: "Ah, vamos lá. Vamos comprar a Casa de Verão." Mas então se lembrava daquelas noites na estrada, dirigindo sob a névoa densa e sob a chuva, às vezes gelo e neve, sempre com um fazendeiro ansioso ou um animal doente na carroceria, e uma sensatez o manteve preso à cadeira. Afinal, Im odiava quando ele era chamado; detestava a preocupação que sentia, o sono interrompido, e os dois haviam sido irredutíveis na decisão de que deveriam ficar o mais perto possível do trabalho dele. Agora, era como se ele estivesse insistindo em algo pelo qual ela não tivesse a menor paciência ou simpatia, algo que implicava que a Casa de Verão significava mais para ela do que ele.

Ele não fazia ideia de como acabar com o impasse entre eles, e a noite assomou horrorosa à sua frente.

CAPÍTULO DEZESSEIS

Quando Matt encontrou a oportunidade de conversar a sós com Milo, já era o fim da manhã seguinte, depois que Lottie saíra para almoçar com uma amiga em Dunster.

Milo estava na pequena cozinha, reunindo os ingredientes para uma das suas obras de arte favoritas: uma terrina. Recostado no batente da porta, Matt prendeu o riso. O homem mais parecia um grande artista preparando uma tela para pintar. Alto e magro com sua calça cáqui surrada e camisa xadrez macia – desprezava o avental –, elevava-se acima de sua paleta de ingredientes. A sálvia, o alho e o limão-galego já haviam sido misturados à cebola cozida e agora aguardavam, esfriando no prato, enquanto ele picava o lombo de porco, o bacon e o faisão e acrescentava os ovos batidos na tigela. Durante aquele trabalho, recitava poesias ou qualquer outra coisa que o inspirasse. Nesse dia era *A caça ao Snark*:

Casa de Verão

Assado com esmero é iguaria rara,
Melhor do que ostras, ovas ou carneiro;
E deve ser guardado em jarras de Carrara,
Ou em barris de mogno ou castanheiro.
Coze-se com aparas e salga-se em grude,
Com locustas se apura, e fitas métricas,
Cuidando de manter-se a retitude
E as formas exatas e simétricas.

— Então você está cozinhando uma jubjub — comentou Matt. — Achei que era um faisão.

Milo acrescentou as castanhas picadas e olhou de soslaio para ele.

— E eu me pergunto se algum de vocês seria capaz de perceber a diferença. — Apertou a massa contra a forma da terrina e a cobriu com papel laminado. — Eu desperdiço os meus talentos aqui nesta casa. Lottie comeria feijões assados com torrada com a mesma alegria com que comeria minha terrina, e você é quase tão tosco quanto ela. Isso aqui ficará pronto para Nick, quando ele vier no fim de semana. Felizmente, ele aprecia a boa mesa.

— Eu também — protestou Matt. — Só não posso me preocupar com comida quando estou sozinho. Fica mais fácil pedir comida pronta.

Milo balançou a cabeça e retirou do forno a forma de assar, cheia de água fervendo.

— Você não tem salvação. Totalmente sem salvação.

Matt respirou fundo, nervoso de repente.

— Tive uma ideia, Milo, e gostaria de apresentá-la a você.

— Apresentá-la a você — repetiu Milo, aborrecido. — Como assim? "Apresentá-la a você." Deus do céu! Você alguma vez já leu o que vem escrito das trincheiras? Cartas maravilhosas e poesia de soldados totalmente ordinários, cheias de evocações e imagens? Faz ideia do que estamos recebendo hoje do Irã ou do Afeganistão? Considerando que qualquer um lá sabe ler ou escrever?

— E-mails ou mensagens de texto — sorriu Matt. — Ninguém mais escreve cartas hoje em dia, Milo. Você sabe muito bem disso.

— Não precisa ficar se gabando. — Milo colocou a terrina em banho-maria, levou-a ao forno e olhou para o relógio. — Uma hora e meia — murmurou. — E aí, qual foi a ideia brilhante? Vai ter aulas de culinária?

— Eu gostaria de comprar a Casa de Verão. — Matt empertigou-se instintivamente, preparando-se para algum tipo de rejeição. — Se Im e Jules não a querem, então eu gostaria de ficar com ela. Se estiver tudo bem para você.

Com o pano de pratos na mão, Milo ficou olhando para Matt com a testa franzida; balançou ligeiramente a cabeça, como para se livrar da surpresa, e deixou cair os cantos da boca.

— Se você decidiu vender — apressou-se Matt —, por que não para mim? Aí ela continuará na família; eu terei um lugar fora de Londres para trabalhar e convidar os amigos; Jules e Im poderão usar a casa nos fins de semana e, mais para a frente, Lottie...

Parou imediatamente, sem querer falar em morte, mas Milo o entendeu e concordou com um gesto único de cabeça, como para sugerir que nada mais precisava ser dito.

— *Se* você já decidiu — repetiu Matt, sem querer dar nada como certo, fingindo não saber do problema de Nick. Não havia se preparado para esse ataque súbito de nervosismo. Preferia não ter usado as palavras "aí ela continuará na família", como se Milo, por algum motivo, estivesse fracassando por não manter a casa; como se ele, Matt, fosse

Casa de Verão

algum tipo de salvador, mantendo todos juntos e cuidando de Lottie. Seu amor e respeito por Milo eram imensos, e ele estava começando a se sentir muito desconfortável. Encarou o velho, querendo que ele entendesse, mas Milo havia se virado para pegar o timer da cozinha e agora apertava botões.

– Sabe – continuou Matt, ansioso, atrás de Milo. – Já faz um tempo que tenho procurado alguma coisa para comprar. Queria investir parte do dinheiro em imóveis, mas não sabia onde. Comprei meu apartamento em Chiswick, porque ele é perfeito, tanto para trabalhar quanto para morar, quando tenho que viajar. Mas tenho pensado em comprar algo para alugar, e estou na dúvida se consigo lidar com inquilinos e com toda essa chatice, portanto, isso seria perfeito. Quando eu não estiver aqui, você e Lottie poderão dar uma olhada para mim...

Parou, achando que agora estava exagerando um pouco, colocando Milo na posição de caseiro, mas Milo se virava agora, o rosto demonstrando uma mistura de sentimentos de alívio e satisfação.

– É uma ideia maravilhosa, Matt. Mas você tem certeza de que quer investir seu dinheiro numa casa tão distante de Londres? Eu adoraria que você ficasse com ela. Isso resolveria milhares de problemas. Mas você tem certeza?

Matt mal podia falar, tão grande era seu alívio, e não só alívio, mas prazer também, de, após todos os anos de generosidade e amor que Milo dera a ele e a Im, poder, finalmente, dar algum tipo de retribuição.

– Certeza absoluta – acabou respondendo. – Isso resolve vários problemas meus também. De verdade. Obrigado, Milo.

Matt sentiu-se estranho, como se alguma coisa momentânea tivesse acontecido, e em estado de choque também, agora que haviam chegado a um acordo.

— Mas você não deve ver a casa há anos — disse Milo. — Vamos pedir ao casal Moreton para deixar você dar uma olhada. Bem, isso é uma excelente notícia e mal posso esperar para ver a cara de Lottie. Vamos lá. Precisamos comemorar, tenho uma garrafa de Bollinger na geladeira que é exatamente o que precisamos.

— Não deveríamos... quer dizer, talvez devêssemos esperar Lottie — sugeriu Matt, um pouco timidamente. — Sabe como é. Pode ser que ela se sinta de lado. Não é melhor esperar até ela voltar?

— Não mesmo! — respondeu o brigadeiro. — Ela pode levar horas para voltar. Vamos lá, rapaz. Tire esses óculos e vamos brindar à sua grande ideia.

Bastante tempo depois, Matt ajoelhou-se na claraboia do sótão, olhando para o telhado vermelho da Casa de Verão. Ainda estava em estado de choque. Milo havia telefonado para o casal Moreton, que dissera que era *claro* que Matt poderia ir lá dar uma olhada; mas havia um amigo deles hospedado, será que poderia ser na manhã do dia seguinte? Mas se Matt estivesse com pressa...

Milo transmitira o recado para Matt, que dissera que sim, o dia seguinte seria perfeito, e não, não havia a menor pressa. Ficara praticamente aliviado com o intervalo. Milo estava tão feliz que mal podia esperar para recebê-lo e lhe mostrar a propriedade.

— Nunca fui lá em cima — dissera a Milo. — Mas a sra. Moreton costumava convidar a mim e a Im para ir à cozinha tomar limonada e comer biscoitos. A casa sempre me pareceu acolhedora, e eu adoro a varanda e o gramado na beira do rio.

— Isso quer dizer que podemos continuar dividindo a área externa — comentara Milo, tomado de alívio. — E que você não vai querer dividir o terreno. Na verdade, quanto menos terreno tiver, melhor. Podemos tomar conta dele para você.

Ele ficara tão entusiasmado, tão cheio de ideias, que o champanhe já havia acabado quando Lottie chegou. Ela olhara para a garrafa e erguera uma sobrancelha.

– Comemorando alguma coisa? – perguntou, sem rancor. – Poderiam ter esperado. Então, o que aconteceu?

Matt permaneceu em silêncio enquanto Milo dava a boa-nova. Ele logo viu que ela ficou reservada; os olhos se desviaram de Milo, como se estivesse vendo mais do que o seu próprio prazer.

– O que foi? – perguntou Matt, em seguida. – Você não ficou feliz com a notícia.

– Ah, claro que fiquei! – respondeu. – E estou. Acho ótimo, só não sei como... bem, como Imogen se sentirá com a notícia.

Agora, inclinando o corpo para a frente, os braços dobrados no parapeito da janela, Matt pensou em Im e em como ela reagiria. Não lhe ocorrera que ela pudesse sentir inveja ou ficar com raiva, mas podia ver agora que era possível. Ficara tão envolvido com a ideia, com a própria solução para o problema, que não chegou a pensar que certamente seria muito difícil para Im vê-lo comprar a casa que ela tanto queria.

– E agora, o que devo fazer? – perguntou ansioso a Lottie, como se fosse uma criança de novo. Olhou para Milo, que tinha uma expressão irritada.

– Se Jules e ela decidiram não morar ali, acho que a melhor coisa que poderia acontecer para ela é ter o próprio irmão comprando a casa – dissera. – Matt disse que ela e Jules poderão usá-la. Acho que é a melhor solução. Acho que você está exagerando.

– Talvez só leve um tempinho para ela se acostumar – defendera-se Lottie. – Ela está muito decepcionada, lembre-se. Tudo depende de como Matt irá contar a novidade. Tenho certeza de que ficará encantada depois que se acostumar com a ideia.

Matt viu que Milo estava impaciente com toda a atenção dada às sensibilidades delicadas de Im, mas concordara que deveriam adiar contar para Im até Matt ver a casa.

Voltando para o seu quarto, de teto rebaixado e paredes forradas de madeira clara, Matt estava ciente da empolgação que mais uma vez se formava em seu interior. Olhou ao redor: para o colchão de casal que ele e Milo haviam puxado escada acima e espremido pela porta estreita, para as estantes que eles haviam montado, ocupando uma parede inteira, para a pequena cômoda pintada e para os brinquedos dentro de uma cesta de vime, num canto. Pegou um urso de pelúcia gasto e amassado de muitos abraços e beijos, e respirou o cheiro de mofo do passado; da infância. Por um breve, porém intenso, espaço de tempo, uma mudança mental forte e brusca transportou-o momentaneamente para outro mundo: sentiu um calor enorme, ouviu gritos de uma voz grossa e estrangeira, sentiu cheiros bons, viu a si próprio, criança pequena, como se dentro de um espelho e então, de forma contundente, experimentou aquela sensação familiar de perda, de ser puxado de algum lugar e levado para longe...

Matt levantou-se praticamente sem se mexer, segurando o ursinho, lutando contra aquela sensação esmagadora de solidão e de angustiante separação de alguma coisa preciosa. Não era uma sensação nova; iria passar. Com gentileza, colocou o urso de volta no lugar e desceu as escadas.

CAPÍTULO DEZESSETE

Rosie estava dentro do cercadinho com um livrinho pop-up nas mãos. Vários pedaços dos desenhos que saltavam das páginas haviam sido arrancados, chupados e jogados para o lado; às vezes, o livro inteiro era atirado com toda a força que ela conseguia reunir. Naquele momento, no entanto, contemplava bem de perto a figura de um coelho charmoso que dirigia um carrinho. Com a cabeça baixa, totalmente absorta, fez ruídos brandos e encorajadores:

— Humm — murmurava ela, aprovando o que via. — Bab, bab, bab.

— Tem um coelhinho aí, querida? — perguntou Im. Ela já sabia que esse som era a palavra de Rosie para coelhinho. Desde que ganhara o presente de Nick, Rosie andava obcecada por coelhos: toda história tinha que ter um coelhinho como personagem; toda foto tinha que retratar um. Se o livro não tinha coelhos, então Rosie primeiro ficava chorosa e depois vingativa.

Imogen olhou para aquela pequenina figura: para as mechinhas de cabelo louro que se enrolavam no pescoço alvo e macio, para as bochechas gorduchas e com covinhas, para as mãozinhas abertas como estrelas-do-mar agarrando o livro. Seu coração pareceu mover-se dentro do peito, ficando apertado de amor, de medo e de uma ternura inexplicável. Imaginou todas as coisas terríveis que poderiam acontecer àquela pessoinha vulnerável, indefesa e adorada, e abaixou-se em seguida para pegar Rosie no colo, tirá-la do cercadinho e apertá-la junto ao corpo.

— Bab! — gritou a menininha, contorcendo-se nos braços da mãe, furiosa com a interrupção. Apontou para trás, para o cercadinho no qual o presente de Nick jazia abandonado, pernas e braços longos entrelaçados. Im abaixou-se para pegá-lo.

— Aqui — disse. — Aqui está Bab. Ele não é lindo?

Elas o observaram juntas: a expressão um tanto suplicante nos olhos grandes, o meio-sorriso de desaprovação, a gravata-borboleta da moda costurada junto ao peito branco. De repente, Imogen percebeu que Bab a fazia lembrar — muito ligeiramente — Nick, propriamente dito; o pensamento a desconcertou e ela o evitou.

— Que tal sairmos para caminhar? — perguntou a Rosie. — Só até a estrada? Vamos?

Imogen levantou o corpinho da filha, girou-o no alto, e Rosie abriu uma risada. Largou o livro, apertou Bab junto ao peito e fez sons que indicavam que aprovava a ideia.

— Venha, então. Coloque o casaco e suas botas quentinhas. Isso, boa menina.

Agora, estavam na estrada: Rosie no carrinho, ainda segurando Bab, Imogen colocando as luvas, se certificando de que levava as chaves e olhando para ver se havia algum sinal de chuva iminente. O céu era uma porcelana azul com remendos de nuvens arroxeadas; dedos grossos de luz dourada invadiam as águas verdes e turbulentas

Casa de Verão

do canal, e as colinas galesas pairavam atrás de um véu translúcido que cintilava distante e irreal. A estrada subia pela colina, virando para fora do campo de visão, e Imogen ficou parada por um momento, olhando para o outro lado da fazenda que descia rumo à costa. O espinheiro, esculpido e modelado pelo vento, cobria-se de novas folhas verdes, e botões negros brotavam das cinzas. As primeiras estrelas brancas e frias do abrunheiro brotavam nas cercas distantes e, para onde quer que olhasse, o tojo acendia, todo dourado.

Ela começou a caminhar depressa, conversando com Rosie, respirando o ar gelado e cortante. Naquele ponto, o sol descia sobre o topo da colina, a estrada aplainava-se um pouco, e as faias, com seus galhos baixos ainda carregados de folhas escuras e ressequidas, bloqueavam a vista do mar. Ela passou pelo portão da fazenda Eastcott e parou para observar um passarinho que pulava, batendo com o bico à caça de insetos no telhado coberto de musgo da pequena construção de madeira, logo ali na estradinha da fazenda. Viu agora que era uma cambaxirra e, enquanto a observava, ela avançava, dançava e desaparecia de vista debaixo da borda do telhado.

Seguiu em frente, o vento frio no rosto; a estrada se abrindo mais uma vez, para o mar, com estacas e arames farpados arrumados em fila ao longo da costa. Logo, violetas e prímulas cresceriam na margem musgosa e, mais à frente no ano, urzes roxas com perfume de mel cobririam o terreno até o sul; agora, apenas seus galhinhos negros e frágeis eram vistos, como gaiolas fracas e curvas que brotavam entre o tojo e os espinheiros. Rosie cantava uma canção sem ritmo, batia com Bab no lado do carrinho e Im inclinou-se para chamá-la.

De repente, sem avisar, uma chuva de granizo começou a cair do céu claro, saltando na estrada e batendo no rosto de Im. Assustada, ela se apressou em puxar a cobertura do carrinho para cima da cabecinha de Rosie e logo abaixou-se para protegê-la com o próprio corpo, enquanto o granizo tamborilava em suas costas e Rosie gritava, assustada. Im tentava virar o carrinho, ainda agachada para proteger a filha, quando um carro apareceu, deslizante, produzindo um cantar de pneus na estrada gelada. Imogen ergueu o olhar, os cabelos umedecidos sobre o rosto, quando a porta do carro bateu e dois pés fizeram a volta em torno do para-choque cromado e brilhante.

— Nick! — exclamou, sem acreditar no que via. — *Nick?* O que está fazendo aqui?

— Visitando as duas pessoas de quem mais gosto na vida — respondeu com leveza. — Vamos lá, vou lhe dar uma carona até o chalé. Pegue Rosie, Im, e entre no carro que eu guardo o carrinho.

Segurando Rosie nos braços, Im empertigou-se, em parte sorrindo, em parte não acreditando no que acontecia.

— Por que não disse que estava vindo? — gritou, quase sem ar, assim que o vento agitou as pedrinhas de gelo em torno deles.

— Quis fazer surpresa — disse em seguida, beijando-a no rosto. — Olá, Rosie. Olá, coelhinho. Entrem no quentinho que iremos para casa.

— Papai sabia que eu estava vindo — disse mais tarde, aquecendo as mãos em torno de uma caneca de café quente, enquanto Rosie ressonava entre as almofadas que Im havia colocado no cercadinho. — Mas decidi dar uma volta e ver se você estava por aqui.

Imogen tomou um gole do café, olhando para Nick do outro lado da borda da caneca. As maçãs do rosto queimavam, mas ela tinha certeza de que era por causa do vento e da chuva de granizo que enfrentara do lado de fora, em contraste, agora, com o calor de dentro de casa. Tentou ignorar o aperto que sentiu no estômago e a pequena excitação.

Casa de Verão

— Como está Alice? — perguntou ela.

A expressão do rosto de Nick alterou-se de repente, e Im mordeu o lábio, encabulada: pobre Nick, que crueldade dela falar assim quando ele havia sido tão gentil.

— Enfim — continuou ela, rapidamente, antes que ele pudesse responder. — É maravilhoso ver você.

— Fiquei muito triste ao saber da Casa de Verão — disse Nick. Falara da casa como desculpa; como uma razão para vê-la antes de ir à Casa Alta. — Que azar. Não que eu não consiga entender o ponto de vista de Jules, claro, mas é que sei como você adora aquela casa. — Fez uma cara compreensiva. — Pobrezinha.

— Ah! — respondeu ela em seguida. — Vou sobreviver, embora admita que *estou* passada. O que Milo fará com ela? Você sabe?

Nick encolheu os ombros.

— Sei que ele não quer alugá-la de novo. Teria que reformá-la, e isso custaria uma fortuna. O triste é que ela acabará sendo vendida para alguém de fora da família, e não consigo parar de pensar que a culpa é minha.

— Mas ele teria mesmo que fazer alguma coisa agora que a família Moreton está saindo. — Apressou-se em dizer para reconfortá-lo e alegrá-lo. — Como você mesmo disse, ele não quer voltar a alugar, portanto, vender já devia ser previsível.

— E você? O que fará agora? Para onde irá?

— Ah! — suspirou e fez uma careta. — Jules tem um cliente perto de Simonsbath que tem um celeiro convertido em casa para alugar. O filho dele está morando lá enquanto constrói um chalé, mas vai sair na próxima semana e ele nos ofereceu o lugar. Eles adoram o Jules e não querem voltar a alugar para fins de semana. Eu ainda não vi a casa. Para ser franca, acreditei mesmo que um milagre poderia acontecer e que nós poderíamos comprar a Casa de Verão. — Encolheu os ombros. — Bem, é assim que estão as coisas.

Seguiu-se um breve silêncio.

— Alice está bem — disse Nick, como se Im tivesse acabado de fazer a pergunta naquele instante —, dentro de um estilo crítico, glacial e desagradável. E como está Jules?

Seguiu-se outro silêncio.

— Jules está bem — respondeu Im, parodiando a resposta de Nick —, dentro de um estilo emburrado, defensivo e antipático.

Olharam um para o outro, meio questionadores, meio temerosos, e Im largou a caneca e foi acomodar Rosie para que ficasse mais confortável nas almofadas nas quais dormia pacificamente naquele momento.

Era estranho, pensou, como a filha parecia protegê-la do que Nick lhe oferecia. Permaneceu ajoelhada ao lado do cercadinho, com as costas viradas para ele.

— Você não devia ter vindo — disse ela.

— Eu sei — respondeu ele, sem tentar se fazer de desentendido. — Mas senti saudades de você, Im. Deus do céu, a vida está tão ruim no momento! Não consigo parar de pensar em você.

— Não devia — repetiu. Foi um tremendo esforço dizer isso. Im queria levantar-se e abraçá-lo.

Mas por que não?, perguntou-se, irritada. Jules não ligaria. Não do jeito que estava ultimamente.

Rosie agitou-se, levou o polegar à boca, e Im permaneceu debruçada no cercadinho, acariciando o ombro e o braço da filha.

— Acho que é melhor você ir embora — disse, sofrendo. — De verdade, Nick. Nós não devemos.

— Mas você quer. — Estava atrás dela, a boca perto de seu ouvido, ela tremeu e concordou, relutante, apenas com um mínimo movimento de cabeça. Ele a beijou, pressionou o rosto contra o dela. — Você sabe que eu amo você — disse. — Meu Deus, que tolos nós fomos, Im!

Im ouviu a porta se fechar suavemente, mas permaneceu onde estava, com uma das mãos na criança que dormia, como se ela fosse um talismã que pudesse espantar o mal.

CAPÍTULO DEZOITO

Matt passou por Nick no final de Allerpark Wood, reconheceu o carro e reduziu. Retrocedeu alguns metros para onde Nick havia estacionado e os dois baixaram o vidro e espicharam a cabeça para fora.

– Dei uma parada aqui para ver Im – disse Nick, falando primeiro.
– Foi bom. Ela e Rosie estavam caminhando debaixo de chuva de granizo, e eu as trouxe em casa. Você vai vê-las?

– Vou. – Matt estava ligeiramente confuso. – Achei que seria bom para Milo e Lottie ter você com eles para o almoço, e espero que Im me prepare um sanduíche. Vejo você depois?

– Claro, estou indo para a Casa Alta agora.

Nick acenou alegremente e arrancou, e Matt continuou a dirigir, perguntando-se a razão de se sentir inquieto.

Imogen abriu a porta em seguida, e sua expressão de surpresa foi quase cômica.

– Ouvi o barulho de um carro – disse ela. – Eu não sabia...

Casa de Verão

— Então não recebeu minha mensagem de texto? — Matt passou por ela, dirigindo-se ao corredor, e ela apontou para a sala de estar, assim que fechou a porta.

— Vamos lá para dentro — disse. — Rosie caiu no sono dentro do cercadinho, e eu não quero incomodá-la. Não, não recebi sua mensagem. Eu devia estar fora com Rosie. Ficamos presas na chuva de granizo.

— Foi o que Nick disse. — Matt viu o rubor subir pelo rosto da irmã. — Tenho uma coisa para falar com você, por isso vim de qualquer maneira.

Im tremeu e abraçou-se.

— Está tão *frio* — reclamou. — Mais frio do que em janeiro. Acho que vou acender a lareira. — Ajoelhou-se e olhou por cima do ombro para Matt. — Não tem nada de errado, tem? Milo e Lottie estão bem?

— Eles estão bem. — Matt sentou-se no braço do sofá e ficou observando a irmã.

Ela deu meia-volta.

— O que foi? — perguntou em seguida. — O que aconteceu? Ai, meu Deus, Milo encontrou outro comprador, não foi?

— Sim — respondeu Matt, lentamente. — Segure as pontas, não fique chateada. Sim, encontrou, mas só se estiver tudo bem para você. Sou eu. Eu me ofereci para comprar a casa, para que fique na família. Todos nós poderemos usá-la. Será de todos nós, não apenas minha. — Falava rapidamente, percebendo as expressões de choque, desalento e raiva percorrerem o rosto dela, sabendo que Lottie tivera razão quando o alertara. — Ele irá vender a casa para alguém, Im — disse, com gentileza. — Você não acha melhor que seja para mim e não para um estranho? Sei que é um choque e acho que talvez você prefira mesmo um estranho, de certa forma...

Ficou esperando que ela o contradissesse e, no silêncio que se seguiu, percebeu que ela estava ainda mais aborrecida do que ele havia imaginado.

– Não, não prefiro – disse, por fim, virando-se novamente para a lareira, arrumando gravetos, empilhando a lenha e pegando a caixa de fósforos. – Claro que não prefiro – disse por fim. – Desculpe, Matt. É só que... Bem, é um tremendo choque. Nunca imaginei você comprando a casa e vejo que é o óbvio a acontecer, uma vez que eu e Jules... uma vez que Jules...

Ela começou a chorar, levando a cabeça para a frente, para perto dos joelhos, cobrindo o rosto com as mãos sujas de fuligem.

– Im. – Matt ajoelhou-se ao lado dela, sentindo-se um traidor. – Desculpe-me, meu amor, não pensei que você sentiria dessa forma. Eu devia ter imaginado. Lottie tinha razão.

– Lottie? – Im olhou para Matt, enxugando as faces com os pulsos. – O que Lottie disse?

Matt sentou-se sobre os calcanhares e tirou o lenço do bolso de trás da calça jeans.

– Lottie achou que você ficaria chateada. Disse que seria natural que se sentisse um pouco, bem, aborrecida de me ver ali uma vez que não poderia tê-la. Talvez um estranho *fosse* melhor.

– Não. – Im balançou a cabeça com vigor, enxugou os olhos no lenço do irmão e sorriu. – Não, não seria. Estou agindo como uma mulher mimada. Uma irmãzinha irritante. Sinto muito, Matt. É uma ótima ideia. Só que agravou o assunto. Entende? Não vai acontecer. A gente sempre fica esperando um milagre, não é? Mas Jules não vai mudar de ideia e, em meus momentos de sanidade, sei que ele tem razão. Eu só gostaria de que ele fosse um pouco mais gentil, é isso. Ainda assim, deixa para lá. – Pôs-se de pé. – Aposto que Milo está extremamente satisfeito.

Casa de Verão

— Bem, está. — Matt levantou-se também. — Ele detesta a ideia de ter estranhos ali, e a casa também será um lugar para onde Lottie poderá ir quando... você entendeu. Quando... se alguma coisa acontecer com Milo.

Im ficou olhando para ele, o rosto sério, chocado.

— Eu não havia pensado nisso — admitiu. — Não consigo imaginar nenhum deles em outro lugar que não seja a Casa Alta, mas acho que ela não ficaria ali sem ele. Você está dizendo que Lottie poderá ficar morando na Casa de Verão? Ah, Matt. Que ideia maravilhosa.

— Foi o que pensei — disse em seguida, procurando evitar outra resposta emotiva. — Podemos dividi-la. Posso trazer meus amigos e você e Jules podem usá-la nos fins de semana ou nos feriados, se não quiserem viajar. Podem até mesma alugá-la agora, se não tiverem para onde ir.

— Não — rebateu e logo sorriu, tranquilizadora. — Está tudo bem. Só que não quero fazer as coisas pela metade. Estou me acostumando com a ideia de não ter a casa e acho que alugá-la iria enfraquecer minha tentativa. Mas estou feliz, Matt. De verdade. E assim iremos ver você um pouco mais. Vai ser bom.

— Você vai lá comigo? — perguntou, timidamente. — Para me dar conselhos sobre a mobília? Coisas assim? Isso seria... doloroso?

Imogen lhe tocou o braço.

— Você é um irmão maravilhoso — disse ela, com leveza. — Você sabe que eu adoraria.

— Está bem. — Matt ficou surpreso de tão aliviado que estava. — Isso é ótimo. Milo comemorou com champanhe. O que temos aqui?

— Não poderei acompanhá-lo — disse. — Mas tenho um ótimo Rioja seco. Se você ficar quieto para não acordarmos Rosie, podemos pegar as taças e o saca-rolhas. Vai poder ficar aqui e comer um sanduíche comigo ou tem que voltar?

Matt negou com a cabeça.

— Pensei em deixar Milo e Lottie sozinhos com Nick. — Hesitou. — O que ele estava fazendo aqui, Im?

As faces de Imogen se ruborizaram de novo.

— Ele precisa de um motivo? Sempre passa aqui quando está indo para Casa Alta.

— Quando raramente aparece, não?

Imogen ficou olhando para ele:

— Por que todo esse interesse?

— Desculpe, só fiquei surpreso de vê-lo aqui. É isso. Podemos tomar o vinho?

Matt voltou para a casa sentindo-se ligeiramente perturbado: fora uma surpresa ver Nick e, quando comentara com Im, ela reagira de forma estranha, quase culpada. De repente, ele se lembrou, ah, anos atrás Lottie lhe perguntara se ele havia percebido que Im e Nick andavam se vendo mais que o normal. Fora logo depois que Im começara a trabalhar no haras perto de Newbury, mas não havia nenhuma prova de que estivessem tendo alguma coisa a mais, e ele logo afastou o pensamento. Naquele momento, perguntava-se se Lottie não tivera razão: Im agira estranhamente na defensiva.

Matt parou no acostamento e ficou olhando o mangue. A maré estava mudando, e os alvos campos ainda estavam inundados por poças de água cintilante, separados por valas, todas refletindo o azul gelado do céu. Podia facilmente imaginar os perigos: Nick brigando com Alice; Im zangada com Jules e sentindo-se magoada. Sabia que essa era a receita perfeita para arrumar confusão. Mas, mesmo assim, isso certamente não seria possível. Nick e Im se conheciam desde sempre; eram como irmãos. Podiam consolar um ao outro,

Casa de Verão

se solidarizar com a inflexibilidade de seus cônjuges, mas nada além disso... Ainda assim, aquela resposta áspera: *Ele precisa de um motivo?* E a forma como ela ficara ruborizada, duas vezes, ao ouvir o nome de Nick.

Nick, claro, continuava daquele seu jeito despreocupado, mas sempre tivera um lado vulnerável: uma necessidade de ser amado e aprovado. Estaria buscando isso em Im? E ela estaria disposta a lhe dar o que buscava? Matt resmungou. Como os relacionamentos eram complicados e cansativos! Esse pensamento o fez lembrar que, ao ter decidido passar pelo menos um mês em Bossington, acabara cedendo e convidando Annabel para ir à Casa Alta. Milo e Lottie, graças a Deus, foram muito receptivos: sem olhares enviesados e sorrisos maliciosos. Ela não era a primeira mulher que ele convidava, afinal, e tratara o assunto com bastante indiferença, embora estivesse surpreendentemente nervoso. Annabel era esperta, muito esperta. Ficara encantada com o convite e, embora soubesse que isso não era a mesma coisa que ser convidada à casa para conhecer os pais, estava claro que via sua visita mais ou menos sob essa ótica. Im o ajudaria a manter tudo de forma bem natural; já havia feito isso antes. Tinha um jeito fraterno bem inteligente de fazer as namoradas se sentirem muito bem-vindas ao mesmo tempo que dava a entender que elas eram uma de muitas, e que seu irmão era um caso perdido. Às vezes, depois ficava zangada com ele – principalmente se gostasse mesmo da mulher –, mas entendia sua relutância em assumir qualquer compromisso, embora quisesse muito que ele se apaixonasse.

Matt sabia que não precisava se preocupar com Milo. Ele era o anfitrião perfeito que aproveitava qualquer oportunidade para criar banquetes fabulosos, ao mesmo tempo que se mantinha ligeiramente à parte de grandes demonstrações emocionais. Quanto a Lottie... Matt bufou involuntariamente. Felizmente, para ele, todas as habilidades casamenteiras haviam sido excluídas da constituição genética de Lottie. Ela adorava todas as suas namoradas – tinha grande empatia por jovens –, porém não alimentava quaisquer desejos de vê-lo ligado permanentemente a nenhuma delas. Não era nem prática nem particularmente maternal, ainda assim, ele jamais questionara seu amor por ele ou por Im. Ela e Milo eram mesmo um "casal esquisito", mas Matt era profundamente grato pelo amor dos dois.

Ocorreu-lhe que, quando se tornasse proprietário da Casa de Verão, convidar as amigas para ficarem lá poderia ter um significado totalmente novo. Também percebeu de repente que não queria que Annabel conhecesse a Casa; não agora, não ainda. Ir vê-la com Milo já fora muito estranho; surpreendentemente empolgante. A Casa estava no meio do processo de ter os móveis e objetos embalados, e a sra. Moreton pedira desculpas pela bagunça, embora ele não tivesse notado bagunça alguma. Ficara completamente absorvido pelas proporções adoráveis da casinha: a escada elegante e a forma como os cômodos eram forrados por painéis de madeira pintados na cor creme, exatamente como as cabines de um navio. Arbustos altos de rododendros cobriam o pequeno gramado, desciam até o riacho, e ele ficou na varanda, de colunas retorcidas como bengalinhas doces, experimentando uma empolgação imensa de sentir-se proprietário, algo que seu apartamento pequeno e luxuoso jamais lhe proporcionara. Mal podia esperar para o casal Moreton se mudar.

Ao observar um bando grande de gaivotas circulando e mergulhando próximo à costa, decidiu que levaria Im até lá o mais cedo possível, lhe mostraria a casa e a faria parar de pensar em Nick. Lembrou-se que não havia mostrado a foto para Im nem lhe contara a forma esquisita como ela chegara às suas mãos. De alguma forma, isso não lhe parecera apropriado. Na verdade, a resposta dela à novidade

Casa de Verão

que lhe contara fizera esse assunto lhe fugir da mente. Entretanto, consultara Lottie e mostrara todas as fotografias a Milo.

— Não vejo como ele poderia esclarecer qualquer coisa com relação a elas — comentara Matt —, mas vale a pena mostrar, não vale? Ele terá uma visão diferente delas, as verá de forma desarmada. — E ela concordara em seguida; o momento era perfeito.

Sendo assim, depois do jantar, ele lhe explicou seu dilema, levou o envelope com as fotos e as deslizou gentilmente, em forma de leque, por sobre a mesa. Milo entendeu o que se passava, sem precisar fazer perguntas intermináveis — fora um tremendo alívio ouvir seu comentário rápido e inteligente — e foi pegando uma foto depois da outra.

— Não é só o fato de não ter nenhuma foto de Im entre elas — disse Matt, tentando julgar o silêncio de Milo: morria de medo de que o velho amigo pudesse achá-lo simplesmente maluco. — É apenas um sentimento de desorientação que me vem quando olho para elas. Esta aqui, por exemplo. Você alguma vez teve um carro desses, Milo? Ou o seu pai, talvez?

Milo olhou a foto com mais atenção.

— Fica difícil dizer, não fica? Não dá para ver muito do carro. Claro que você não teve carro em Londres, teve, Lottie? Alguma vez Tom teve carro lá?

— Não me lembro de Tom ter tido um carro. — Lottie inclinou-se sobre a mesa, para examinar a foto. — Quantos anos você acha que tinha nessa foto, Matt? Quatro? Cinco?

Matt negou com a cabeça.

— Não sei, mas acho que dá para adivinhar. Acho que ela foi tirada logo depois que papai morreu. É por isso que fiquei imaginando se seria o carro de Milo. Foi mais ou menos nessa época que você nos trouxe à Casa Alta para conhecer Milo, não foi, Lottie?

Milo observou o carro mais uma vez.

– Então ela não foi tirada quando vocês estavam todos no Afeganistão?

– Não. – Matt tinha certeza de que não. – A única foto que tenho, que foi tirada lá, é uma de quando papai voltou pela segunda vez, por contra própria. Ele me mandou uma carta, e a foto veio junto. Não tinha nenhuma foto de todos nós reunidos, como família. Ou, se tinha, eu não vi.

– O que é estranho, não é? – disse Milo, pensativo, pegando outra fotografia. – É de se imaginar que Tom gostaria de ter o registro do período que vocês passaram lá, sendo fotógrafo.

Lottie sorriu.

– É essa a questão – disse. – A última coisa que um fotógrafo profissional faz é tirar fotos alegres da família. Esse era o trabalho dele, não o seu hobby. Helen é que deve ter tirado essas fotos. Lembre-se de que Matt tinha só 1 ano e meio quando eles voltaram para casa, portanto, todas essas fotos devem ter sido tiradas depois que voltaram do Afeganistão.

– Você não consegue se lembrar de ter tirado nenhuma delas? – perguntou Matt, cheio de esperança, mas ela negou.

– Nunca fui muito boa para tirar fotos – respondeu. – Claro que devo ter tirado algumas, mas não posso jurar. Mas não essas de você muito novinho. Você tinha 4 anos, Matt, quando o conheci, e Im era um bebê.

– Então, são as roupas que você não reconhece – murmurou Milo. – Mas por que acha que se lembraria delas após todos esses anos? – Virou-se para a foto mais recente, e Matt explicou como ela havia chegado da agência de notícias, sem nenhuma mensagem anexa.

– Fiquei pensando se ela foi tirada enquanto eu estava viajando, mas por que alguém iria mandá-la para a agência de notícias? Por que não pela minha editora?

Casa de Verão

— Tenho que admitir que é muito esquisito. E você não conseguiu reconhecer o selo? Tentou checá-lo na Internet, por exemplo?

Matt ruborizou.

— Estava cheia de selos, e a tinta tão borrada que não consegui decifrar nada.

Milo ergueu os olhos para ele.

— E aí você se livrou do envelope?

A expressão de Matt foi sua resposta.

— Seu tolo — disse o velho, mas sem irritação. — Era nossa única pista, não era? Deixa para lá. Se você escrevesse livros de suspense, saberia que deveria ter guardado o envelope. — Balançou a cabeça. — É intrigante, não é? Eu gostaria de poder ser mais útil.

Matt começou a recolher as fotografias; suspeitava de que, secretamente, Milo ainda estivesse se perguntando o motivo de tanta inquietação, e desejou nunca ter exposto suas ansiedades infundadas àquele soldado tão pragmático.

Naquele instante, no entanto, enquanto observava as gaivotas circularem acima da maré cheia, sabia que se sentia feliz por ter dividido seu segredo com ele.

CAPÍTULO DEZENOVE

Nick e Lottie estavam em silêncio no jardim de inverno. Lottie tricotava. Ele observava o tricô crescendo lentamente, a lã macia se acumulando sobre os joelhos dela, o novelo multicolorido rolando para longe e retornando, a atividade rítmica das agulhas. Sentia-se calmo, infinitamente relaxado, perguntando-se como era possível ficar num silêncio tranquilizante ao lado de algumas pessoas e não ao lado de outras. Sua tia terminara uma carreira de ponto rendado, trocara as agulhas de lado e começara uma carreira simples agora. Deveria ser um xale ou uma manta. Ela fazia roupas lindas para crianças pequenas – na verdade, a maioria das roupas que tricotava eram para caridade, muito ocasionalmente para si; nunca para Milo, Matt ou Im.

– Você faria um agasalho para mim, Lottie? – perguntou Nick, de repente, mal sabendo a razão, a não ser que acreditava que havia uma mágica especial em roupas feitas com amor, por alguém próximo de você.

– Ah, meu caro – respondeu, achando graça. – Tem certeza? Você é o tipo de homem que usaria um agasalho de lã tricotado pela tia?

Casa de Verão

Ele riu também.

— Por que não? Meus amigos achariam que é um agasalho Brora ou Toast ou de outra marca qualquer. Eu gostaria de alguma coisa pesada e rústica. Seria bom para minha imagem.

Lottie o olhou de relance, e foi como se aqueles olhos cinza olhassem diretamente para dentro dele, atravessando toda a sua pose e pretensão. Ele se preparou para a resposta antes que ela pudesse tecer qualquer comentário pernicioso quanto a ele precisar de mais do que um agasalho de lã para melhorar sua imagem — como Alice faria — mas, em vez disso, ela sorriu.

— Eu bem que gostaria — disse ela. — Um suéter de pescador, talvez. Você poderá usá-lo quando sair para velejar com Milo. Azul-marinho. Vou tirar suas medidas antes de você ir embora.

— Não quero ir embora — disse ele. Balançou gentilmente na cadeira de junco giratória. — Você alguma vez já desejou simplesmente abandonar a própria vida?

Lottie tricotou uma carreira inteira antes de responder.

— Acho que meu problema é exatamente o contrário — acabou respondendo. — Nunca me senti parte da vida. Sinto-me como se sempre alguma coisa tivesse faltado em minha mente e impedido de me conectar apropriadamente com o resto da humanidade. Isso é muito desconfortável e muito solitário. É como se todos os outros falassem uma língua que eu não entendesse e agisse de acordo com um conjunto de regras que ninguém jamais me explicou. Fico tateando, tentando compreender à medida que vou vivendo, mas nunca tive muito êxito. É por isso que sou tão grata a Milo. Ele é um refúgio para mim.

Nick ficou um momento em silêncio, surpreso, procurando palavras que pudessem confortá-la.

— Mas você viveu todos aqueles anos em Londres, cuidando de Im e de Matt. Eles sempre disseram que a vida deles seria um inferno sem você.

— Certamente teria sido — respondeu com sinceridade —, já que a pobre Helen sofria tanto de depressão. Mas a verdade é que acho isso muito difícil. Cuidar deles nunca foi algo que senti com naturalidade. Não conheci minha mãe, por isso não tive nenhuma experiência em que me basear. Coitados deles. Ainda me pergunto como sobrevivemos. Éramos todos como bebês na floresta, todos nós tomando conta uns dos outros, e só porque eu os amava demais é que sobrevivemos. Observo outras pessoas com admiração, principalmente os jovens. Eles parecem saber de coisas sem que ninguém lhes diga, não se abalam demais, e sua sabedoria é impressionante. Preciso me esforçar o tempo todo para acompanhá-los.

— Bem, se isso é verdade, tudo o que posso dizer é que você tem muitas outras qualidades que compensam — disse-lhe, encorajador. — Não sei o que papai faria sem você.

Lottie sorriu, mas não respondeu, e ele ficou procurando mais alguma coisa a dizer para encorajá-la. É claro que a mãe dele sempre fora sarcástica com relação à irmã mais nova, mas ele achava que isso se dava somente por causa de uma rivalidade entre irmãs, principalmente porque Lottie se dava bem demais com Milo.

— Você trabalhou numa editora — lembrou-lhe Nick. — Isso é bem expressivo.

— Uma editora pequena e esotérica — disse ela —, mas eu me conectava *de verdade* com os escritores esquisitos que nós publicávamos. Logo pude ver que a maioria deles habitava um universo paralelo, assim como eu, e eu me entendia muito bem com eles. Sonhadores, a maioria deles: gente que vivia entre os mundos dos livros que escreviam e que achava a realidade entediante ou até mesmo assustadora. Eu entendia bem isso, embora meu universo paralelo parecesse me ter sido imposto, enquanto eles inventavam o universo deles. Eu fui uma criança muito solitária, e os livros eram o meu refúgio. Era assim que eu via o mundo: pelas páginas das ficções infantis. É muito bom se você tem uma vida plena, equilibrada e normal junto com uma paixão pela leitura, mas não é muito bom se esse é o único mundo que você conhece. Seus avós foram particularmente atenciosos comigo quando eu era criança. Bem, você conhece a história. Eles me deixaram morar aqui e, quando paro para pensar nisso, é como se fosse um conto de fadas. Eu não fazia ideia do que era ter uma mãe ou uma vida familiar. E depois, quando Tom morreu, fui presenteada com outra família, já constituída. De certa forma, isso é muito estranho, mas se encaixava perfeitamente em meu estilo de vida. Afinal, milagres acontecem nos livros; e a Cinderela consegue ir ao baile.

— Deve ser por isso que você se dá tão bem com Matt, quer dizer, por ele ser escritor.

— Sim. — Lottie pousou as mãos no colo e ficou olhando pela janela. — Matt sempre morou num universo paralelo, e eu logo reconheci isso, mas, no caso dele, foi um universo que ele mesmo criou em vez de ser criado por outras pessoas.

— Por ser escritor?

— Sim. — Hesitou e franziu a testa. — Mas acho que não é só isso. Tem algo mais no passado que dá forma à escrita dele. A morte de Tom, claro. O encolhimento de Helen... — Lottie balançou a cabeça. — Enfim, seu mundo alternativo particular, com certeza, tem feito um tremendo sucesso.

— Sobre o que ele escreverá agora?

Lottie pegou o tricô novamente e o alisou.

— Acho que será algo bem diferente de *Epiphany*.

Nick ergueu as sobrancelhas.

— Não será uma sequência? Foi um sucesso tão grande que ele deve estar sob forte pressão para repetir algo parecido.

— Com certeza. Mas Matt não é escritor que só sabe escrever sobre um mesmo assunto e não fará isso simplesmente por dinheiro.

Não, acho que há algo esperando por ele. Alguma coisa especial... diferente.

Ela ainda olhava pela janela, além dos gerânios, para a neblina que se adensava. Nick sentiu o que se assemelhava a um arrepio na pele e também olhou para o jardim. Pelas árvores, viu o telhado da Casa de Verão.

– Papai está empolgadíssimo porque ele vai comprar a Casa de Verão, não está? – Ficou feliz por poder mudar um pouco o assunto. – Nosso querido Matt. Grande ideia a dele.

– O que Sara dirá? – Lottie virou-se ansiosa para Nick. – Ela não vai ficar satisfeita.

Ele encolheu os ombros, a culpa permeando seu contentamento.

– Pelo menos, a Casa vai continuar na família – murmurou.

Lottie deu uma risadinha.

– Não acredito que Sara considere Matt e Im parte da família.

– Bem, mas eu sim – disse ele, irritado. – Matt e Im são... – Fez uma pausa. Estava para dizer que eles eram como irmãos, embora seus sentimentos por Im não fossem nada fraternos, e agora não conseguia pensar em nada para falar.

– E como *está* Im? – perguntou Lottie, a cabeça baixa sobre o trabalho.

– Está bem – respondeu, distraído, lembrando-se de repente que não havia comentado que passara na casa de Im e dando uma olhada rápida para Lottie.

– Está num momento difícil – disse Lottie, placidamente, contando os pontos. – Acredito que Matt deva ter achado difícil contar a ela que está comprando a Casa de Verão, mas logo ela verá que é o melhor para todos. Está muito emotiva agora. – Começou a tricotar de novo, sem olhar para ele. – Você será cauteloso, meu querido, não será?

Nick ficou confuso e constrangido, imaginando do quanto, exatamente, Lottie suspeitava.

— Sim, claro — murmurou e mudou de assunto. — Acredito que você esteja ansiosa para conhecer Annabel. Ela é especial?

— Bem, todos nós esperamos que Matt um dia encontre uma mulher especial, mas não tenho a impressão de que Annabel seja mais especial do que as outras moças que ele trouxe para nos apresentar. Ele tem insistido que ela é uma amiga editora. Nada mais. Nós deveremos ter uma ideia melhor quando a conhecermos e os virmos juntos.

— Ele é um camarada engraçado, o nosso Matt. Tenho a impressão de que está aguardando que algum cataclismo aconteça. — Nick riu. — Fora o seu sucesso fenomenal. Eu me refiro a algo pessoal.

— Acho que você está coberto de razão — respondeu ela, séria.

Pareceu tão séria, tão pensativa, que ele logo se sentiu acuado e procurou um assunto mais ameno.

— Acha que papai trará Venetia para casa com ele esta noite?

— Depois de uma rodada de bridge? Meu bom Deus, não. — Lottie riu alto diante da sugestão. — Nosso Milo estará tão irritado, que já estou lhe avisando. Venetia nunca foi a melhor jogadora de bridge do mundo, mas agora tem ficado cada vez mais confusa, e Milo é leal demais para trocá-la por outro parceiro. Ele chegará cuspindo fogo, e nós saberemos de todo o acontecido, passo a passo. — Ela terminou a carreira, enrolou o trabalho nas agulhas e o colocou dentro de uma grande cesta de vime. — Que tal levarmos Pud para dar uma volta? — sugeriu. — Antes que escureça. Você gostaria de ir?

— Eu adoraria. — Levantou-se da cadeira. — Esse é um dos momentos em que um agasalho de lã seria muito útil — comentou ele, em tom de brincadeira. — Está gelado lá fora. Você terá que começá-lo em seguida.

— Você logo o terá — prometeu Lottie, alegremente. — Vamos lá, Pud. Vamos passear.

* * *

Venetia logo ficou sabendo, quando Milo virou à esquerda, na saída do caminho de carros do casal Briscoe, que ela não seria convidada para jantar em Casa Alta. Recostou-se em seu assento, decepcionada e ligeiramente chateada. E, quando ele perguntou, irritado "Por que diabos você jogou aquela carta de espadas, Vin?", percebeu que ele não estaria no humor para ser persuadido a mudar de ideia.

— Que pergunta, querido — respondeu ela, distraída. — Eu não poderia ter feito outra coisa.

Não desista nunca, pensou ela, chateada, olhando para fora, para a luz do entardecer e de certa forma lamentando a noite que chegava. Para falar a verdade, não entendia por que o casal Briscoe não podia finalizar o jogo com um jantarzinho simples. Quando era a vez de ela recebê-los em sua casa, sempre arrumava algo saboroso para oferecer depois do jogo: sanduíches de salmão defumado, um ou dois cálices de vinho e café. Qualquer coisa em vez de uma noite vazia pela frente. Tremeu quando eles saíram em velocidade pela estrada escura e estreita, entre arbustos de faias que pareciam formar um túnel, sólidos como muros. A névoa flutuava pelos campos, ficava presa nas sebes e, de repente, assim que o carro oscilou numa curva acentuada, eles viram uma raposa petrificada por alguns segundos diante da luz forte dos faróis. Aguardaram, o motor ligado, enquanto a raposa permanecia parada, os olhos brilhantes, verdes e observadores, uma pata levantada, antes de desaparecer pelas sombras da vala.

— Uau! — Venetia deixou escapar uma respiração prolongada de satisfação quando Milo acelerou novamente. — Não era linda, querido? — Relaxou um pouco. A visão da raposa mudara ligeiramente a atmosfera dentro do carro: a irritação de Milo por ter perdido o jogo estava passando. — Você vai entrar para tomar alguma coisa ou tem que voltar correndo para casa?

Casa de Verão

– Tenho que voltar. – Estava na defensiva agora. – Eu lhe disse que Nick e Matt estão lá em casa, e temos muito o que conversar. Sabe como é.

Venetia sentiu uma leve insinuação de que estava sendo pouco sensata e esboçou uma careta no escuro do carro.

Definitivamente, essa não é minha noite, pensou. Deixa para lá.

– Está bem, querido – respondeu, numa voz agradável e musical. – Entendo *perfeitamente*. Dê lembranças aos rapazes. – E aguardou.

– Venha almoçar conosco no domingo – disse ele, quando eles viraram à esquerda na rua St. George e fizeram a volta atrás da Priory, rumo ao Ball. – Estaremos todos lá.

Venetia sorriu triunfante. Exposições de firme contentamento sempre deram certo com Milo, apertava seu botão da culpa e normalmente resultava em algum ganho.

– Será ótimo – exclamou ela, quando ele parou em frente à sua casa. – Agora tenho algo pelo que esperar. Eu *adoro* ver os rapazes. – Inclinou-se para lhe dar um beijo leve no rosto. – Muito obrigada, querido. Agora vá, corra.

E ela saiu rapidamente do carro, batendo a porta antes que ele pudesse falar. Experimentou um fiozinho de prazer ao reconhecer uma expressão de desapontamento no rosto de Milo, diante do corte abrupto que ela dera à despedida dele, e ainda sorria ao abrir a porta da frente e entrar. A satisfação durou até se ver sozinha em seu belo corredor apertado, ligando a luz e ouvindo o silêncio da casa. O sorriso desapareceu; tirou o casaco, colocou-o sobre o corrimão da escada e foi à cozinha servir-se de uma bebida.

CAPÍTULO VINTE

Imogen acordou cedo e permaneceu imóvel, atenta a qualquer som vindo do quarto de Rosie e muito ciente da presença de Jules, encolhido como uma bola e distante dela. Teve vontade de tocá-lo no ombro; sentir os braços dele em torno de seu corpo, sentir seu perfume de homem dormindo e a aspereza de seu queixo contra o seu próprio rosto. Não havia percebido como seria indescritivelmente solitário ter aquela corrente quente de afeto e de companheirismo tirada dela; ainda assim, sabia que era tão culpada quanto ele. Nenhum dos dois estava preparado para ceder; para admitir-se orgulhoso e magoado.

Com cuidado, virou a cabeça para olhá-lo; observando o subir e descer de sua respiração regular. Caso ele se virasse naquele instante, girasse dormindo com o peito para cima e esticasse o braço para puxá-la para perto, como ela reagiria? Será que ficaria imóvel, como fizera uma ou duas vezes quando ele havia tentado uma reconciliação, ou relaxaria em contato com o corpo dele? Mais uma vez, Im ficou olhando, infeliz, para o teto. Queria que as coisas ficassem bem, mas um demoniozinho teimoso insistia em se intrometer, sussurrando que aquilo não era

Casa de Verão

justo, que Jules era egoísta e não ligava para ela e que algum gesto nobre de sua parte – algum reconhecimento dele de que ela não era egoísta – seria necessário para que pudesse concordar em restabelecer o equilíbrio. Até então, tudo o que Jules sabia era que eles não comprariam a Casa de Verão e não aparentava remorso ou consideração por ela nem pela forma como estaria se sentindo. Nem mesmo na noite anterior, quando ela lhe contara que Matt a compraria, Jules tivera qualquer emoção, ou qualquer indicação de que percebesse que ela poderia achar difícil imaginar o irmão comprando a casa que tanto amava. Não. Ele apenas sugerira que então estava tudo bem, o problema estava resolvido e que ela devia estar encantada.

E, em seguida, dissera de forma um tanto abrupta:

– E aí, vamos ou não dar uma olhada no celeiro de Billy Webster? O tempo está passando, não está? Ou você tem outras ideias?

Houvera uma frieza, quase uma indiferença em sua voz, como se na verdade não lhe importasse muito e, embora ela soubesse que no fundo isso não fosse verdade, até agora fora incapaz de conduzir o assunto de uma forma que pudesse dar início a alguma paz entre eles.

– Suponho que eu não tenha outra alternativa – respondera friamente. – Darei uma olhada nele amanhã de manhã. Acredito que você já o tenha visto. É melhor deixar o telefone dele.

Imogen percebeu seu olhar de decepção e viu que ele nutrira a esperança de que fossem ver o local juntos, mas Jules não disse mais nada, e ela se levantou, indo a passos largos para a cozinha, tirando a mesa do jantar e sentindo-se irritada e frustrada. Sabia que estava sendo insensata e esperando demais dele. Afinal, Jules nunca fora um homem muito sensível; era pé no chão, prático e inflexível. Nada a ver com Nick, por exemplo, que era muito mais gentil, muito mais ciente da sensibilidade das pessoas.

Agora, pensando em Nick, lembrando-se do quanto o desejara quando estivera com ele no dia anterior, Im sentiu uma pontada aguda de culpa. Olhou mais uma vez para o corpo curvado do marido, hesitou e chegou a levantar a mão para tocá-lo. Nesse momento, ouviu um choro alto; depois outro: Rosie estava acordada. Im afastou a colcha e levantou-se da cama rápida e silenciosamente.

Jules aguardou a porta se fechar atrás de Im e deitou-se de costas, respirando fundo e se espreguiçando. Acabara se acostumando a fingir que dormia, odiando esses momentos em que eles ficavam deitados, um ao lado do outro, duros como dois pinos de boliche, trancados no próprio silêncio, como se houvesse um bloco de gelo entre eles. A verdade era que ele simplesmente não sabia o que fazer. Mas negava veementemente se admitir errado e pedir perdão por algo que não era culpa sua. Afinal, os dois sabiam que Bossington era longe demais de seu trabalho para ser considerado um lugar bom para morar, e ele não se rebaixaria a esse ponto: ela sabia tudo sobre as pressões impostas por seu emprego. Esperava que Im agisse como adulta e aceitasse a própria decepção. Enfim, agora que Matt iria comprar a Casa de Verão... – ah, a forma triunfante com que ela anunciara que o irmão manteria a querida Casa de Verão na família, como se ele fosse a única pessoa que entendia *sua* importância –, ela poderia ir para lá com a frequência que quisesse. E quando ele lhe dissera isso, imaginando que ela ficaria satisfeita, ela o encarara como se ele fosse um monstro.

– Obrigada – dissera. Com sarcasmo e desprezo. Apenas isso: "Obrigada."

Jules se ressentia da ideia de ser considerado um tolo sem sentimentos. Na verdade, nas poucas ocasiões em que tentara quebrar o impasse, ela o rejeitara; negara entrar em acordo com ele. E, agora, esse contrassenso com relação ao celeiro e a forma como vinha insistindo em ir vê-lo sozinha. Bem, ele ficaria com cara de bobo, isso é tudo. Billy Webster se perguntaria que diabo estava acontecendo e seria necessário um telefonema para inventar que Im iria na manhã seguinte, mas que ele estaria ocupado demais e não poderia ir junto; ou algo assim. Não queria que Billy suspeitasse que eles estavam com problemas e pedia a Deus que ela fosse gentil com ele e a esposa. A situação era bem constrangedora, e era desagradável demais Im o colocar nessa situação.

Jules ficou um tempo deitado, com raiva de sua impotência e infelicidade. Deu uma olhada no relógio da mesinha de cabeceira, jogou as cobertas para o lado e foi tomar banho.

Nick ligou cerca de meia hora depois de Jules ter saído, quase sem nada para falar e muito mais cedo do que o de costume.

— Onde você está? — perguntou Im, julgando que ele estivesse sozinho. Desajeitada, secou o rosto de Rosie com o pano na mão esquerda. — Fique quietinha, Rosie. Eu ia dizer que é meio cedo para você já estar na rua.

— Estou passeando com Pud — disse-lhe. Parecia contente. — Eu não tinha ideia de como é bom ter um cachorro. Ele é uma ótima desculpa para uma caminhada logo cedo e para um pouco de privacidade. Eu estava pensando se nós poderíamos nos encontrar para tomar um café. Ou almoçar.

— É meio complicado. Espere um pouco. Vou tentar encontrar alguma coisa para distrair Rosie. Aqui está, querida. Aqui está Bab e seu livrinho de coelhinhos. Desculpe, Nick, ouça. Estou indo a Simonsbath para ver um celeiro que talvez a gente alugue. Jules tem certeza de que o fazendeiro e a esposa estarão em casa, mas ele vai checar e me ligar. Se der, quero ir hoje de manhã. Temos que nos decidir.

— Irei com você — disse em seguida. — Será divertido. Por que não?

Ela hesitou, tremendamente tentada.

— Não acho uma boa ideia — acabou respondendo, relutante. — Fica muito perto do trabalho de Jules, e pode ser que ele apareça sem avisar. E seria... bem, seria constrangedor.

— Está bem. — Nick pareceu decepcionado. — Mas podemos nos encontrar em outro lugar depois, não podemos?

— Não sei. — Estava agitada; tentando recolher a louça do café da manhã com uma só mão. — O que Matt fará hoje de manhã? Quer dizer, eles não vão ficar surpresos por você sair sozinho?

— Ele e Lottie vão visitar um amigo. Um escritor que mora perto de Dulverton. Eles me chamaram para ir, mas não faço ideia de quem seja, e não aceitei, e papai também vai fazer algumas coisas no jardim. Acho que Matt está ficando nervoso com essa moça, Annabel, que chega no domingo. Papai e Lottie estão imaginando se é algo sério dessa vez, esperando que ela seja a escolhida. Esse tipo de coisa. Não estão fazendo pressão, mas acho que querem saber como agir com ela. É claro que Matt insiste que é só uma amiga, como sempre faz.

— Bem, todos nós gostaríamos de conhecer a mulher por quem Matt poderia se apaixonar — concordou Imogen. — Mas ele parece totalmente incapaz de encontrar alguém com quem se comprometer. Tanto você, quanto eu e Matt nunca tivemos bons exemplos quando o assunto é casamento feliz, tivemos?

— Bem, você parece ter conseguido — respondeu superficialmente. — Como *está* Jules?

A pergunta a fez deter-se, e ressurgiram todas as suas mágoas.

— Irritado — respondeu. — No que eu chamo de humor cinzento típico do Bisonho, do Ursinho Puff.

Casa de Verão

Nick riu.

— Pobre coitado. Eu não poderia me sensibilizar mais. Talvez ele e Alice devessem ficar juntos. Vamos encontrar um canto sombrio para eles no Bosque dos Cem Acres e construir uma casinha de madeira, onde poderão se irritar à vontade no Cantinho do Puff. Vamos lá, Im. Que tal almoçarmos em Lynmouth?

— Preciso pensar em Rosie — disse ela, hesitante, observando a filha cantarolando em cima das páginas surradas do livrinho, Bab apertado contra o peito. — Nem sempre é fácil levá-la aos pubs. Alguns não permitem a entrada de crianças, a não ser naquelas salas escuras próprias para as famílias, e ela é um pesadelo nos restaurantes. E também preciso preparar o almoço dela.

— Vou fazer um piquenique — resolveu ele, na mesma hora. — Fantástico. Você leva alguma coisa para Rosie, eu cuido do nosso almoço, e nós comemos dentro do seu carro. Fechado? Escolha um lugar.

Ela começou a rir; seu humor elevou-se com a perspectiva do programa, e a nuvem negra de sofrimento diminuiu um pouco.

— Fechado — concordou. — Que tal lá em Brendon Common? Tem aquele estacionamento, tipo uma pedreira, debaixo de Shilstone Hill. Sabe do que estou falando?

— Sim, sei. Cerca de uma hora?

— Não, mais cedo. Rosie vai querer almoçar logo depois do meio-dia. Pretendo ir bem cedo ao celeiro, mas acho que terei que tomar um café e conversar com o sr. Webster ou com a esposa. Somente espero que o lugar seja tão bom quanto Jules diz que é, só isso. Deixamos para tarde demais, mas a culpa é minha. Acho que saber que poderíamos ir para Casa Alta se ficássemos encrencados tirou um pouco da pressão de cima de mim. E agora Matt está dizendo que podemos ficar na Casa de Verão se quisermos.

— Mas você detestaria, não? — Nick soou preocupado. — Quer dizer, seria o mesmo que ficar lembrando o tempo todo algo que você gostaria de esquecer.

Imogen voltou a sentir carinho por sua intuição.

— Seria — concordou. — Cruze os dedos para que o celeiro seja bom. E, se dermos sorte, que esteja mobiliado. Nunca tivemos casa própria e eu não gostaria de gastar dinheiro com móveis até comprar uma casa para colocá-los. Temos algumas peças que Milo guarda para nós, mas nada de mais. Enfim, depois eu conto como é o lugar. E se eu me atrasar um pouco ou alguma coisa der errado...

— Eu vou esperar você — disse a ela — pelo tempo que for necessário. Até mais tarde, Im.

Imogen desligou o celular, nervosa e confusa. O que poderia haver de errado em fazer um piquenique com Nick; afinal, ele era praticamente tio de Rosie. Ainda assim, sabia que não contaria nada a Jules. Imaginou se Nick contaria a Matt e Lottie para onde estaria indo e soube do fundo do coração que ele não contaria.

CAPÍTULO VINTE E UM

Venetia chegou cedo para o almoço de domingo: cedo demais. Sabia disso, mas simplesmente não pôde resistir. Não havia nada pior, pensou, do que estar pronta e ficar sentada esperando, olhando para o relógio, aguardando a hora de sair; e, além do mais, essa nova namorada de Matt estaria chegando, e ela queria estar lá para ver tudo. Tanta coisa acontecia nesses primeiros momentos de apresentação, e ela não queria perder nem um minuto sequer. Como gostava da agitação e da empolgação de novas pessoas! De observar suas reações, de julgá-las.

– Não é namorada dele – dissera Lottie, quando telefonara para lhe dizer que Annabel estaria lá. – Nós perguntamos, e ele foi bem claro com relação a isso. É apenas uma de suas amigas da editora. Sabe o que quero dizer, Venetia.

É claro que sabia o que ela queria dizer. A querida Lottie estava avisando para ela não se intrometer. Na verdade, suspeitava que Lottie tivesse esperança de que ela desistisse de ir; insistia que ela não deveria se meter em assuntos familiares.

— É *claro* que sei, querida — respondera. — Que bom, mal posso esperar para conhecê-la.

Sendo assim, encontrava-se agora sentada perto da lareira, gim-tônica na mão, conversando naturalmente com Nick, enquanto Lottie arrumava a mesa na sala de jantar e Milo aparecia de vez em quando, vindo da cozinha onde preparava a comida.

— E *não* comam todos os aperitivos — disse-lhes. — Deixem alguns para Matt e Annabel.

Atrás de Milo, Venetia curvou os cantos da boca e arregalou os olhos para Nick, em busca de cumplicidade.

Ele retribuiu o sorriso.

— Estamos todos loucos para conhecer Annabel — disse ele. — Ela e Matt devem chegar a qualquer minuto.

— Uma hora estranha para chegar de Londres — observou Venetia.

— Hora do almoço de domingo.

— Ontem foi aniversário de casamento dos pais dela. Um daqueles momentos importantes a que não se pode faltar. Portanto, ela vem rapidamente; chega de trem hoje de manhã e volta amanhã à tarde.

— Tempo suficiente para descobrirmos se gostamos ou não dela — disse Venetia, pegando mais um punhado de batatas fritas; estavam simplesmente tão deliciosas que não conseguia resistir. Nunca comprava batatas só para ela: eram tentadoras demais. — Eu sempre percebo logo de cara, você não?

Nick ficou pensativo.

— Não, na verdade, não — acabou respondendo. — Sempre acho que sim, mas normalmente me engano. Não sou muito bom em julgar o caráter das pessoas, infelizmente.

— Isso porque você sempre espera que as pessoas sejam boas — disse-lhe Venetia. — Quer gostar delas. É um grande erro procurar o lado bom das pessoas. Muito decepcionante. É muito melhor

Casa de Verão

acreditar no pior e então, se algo de bom acontecer, será uma grande surpresa, entendeu?

Ele explodiu numa risada, e ela riu junto.

– Você é uma tremenda de uma cínica – disse ele. – É quase tão má quanto a minha mãe.

Venetia conteve a resposta que estava na ponta da língua: "Sua mãe não é uma cínica, é só uma vaca mal-humorada." Roubou algumas azeitonas, mantendo os olhos alertas, caso Milo aparecesse.

– É uma pena que Im e Jules não possam vir – disse ela. – Aí seria uma verdadeira reunião de família.

Nick não respondeu, e ela o olhou de relance; ele mordia o lábio, franzindo um pouco a testa, e ela endireitou a postura, imaginando se houvera alguma confusão da qual ainda não ficara sabendo.

– Seria um tanto intimidador para Annabel, não acha? – Lottie voltara da copa e agora se sentava ao lado de Nick. – Acho que nós aqui já seremos meio assustadores para a pobre moça. Vou querer aquele drinque agora, Nick. Isso, gim-tônica seria ótimo, obrigada. Alguns dos seus virá para a Páscoa, Venetia?

Milo voltou antes que ela tivesse a chance de responder, o que foi um alívio, porque era meio constrangedor admitir o fato de que nenhum de seus filhos e familiares aparecia por ali havia um bom tempo. É claro que sua casa era pequena, e era um problema tentar acomodar todos, mas, ainda assim...

O barulho do motor de um carro e de portas batendo a salvaram de ter que responder, e Matt entrou, seguido de uma morena bem pequena que sorriu docemente assim que Nick e Lottie se levantaram para cumprimentá-los.

Venetia ficou observando, sem se mexer. A moça era bem bonita, concluiu, embora ela nunca tenha admirado aquele tipo franzino, de cabelos escuros e sorriso doce. Não gostava de mulheres baixinhas;

pareciam muito com cachorrinhos que sempre eram tratados como se fossem filhotinhos doces em vez dos adultos irritadiços que de fato eram. Percebeu que Annabel já estava encenando o papel de mocinha frágil com Milo, controlando-se um pouco e aparentando timidez, enquanto tentava afastar Pud com o pé. Nick já exercia seu charme, curvando-se levemente do alto de toda a sua estatura, e Venetia sentiu vontade de rir alto diante da expressão de Annabel, que percebeu discretamente o quanto ele era atraente, ao mesmo tempo que dava pistas de que já era comprometida, caso contrário, poderia sentir-se interessada. Nick estava lisonjeado – um ótimo exemplo de sua falta de julgamento de caráter – e fez perguntas sobre a viagem. Annabel respondeu, deu mais um empurrão discreto em Pud, aceitou uma taça de vinho de Matt e lhe lançou uma rápida olhadela que queria dizer que estava ligeiramente intimidada e precisava de sua proteção. Ele, no entanto, não percebeu seu sinal sutil.

Venetia deu um suspiro profundo e satisfeito. Uma coisa era certa: Annabel não era par para Matt. Então, na mesma hora, soube como deveria tratá-la.

Viu que Lottie a observava, os lábios curvados num meio sorriso, mas os olhos ligeiramente fechados, como se estivesse lhe avisando para se comportar. Venetia sorriu, claro, a querida Lottie nunca perdia uma travessura, e se pôs de pé assim que Matt aproximou-se com Annabel, dizendo:

– E essa aqui é Venetia.

Era típico de Matt não ver necessidade de colocar Venetia dentro de nenhum contexto, uma vez que, até onde sabia, não havia como qualificá-la. Venetia aprovava sua postura. Brincava com o prazer que extrairia das pessoas ao dizer "Sou a amante de Milo", mas resistiu por causa de seu amor por todos eles, embora somente Nick ficaria mesmo constrangido. Em vez disso, tomou a mão de Annabel

Casa de Verão

e murmurou palavras de apresentação. Pôde ver que a moça não estava nem um pouco interessada nela, mas foi extremamente gentil e respeitosa, enquanto seus olhos logo se voltaram para Nick e Matt.

Venetia não gostava de ser tratada como uma velha invisível, quando era uma mulher independente.

— E esse aqui é Pud — disse, reluzente. — O membro mais importante da família. Espero que você goste de cachorro.

Por um segundo adorável, Venetia viu um rastro de irritação no rosto desprevenido de Annabel, logo disfarçado quando ela se abaixou para acariciar o cachorro ansioso, com gritinhos falsos de prazer. Venetia sorriu triunfante ao observá-la acariciar Pud e tentar dar a impressão de que estava gostando.

— Vi que ele gostou de você — comentou. — Daqui a pouco estará dormindo na sua cama.

E então Milo retornou dizendo que o almoço estava pronto, Venetia deu o último gole de seu gim-tônica e seguiu-os à copa.

Foi Lottie que levou Annabel ao seu quarto. Ela emitiu todos os sons corretos, fez comentários elogiosos e deu suspiros encantados por causa da vista, mas, tão logo Lottie saiu, sentou-se na cama e permitiu-se relaxar pela primeira vez desde que havia saído do trem. Sentia-se exausta por conta do esforço que vinha fazendo. É claro que sabia que não seria muito fácil; afinal de contas, fora ela que fizera todo o movimento e que encostara Matt na parede para que ele, finalmente, lhe apresentasse a família. Mesmo assim, acreditara que, quando estivesse ali, ele seria muito mais... muito mais o quê?

Annabel levantou-se e foi à janela. A vista era mesmo impressionante, se você gostasse de colinas nuas, campos pequenos e quadrados e coisas assim, o que não era o caso dela. De qualquer forma, estaria disposta a aprender a gostar de tudo isso, caso Matt lhe desse uma chance. E era esse o problema. Ele ainda agia como se eles fossem amigos, nada mais do que isso, e ela nutrira esperança de que, uma vez ali, no território dele, a amizade evoluísse para algo mais íntimo. Saíra do trem – sabia que estava muito bonita – e ele estava lá de pé, também muito atraente, com calças jeans cinza-escuro e um blusão com zíper, fechado até a metade, por cima de uma camisa de rugby. Dera-lhe somente um beijo no rosto; bem frio, bem contido. E nem mesmo dentro do carro ela conseguira forçar uma sensação de intimidade. Tentara tudo o que conhecia para seduzi-lo e agora se sentia uma tola, assim como irritada, porque Matt simplesmente não estava fazendo o jogo dela, e ela sabia que, em Londres, todos os seus colegas estavam aguardando, prendendo a respiração, para saber como ela estaria se saindo.

Ela não pôde evitar um sorrisinho de satisfação ao se lembrar da reação dos amigos quando lhes disse que ele a havia convidado para ir a Exmoor.

– Você deve estar brincando – disseram eles. – Matt Llewellyn? Como você conseguiu?

Bem, é claro que todos ali conheciam sua fama de recluso, de gato que perseguia o próprio rabo e coisas afins; assim como todos sabiam que seu pai, jornalista famoso, havia morrido cobrindo as guerras no Afeganistão. Mas, apesar de toda a cobertura da mídia e de todo o sucesso do livro e do filme, ele ainda conseguia manter sua vida pessoal fora do alcance de críticos e jornalistas. Portanto, era um verdadeiro triunfo todas as vezes que ela conseguia marcar encontros com Matt, normalmente depois do lançamento de um livro ou de algum festival literário.

Annabel franziu a testa, aborrecida: nada demais acontecera, para ser sincera. Matt tinha ótimos modos e era divertido, mas ficava confortavelmente no campo da amizade, quando ela já havia deixado claro que gostaria de ir muito mais além. Estava convencida, no entanto, de que pressionando aos poucos ela chegaria lá. Sentia que ele não ficava muito à vontade com as mulheres e tinha certeza de que poderia conquistá-lo simplesmente ficando por perto. Ele se acostumaria a ela, começaria a depender dela.

Para falar a verdade, ela preferia homens como Nick: charmosos, galanteadores, facilmente impressionáveis – mas Nick não era um autor de bestsellers conhecido internacionalmente, que fizera fortuna com seu primeiro livro. E, além do mais, já era casado. Durante o almoço, ficara sabendo que ele tinha esposa e dois filhos em Londres. Era meio complicado tentar descrever o cenário ali. O velho brigadeiro, Milo, era pai de Nick, e Lottie era tia dele, tudo bem, mas o relacionamento deles com Matt era meio confuso, ela não quis fazer muitas perguntas e Matt lhe dera apenas as mínimas informações! E ainda por cima tinha aquela velha chata que a fizera passar vergonha por causa da droga daquele cachorro. Deus do céu, como odiava aquelas coroas altas e magras que pareciam galgos aposentados! E quem era ela, afinal de contas? Mãe dele é que não era, com certeza.

Sabia que a mãe de Matt havia falecido recentemente, mas, apesar de ela ter tentado duas manobras bem diplomáticas e solidárias, ele se negara a morder qualquer tipo de isca que o levasse a falar dela. Era de conhecimento de todos que sua mãe ficara muito tempo inválida e que, quando seu livro começara a liderar a lista dos mais vendidos, ela já estava havia anos em uma clínica geriátrica. Annabel encolheu os ombros. Pelo menos não teria uma mãe amorosa com quem brigar, embora soubesse que ele tinha uma irmã que poderia ser um desafio. Pelo que havia percebido até agora, Matt e Imogen eram muito íntimos. Era provável que ela e o marido aparecessem ali mais tarde, dissera alguém. E tinha também um bebê: Ruby? Rosie?

O que fosse, o bebê lhe daria a oportunidade de impressioná-los ao mostrar-se maternal, embora não gostasse nem um pouco de crianças pirracentas. Ainda assim, precisava encontrar uma saída, alguma forma de fazer Matt *vê-la* de verdade.

Talvez um flerte de leve com Nick fosse uma das saídas; ou até mesmo com Milo. Ele ainda era um homem atraente, com brilho nos olhos – mas havia algo mais além daquele brilho: um vestígio de frieza que a fez suspeitar que talvez ele não fosse exatamente uma pessoa fácil de lidar. Lottie era fácil de levar, graças a Deus! Mas até mesmo nela havia uma ligeira distância que indicava que não seria facilmente seduzida.

Frustrada, Annabel afastou-se da janela e começou a desfazer a bolsa, a mente virando e revirando; tramando e maquinando.

CAPÍTULO VINTE E DOIS

Quando Annabel retornou à sala no andar de baixo, Nick já havia saído para Londres e Matt estava sugerindo um passeio com o cachorro. Lottie pegou o casaco de Annabel, e ela, Matt e Pud se prepararam para sair. Venetia ficou observando os procedimentos com um olhar sarcástico.

– Divirtam-se! – gritou, quando eles saíram.

– Nada gentil de sua parte, querida – comentou Milo, assim que a porta bateu. Sentou-se perto do fogo e pegou o jornal, satisfeito com o sucesso de seu almoço. Annabel gostara muito. – Dá para ver que a última coisa que ela queria fazer era sair.

– Eu sei! – exclamou Venetia, satisfeita. – Não gostei muito dela, você gostou?

– É uma bela mulher – respondeu, cauteloso. Ela *era* linda, mas lhe faltava alguma qualidade essencial, embora ele não soubesse muito bem qual. – Mas não faz o meu tipo. O que acha, Lottie?

Lottie olhava para o fogo.

– Estranho – comentou. – Muito estranho e decepcionante. Eu tinha esperança de que ela fosse especial, mas Matt com certeza não está muito animado, e eu não consigo entender muito bem por que ele a convidou para vir.

– Ela o obrigou – Venetia foi rápida em responder. – Vocês terão que ficar de olho nela.

– Sinceramente, Vin – interveio Milo, pouco à vontade. – Ela parece uma moça muito boa.

– Parece – repetiu Venetia, com desprezo. – Escutem o que estou dizendo, ela está fazendo pressão e quer ficar com ele.

– Concordo que ela está mais entusiasmada do que ele – disse Lottie –, mas Matt já é bem grandinho para tomar conta de si.

– Nenhum homem é maduro o suficiente para tomar conta de si – disse Venetia. – Não com uma mulher dessas à volta. Podem acreditar no que estou dizendo.

Imogen e Jules chegaram. Lottie viu que Jules parecia ligeiramente mal-humorado; Im, carregando Rosie nos braços, olhou rapidamente à volta, em parte esperançosa, em parte ansiosa.

Lottie já havia montado o cercadinho de Rosie em um canto e estendeu os braços para ela.

– Que pena que vocês não pegaram Nick aqui – disse ela, vendo a expressão de Im alterar-se para um misto de decepção e alívio. – Matt e Annabel foram levar Pud para um passeio, mas voltarão logo. Como está, Jules?

Jules sorriu um tanto cauteloso. Parecia muito tenso e tão cansado que o coração de Lottie bateu de ansiedade.

– Estou bem – disse. – Época atribulada do ano. Muitas ovelhas. Entende?

– Sei como é – concordou Lottie, solidária.

Casa de Verão

Colocou Rosie no cercadinho e os dois observaram quando ela começou a examinar os brinquedos que ficavam guardados ali na Casa Alta. Im conversava com Milo e Venetia, e Jules, após ter olhado à volta, falou numa voz mais baixa.

— Eu queria dizer que sinto muito por causa da Casa de Verão. Espero poder falar com Milo mais tarde. Ele deve estar achando que sou um covarde, assim como muito mal-agradecido.

— Ele não acha nada disso — respondeu Lottie, em seguida. — Foi a primeira pessoa a entender que o emprego deve vir em primeiro lugar e, quando todos nós pensamos direito sobre o assunto, concordamos inteiramente com você.

Jules olhou-a, agradecido.

— Obrigado, Lottie. Mas foi uma grande decepção para Im, claro.

Jules hesitou, aparentando tanto sofrimento que Lottie pôs a mão por cima da dele, sobre a barra do cercadinho.

— Im irá se acostumar — disse ela, suavemente. — É claro que é decepcionante, mas ela irá superar. Ela já viu o celeiro?

Ele balançou a cabeça afirmativamente.

— E gostou, para falar a verdade. Eu sabia que iria gostar. Mas mesmo assim...

Rosie ergueu os olhos para ele, segurando um brinquedo e fazendo ruídos ininteligíveis à sua moda. Jules inclinou-se para pegar o brinquedo, e Lottie apertou-lhe a mão, virando-se em seguida para se dirigir aos outros.

— Espero que você não esteja falando mal de Annabel, Venetia — disse —, e dando a Im uma visão totalmente deturpada da moça.

Im virou-se, sorrindo:

— Ela disse que a pobre moça tem planos com Matt.

— E eu disse a ela que Matt sabe cuidar de si — disse Lottie. — Shh. Acho que eles voltaram.

* * *

— E aí, o que você achou? – sussurrou Lottie para Im, que entrara na cozinha para ajudar com o chá.

— Predatória – murmurou Im de volta. – Preparando o bote. Uma pena, não é? Eu tinha esperança de que ela fosse especial. Mas está muito interessada. Matt não parece muito empolgado.

Lottie sorriu.

— Você está parecendo Venetia. Não acho que Matt esteja nem um pouco envolvido com ela, mas sempre há perigo.

— Falarei com ele de uma forma fraterna – disse Im. – Não será a primeira vez. – Correu os olhos pela cozinha estreita, pelas bancadas reluzentes, pelas prateleiras com os livros de culinária gastos de Milo, pelo suporte de madeira com sua carga perigosa de facas cintilantes. – Milo mantém isso aqui tão limpo! – exclamou ela. – É impressionante.

Lottie acendeu o fogo da chaleira e tirou o pote de chá da prateleira.

— Conhece o velho ditado "A Marinha protege o mundo, o Exército o limpa"? Só não o repita para Milo. Com sorte sou aceita em seu santuário, mas somente se for para preparar chá e café.

Im riu.

— Que bom que você não se importa.

— Me importar? Você está brincando? Longe de me importar, eu o encorajo a acreditar que sou uma inútil em tudo o que se refere à culinária. Isso me favorece muito. Ele nem me deixa cortar pão, porque diz que não sei cortar a bisnaga direito.

— Mas vocês se dão muito bem juntos.

— É porque não interferimos nas áreas que realmente importam a cada um. Se ele quer escolher o cardápio e arrumar a cozinha do jeito dele, está tudo bem para mim. Por outro lado, eu não preciso lhe dar satisfações de quando vou ver meus amigos ou do que faço, ele joga bridge e vai caçar quando bem entende, e nós vivemos muito felizes juntos. Sem nada daquelas coisas seriíssimas ou das críticas que as pessoas casadas têm que aguentar. Acho que isso acontece porque nunca tivemos o problema do sexo para servir de motivo de briga, nem todos os outros problemas que vêm com o relacionamento sexual.

Im ficou olhando para ela, e Lottie sorriu por conta de sua expressão.

— Por que você e Jules estão tendo tantos problemas com relação à Casa de Verão? Vocês dois sabem que não é a opção certa, mas estão se acabando por causa disso. Por quê?

Im desviou o olhar.

— Não é simples assim — murmurou defensivamente.

— Por que não? — perguntou Lottie. A água da chaleira ferveu, e ela começou a preparar o chá. — É porque vocês estão chegando a uma decisão perfeitamente correta e sensata de não comprar a Casa de Verão com seus impulsos emotivos? Talvez você esteja achando que Jules deveria se sensibilizar mais com a sua decepção e, como não agiu assim, acha que ele não liga o bastante para você. Talvez ele ache que você não precisa de consolo por ver que esta é a decisão correta, por causa do trabalho dele, e aí ele acha que é você que o está desvalorizando. — Lottie fez uma pausa e, como Im não respondeu, acrescentou: — E onde entra Nick nessa questão?

— Nick — começou Im. — Bem, Nick é...

— Olá — disse Annabel, da porta. Recostou-se no batente, graciosa e tímida, enquanto as duas mulheres se viravam rapidamente para olhá-la. — Fiquei imaginando se eu poderia ajudar.

— É muita gentileza da sua parte — disse Lottie. — Mas, como você mesma pode ver, não temos muito espaço. Até mesmo Im está no caminho. Aqui. — Colocou a bandeja cheia nas mãos de Im. — Leve a bandeja com as xícaras, que eu levo o bule.

* * *

– Obviamente, minha mãe era uma mulher fantástica – dizia Venetia a Matt.

Milo e Jules haviam desaparecido, e Matt estava sentado ao lado de Venetia, com Rosie no colo. Com a ajuda de Matt, ela segurava um livrinho de papelão grosso com botões brilhantes de plástico. Quando apertava um botão, uma musiquinha de bebê tocava e, a cada vez que o apertava, ela abria um sorriso luminoso para Matt, que, obedientemente, cantava junto com o livro. Venetia os observava, achando graça, mas sem interromper sua linha de pensamento.

– Eu estava contando a Matt sobre minha mãe – disse-lhes, à medida que a louça do chá era posta na mesa. – Ela possuía esse dom extremamente natural de fazer as pessoas se sentirem muito especiais. Era apenas um tipo de gentileza social, é claro, mas cada um achava que ela estava mesmo interessada nele, ou nela, e todos simplesmente a adoravam. Ela achava isso bastante divertido, mas meio cansativo às vezes. Dizia que deveria levar consigo uma placa: "Acho que você me confundiu com alguém que se importa com você."

Todos sorriram, exceto Annabel, que pareceu ligeiramente chocada.

– Onde está Jules? – perguntou Lottie. – E Milo? Será que alguém poderia dizer a eles que o chá está pronto?

Im saiu; precisava de um momento para se recuperar da pergunta de Lottie sobre Nick. Calculou que eles estariam no jardim de inverno, mas não se apressou. A caminho da Casa Alta, mais cedo naquele dia, Jules lhe dissera que esperava ter um momento de privacidade com Milo.

– Eu não lhe agradeci por ter nos oferecido a Casa de Verão – dissera a ela. – E gostaria de fazer isso. Espero que ele esteja satisfeito por Matt comprá-la.

Casa de Verão

– Sim, está – ela respondera olhando-o de esguelha, sentindo uma pontada de afeição estranha, quase dolorosa por ele. Sentira uma vontade repentina de dizer algo mais, algo que sugerisse que ela estava se acostumando à ideia.

E então ele acrescentara:

– Bem, graças a Deus você gostou do celeiro. Eu sabia que gostaria, assim que o visse. Se você tivesse ido logo que lhe falei, nós teríamos evitado todo esse estresse.

E, nesse momento, seu amor passara para indignação, de forma que tudo o que dissera foi que Venetia ainda não sabia muito sobre a venda da casa; nada mais. Enfim, se sentira ansiosa para ver Nick de novo e ficou imaginando como é que eles conseguiriam se comportar naturalmente com todos à volta. Fora quase um alívio quando Lottie lhe disse que ele já havia ido embora: quase, mas não um alívio completo. O piquenique fora tão divertido... e ela estava se sentindo bem, pois havia mesmo gostado do celeiro...

Ouviu vozes, e lá estavam Milo e Jules no jardim de inverno. Chamou-os com naturalidade:

– Venham vocês dois. O chá está pronto!

Annabel observou, incrédula, o ritual do chá. Não imaginava que ainda existissem pessoas que tomassem chá servido diretamente do bule, usando um coador, e comessem bolo às 16h30 da tarde. E estava claro que aquilo não acontecia por sua causa: todos eles pareciam bem acostumados ao evento. Pegou um pedaço de bolo com uma delicadeza fingida – mentalmente contando as calorias junto com um encolher de ombros – e sorriu para Lottie, cumprimentando-a.

– Foi você que fez? Está uma delícia. – E logo sentiu-se constrangida, quando Lottie explodiu numa risada.

— Por Deus, não! — respondeu, animada. — Não precisa se preocupar.

— Os bolos de Lottie dão ótimos sacos de areia — disse Milo. — Você gosta de cozinhar, Annabel?

— Ah, gosto, gosto sim. — Estava nervosa, pois queria impressioná-lo, tê-lo ao seu lado, mas tinha medo de que ele lhe fizesse perguntas demais. — Só gostaria de ter mais tempo.

Ela correu os olhos pela sala, procurando desesperadamente por alguma distração, sorriu para o marido de Im — James, Jeremy? — e ficou aliviada quando ele lhe retribuiu o sorriso. Ele parecia muito simpático, e Annabel ficou satisfeita quando ele foi sentar-se ao seu lado. Lembrou-se de que ele era veterinário e, por milagre, ela tinha um amigo cujo irmão era veterinário também, e talvez conseguisse se virar com isso. Enfim, seria divertido ficar sentado ao lado daquele homem atraente e fingir-se totalmente absorta nele, enquanto Matt ficasse olhando. Para ser honesta, estava achando chata a sua atitude de "Eu não sou um bom tio?", e a garotinha era muito barulhenta e exigente.

Annabel abriu um sorriso reluzente para encobrir o fato de não se lembrar do nome de Jules e perguntou:

— Você só trata animais de pequeno porte ou animais de grande porte também?

Jules pareceu surpreso por ela saber o que ele fazia e, muito satisfeita com isso, Annabel aproximou-se um pouquinho, de forma a parecer realmente entusiasmada e interessada. Ele começou a explicar, mas Annabel não se concentrou muito, apenas o suficiente para não perder o fio da meada, observando Matt pelo canto do olho e aguardando para fazer seu próximo comentário.

— É lastimável, não é? — perguntou ela, os olhos arregalados de pesar —, que o índice de suicídio entre os veterinários seja tão alto.

Casa de Verão

A pressão dos donos neuróticos das clínicas, das viagens de deslocamento, de ser chamado no meio da noite e tantas outras coisas mais. O irmão de um amigo meu é veterinário e trabalhou com um cara que se matou pouco antes do Natal. É claro que ele tinha como fazer isso com todas aquelas drogas à disposição, mas deixou mulher e filhos. Foi trágico.

Olhou ao redor, ligeiramente surpresa com o silêncio, satisfeita ao ver que todos pareciam prestar atenção nela, observando-a e ouvindo-a. Voltou-se para – qual *era* o nome dele? Julian. Isso.

– Você tem esse tipo de problema aqui, Julian? A clínica da qual estou falando era uma muito movimentada em Berkshire. Espero que seja um pouco mais tranquilo aqui.

Ele hesitou um pouco, parecendo constrangido: ela aguardou, observadora, mantendo a expressão alerta e interessada.

– Também temos muito movimento por aqui – acabou respondendo, quase relutante. – Embora ainda não sejamos muito grandes. Somos só eu, o meu chefe e uma enfermeira, mas a clínica está crescendo bem rápido.

– Oh! – exclamou ela, solidária –, mas essa deve ser uma das piores situações, não é? Trabalho demais para dois, e dinheiro de menos para pagar uma terceira pessoa. – Tocou-lhe levemente o joelho, brincando. – Vocês têm que tomar cuidado para não exagerar.

Recostou-se para tomar um pouco de chá, encantada com a reação da plateia: todos pareciam interessados, a não ser a criança inquieta, que havia deixado o livro cair e agora engatinhava pelo sofá, embora Matt não estivesse prestando atenção nela. Parecia que, finalmente, ele a estava vendo de forma apropriada – obviamente, um pouco incomodado por seu interesse em Julian. Apenas a bruxa velha, Venetia, não parecia prestar muita atenção nela. Estava claramente seguindo o curso dos próprios pensamentos, porque, quando falava, ficava claro que ainda estava pensando nos bolos e na comida.

— Devo admitir que concordo com o velho Hugh — dizia Venetia —, que, de vez em quando, não há problemas em exagerar com alguma coisa boa. Minhas intenções são sempre boas, e sou tão receptiva a ideias inteligentes que penso exatamente como ele: "Dane-se! Onde está o saca-rolhas?"

SEGUNDA PARTE

CAPÍTULO VINTE E TRÊS

Matt estava na varanda da Casa de Verão observando a chuva. Ficava bem-protegido debaixo do telhado da varanda e logo ali abaixo, na vila, ao nível do mar, até mesmo a chuva era surpreendentemente quente.

— Você vai sentir a diferença — prometera a sra. Moreton. — Nós sempre colocamos o casaco se vamos até Casa Alta ver o brigadeiro.

Bem, ela tinha razão. A Casa de Verão era aconchegante — e algo além disso. Matt tentava analisar aquela sensação estranha que tinha cada vez que entrava na casa. Era como se uma presença bem-vinda o abraçasse e amenizasse aquela solidão tão profunda e familiar. Vivendo como ele vivia, a maioria do tempo em um universo paralelo que habitava o mundo de sua imaginação, não tinha qualquer problema em aceitar esse conceito. Gostava dele. Sabia instintivamente que aquela presença ia além do casal Moreton — embora pudesse ver que tais almas gentis haviam acrescido alguma coisa delas mesmas àquela extraordinária atmosfera —, além dos piqueniques felizes e das festas de família, chegando a algo de um passado mais distante.

Observando a chuva cair oblíqua pelo gramado verde-esmeralda, ouvindo o borbulhar e o riso do riacho, Matt deteve-se sob o telhado da varanda. Respirou fundo, esvaziando a mente; aguardando. De uma só vez sentiu-se envolto por uma sensação de paz, uma sensação que, até agora, fora quase desconhecida para ele, e a alegria que sentira fora tão grande que as lágrimas brotaram em seus olhos. A chuva batia nas folhas do arbusto de rododendros, tão alto quanto uma árvore, mas ele não estava mais prestando atenção: estava apenas tomado por essa sensação de restabelecimento e de bem-estar. Ficou em silêncio, aceitando-o.

Após um momento, esticou-se, olhando ao redor como se emergindo de um sonho do qual acabara de acordar, e virou-se novamente para a casa. Até então, havia bem pouca mobília, afinal de contas, não estava com pressa e, de qualquer forma, estava aguardando, dando a si o tempo necessário para entender o que precisaria e descobrir onde trabalharia. De uma coisa tinha certeza: escreveria seu novo livro ali. Saber disso era empolgante, mesmo que não tivesse a menor ideia sobre o que seria o livro. Por enquanto, estava satisfeito com os espaços vazios, as janelas descobertas, a ausência de móveis. As portas de vidro da varanda deixavam entrar volumes arejados de luz verde aquosa que refletia das paredes de madeira, pintadas em cor clara; à noite, do janelão da plataforma da escada podia ver as estrelas cintilantes: fragmentos gelados que brilhavam na escuridão negra e macia. Andou de cômodo em cômodo, observando prazerosamente cada proporção elegante, a forma como os raios de sol incidiam em diagonal sobre o piso de tábuas de carvalho, a área de serviço nos fundos da casa com sua pia enorme, feita de pedra, e o banheiro antigo logo acima. Gostava das belas estantes com portas de vidro montadas nos nichos de cada lado da lareira de arenito da sala de estar e imaginou se escolheria aquele cômodo para trabalhar.

Casa de Verão

Essa irresistível sensação de posse era nova para ele: ainda assim, posse era a palavra errada para ser usada. Era como se ele sempre tivesse sido parte daquele lugar; como se ali fosse sua casa por direito, tão natural e confortável quanto sua pele. Ele sabia que tudo o que colocasse na Casa de Verão deveria estar em sintonia com esse sentimento e, simplesmente, não se apressaria. Milo lhe oferecera objetos antigos da Casa Alta, aos quais ele educada, porém firmemente, recusara. Estava aguardando, dissera, para sentir como a decoraria. Via que Lottie entendia — e Milo estava feliz demais por saber que a Casa de Verão se manteria na família para fazer qualquer pressão. E Im estivera tão ocupada fazendo a mudança para o celeiro e acomodando Rosie que também não tivera oportunidade de apressá-lo.

— É linda — dissera ela, andando à sua volta, dando sugestões com relação ao que ele precisaria. — É mesmo. Ainda sinto ciúme, mas estou realmente adorando o celeiro e, para ser honesta, ele tem uma divisão melhor para nós. Enfim, eu jamais teria um minuto de paz com o riacho no final do gramado e Rosie começando a andar. Nós teríamos que colocar uma cerca por toda a extensão, o que seria uma pena.

Imogen estivera com um humor estranho nas últimas semanas, desde a visita de Annabel, um tanto calada e preocupada, mas, mesmo assim, lhe dera vários conselhos sensatos sobre cortinas e móveis e, embora ele tenha ouvido as sugestões atentamente, não tomara nenhuma iniciativa de implementá-las. A cozinha ainda contava com um armário embutido na parede, do outro lado do velho fogão Rayburn, que fora convertido para óleo, e havia ainda uma pia de aço inoxidável. O casal Moreton deixara uma bela mesa, robusta, feita de carvalho esculpido, que, diziam eles, já estava na casa quando se mudaram. Matt a colocara sob a janela de sacada, do outro lado da cozinha, satisfeito por ter pelo menos uma peça da mobília original.

— Você tinha razão — dissera a Lottie — sobre eu vir para cá. Embora eu nunca tivesse pensado que seria assim. Que eu compraria a Casa de Verão.

— Nem eu — admitira ela. — Mas estou tão feliz que esteja... em paz aqui.

Fora uma expressão estranha a que ela escolhera: em paz. Mas a expressão certa. "Feliz" teria significado um estado efêmero. "Em paz" descrevia essa sensação pouco familiar de bem-estar, como se alguma coisa importante e necessária logo estivesse para lhe ser revelada e, enquanto isso, tudo estivesse da forma que deveria estar. Apenas Annabel continuava a ser uma fonte de ansiedade, mas, por sorte, ela estava retida em Londres por causa do emprego, de forma que ele não poderia ser pressionado a assumir um relacionamento do qual pudesse vir a se lamentar.

Quanto mais longe ela ficava, mais ele gostava dela, e o fato de não haver sinal de celular na Casa de Verão o protegia ainda mais. Annabel já sabia que ele estava comprando uma casa em Bossington e estava ansiosa por vê-la. Ele havia escondido a verdade e a mantido gentilmente de fora, mas ela logo apareceria de novo. O problema era que ele não conseguia se decidir — e parte dele tinha medo de perder uma oportunidade maravilhosa. Seus amigos diziam que ele nunca saberia como se sentiria de verdade com relação a uma garota até que se deixasse levar; se concedesse algumas oportunidades, emocional-mente falando. Mas ele ainda se continha.

— Tem algo que não sei com relação a mim mesmo — dissera a Lottie, sentindo-se confuso. — Algo importante. E eu simplesmente não posso assumir nenhum compromisso sério até saber o que é.

Por se tratar de Lottie, ela não fez pouco caso dele, nem tampouco o questionou; apenas ficara pensativa.

Casa de Verão

— Acho que você logo saberá — dissera por fim. — Lembra quando falamos sobre isso antes, quando eu disse que acreditava que você precisaria vir para cá? Bem, acho que o resto virá em seguida.

Ele concordou:

— Estou começando a acreditar nisso também, mas não sei muito bem por quê... Nem como.

— Espere — dissera ela, com aquele seu olhar estranho e distante. — Espere e seja paciente. Não estou dizendo para se resignar, ficar parado esperando a chuva passar, ou esperando o fim de alguma coisa sobre a qual não temos controle, porque imaginamos que, uma vez que tudo se resolva, como num passe de mágica, a vida será diferente. Me refiro à paciência de verdade, que nos permite viver plenamente o momento e ficar contentes de estar onde estamos enquanto esperamos. E fique preparado para enfrentar novos demônios.

Pois era isso o que ele estava fazendo. Decidira ir a Londres buscar algumas coisas em seu apartamento para a Casa de Verão e vira Annabel enquanto estivera lá, para evitar que ela fizesse outra visita a Bossington, e então dar a si espaço para respirar.

— E aí, o que você achou dela? — perguntara a Im, embora já soubesse que Annabel não fizera muito sucesso com nenhum deles. Mesmo assim, decidira que tomaria as próprias decisões sem deixar que a opinião dos outros exercesse pressão sobre ele.

— Ela foi meio teatral — respondera, carinhosamente: Matt e Im sempre eram honestos um com o outro nesses assuntos. — Não confiei nela nem um pouco.

O problema, claro, era que as observações de Annabel sobre veterinários haviam surtido efeito, e a pobre Im ficara claramente afetada por elas. Ao mesmo tempo, parecia que isso a fizera pensar seriamente sobre a desavença entre ela e Jules. Até onde Matt podia ver, Im estava mais do que se esforçando para ficar bem com relação ao fato de eles não comprarem a Casa de Verão, e Jules estava mais parecido com o que era antes.

— Como fará? — perguntara Im, voltando o assunto para a casa. — Vai mesmo morar nela?

— Acho que sim — respondera com cautela. — Ainda passarei algum tempo em Londres, claro, mas vou ficar muito por aqui.

— Então é melhor você comprar alguns móveis — dissera, naquela sua maneira prática de falar. — E aí poderá dar uma festa de inauguração.

Naquele momento, Matt estava de pé no corredor, ao pé da escada, ouvindo; observando o próprio reflexo no espelho oval de moldura dourada que ficava ali: outra relíquia do passado. Achou que ouvia ruídos: passos na cozinha; o passar de um pincel num jarro de água; vozes no jardim. Fechou os olhos para ouvi-los melhor e, de repente, o tempo pareceu voltar à sua infância. Em sua mente, viu o próprio rostinho, como se estivesse no espelho, e ele estava sendo erguido, balançado no alto, chorando de medo e solidão.

Seu coração acelerou e ele abriu os olhos, olhando-se novamente no espelho. Achou ter percebido um movimento às suas costas na varanda e virou-se bruscamente, mas não havia ninguém. Ficou em pé à porta, olhando para o jardim encharcado pela chuva, esperando, querendo que o pânico passasse e, aos poucos, a sensação de paz foi o envolvendo de novo. Matt pegou a jaqueta que estava pendurada no pilar da escada e, colocando-a de qualquer jeito, saiu na chuva.

CAPÍTULO VINTE E QUATRO

O caminho levava da varanda que circundava a lateral da casa até a área murada nos fundos. Ali, ele podia escolher caminhar pelos celeiros abertos usados para abrigar os carros e os equipamentos de jardim, ao longo da pista de carros que serpenteava pelas avenidas de nogueiras, ou poderia então passar pelo portão que dava no jardim dos fundos.

Matt escolheu o portão. Fechou-o assim que passou e, com a cabeça baixa por causa da chuva, circundou a trilha abaixo dos muros altos. Um melro pousou brevemente no canto de uma gaiola alta que protegia os frutos macios de seus predadores, o bico cheio de comida para os filhotes; seus olhos afiados e dourados traçaram o progresso de Matt, antes que ele se enfiasse pela cortina de hera que crescia sobre os muros de arenito e camuflavam seu ninho, escondido entre os galhos de madeira e as folhas protetoras. Exatamente ali, perto das estufas, violetas púrpuras cresciam numa estrutura de vidro, com prímulas logo abaixo. Matt respirou o aroma de terra recém-revolvida e do vigoroso crescimento das plantas. Conhecia o esmero com que Milo trabalhava naquele jardim. Tinha jeito de lugar tratado, nutrido; as verduras estavam arrumadas em linhas retas. Os trajetos gramados que cortavam os canteiros fartos estavam divididos e aparados com precisão. No ponto mais distante, no arco na parede, Matt parou por um momento para prestar a devida homenagem a tamanho capricho.

– O mato fica com medo de crescer – disse-lhe Lottie! – Pobre Milo, ele vai sentir muita falta de Phil Moreton. Phil e Angela ficaram muito felizes em poder usar esse jardim, e Phil sempre contribuiu com o próprio trabalho, principalmente depois da operação de Milo.

– Talvez eu possa ajudar – sugerira Matt, um tanto hesitante. – Eu bem que gostaria.

– Cuidado – advertira Lottie. – Milo é escravocrata, e você precisa escrever um livro.

O caminho que passava pelos arbustos era úmido e frio, mas Matt não se importou com a melancolia dos galhos curvos do loureiro; ainda carregava com ele a sensação daquela presença, jamais tão vívida como quando estava na Casa de Verão, mas ainda presente ali, no jardim. Talvez fosse apenas o brilho do sol nas folhas verde-escuras ou a luz trêmula que atravessava a chuva; mas parecia que alguém se movia ao longo daqueles caminhos, algumas vezes correndo à frente pelo emaranhado de galhos, ou, quando Matt virava a cabeça brusca-mente, na curva da trilha que ficava para trás, até perder de vista.

– Você acredita em fantasmas? – perguntara a Lottie, tempos atrás.

– Acredito que, onde quer que tenha havido emoções fortes e verdadeiras, alguns ecos permanecerão – respondera, de um jeito quase evasivo. – Sua bisavó tinha visões, então talvez você tenha herdado essa capacidade de conexão. Pode ser um dom um pouco desconfortável.

Casa de Verão

Sua resposta direta o reconfortara; de certa forma, deixara algumas coisas claras para ele, que parou de se sentir ansioso. Como Milo e ela eram pessoas vitais para ele: aquele casal esquisito. Seu querido Milo com sua rudeza de soldado, enriquecido por seu amor pela poesia: poetas da Grande Guerra, é claro, mas também do absurdo: Lear, Carrol, Belloc.

Matt fez uma pausa próximo dos arbustos, olhando para o outro lado do gramado, para o banco que ficava debaixo do lilás. Teve uma visão clara de si mesmo quando era pequeno, sentado naquele banco de madeira, as mãos entrelaçadas com as de Milo, ouvindo-o recitar poesia: Os Jamblins, talvez, ou Jaguadarte. Milo era melhor lendo histórias à noite. Entrava rapidamente no mundo em que habitavam as crianças e conseguia inventar um poema ou uma história com tamanha realidade que Matt se agarrava ao seu braço, ouvindo amedrontado quando o aterrorizante sr. Brock era confrontado pelo astuto sr. Tod, ou paralisado de prazer pela entrada de Peter Pan no quarto das crianças da família Darling. Quando fez 6 anos, sabia recitar a maioria dos poemas de A. A. Milne, balançando encantado na cama e gritando "Manteiga, é?", no momento apropriado, durante *O café da manhã do rei*, ou repetindo "Desobediência", meio agoniado, porque sabia que a mãe de James James Morrison Morrison Weatherby George Dupree desapareceria para sempre e, embora de uma forma diferente, isso também havia acontecido com ele.

O tempo que ficou debaixo dos loureiros lhe trouxe lágrimas aos olhos. Sua mãe havia desaparecido como a mãe de James: aquela mulher feliz e risonha que havia brincado com ele desaparecera, deixando em seu lugar uma pessoa desconhecida, cujo rosto era fechado de sofrimento e cujo desespero a deixara inválida. Matt chorou em silêncio por ela, e a chuva lavou as lágrimas de sua face; em seguida, atravessou o gramado e foi para a casa.

MARCIA WILLETT

* * *

Lottie surgiu da sala assim que Matt atravessou o corredor, quase como se estivesse esperando por ele. Olhou-o com expressão interrogativa, como se lendo as recentes experiências em sua face, mas ele a cumprimentou alegremente.

— Milo tem uma coisa para você. — Ela falou bem baixo, quase num tom de aviso e, por instinto, ele baixou a própria voz.

— Que tipo de coisa?

— Espero que você não esteja contando o segredo! — A voz de Milo ecoou de repente, vinda da sala, e Lottie logo balançou a cabeça e lhe apertou o braço. Matt a seguiu ao cômodo onde Milo se encontrava, aparentemente satisfeito consigo mesmo.

— Tenho procurado por isso aqui em todos os lugares — disse a Matt. — Não conseguia imaginar onde estava. O que acha?

Milo gesticulou para a mesa redonda de mogno, e Matt avançou pela sala, para ver o que o amigo havia encontrado. O choque foi surpreendentemente intenso. Juntas, algumas em pé, sozinhas, outras recostadas em suportes para livros, estava um jogo de aquarelas. Logo ele reconheceu a Casa de Verão, embora aquela fosse a construção original: um salão de um andar apenas, com belas colunas e janelas compridas e graciosas. E ali estava uma representação de seu interior: a sala de visitas com suas janelas abertas para o jardim, as cortinas balançando ao vento, um gatinho cor de caramelo enroscado numa poltrona de veludo com os braços curvos. Em outra aquarela, ele viu, encantado, a mesa de tampo dobrável e a antiga cadeira esculpida exatamente no mesmo local em que as havia colocado na cozinha, com um vidro de ervilhas de cheiro ao lado de uma cesta cheia de vagens de feijão-trepador recém-colhidas. Outra aquarela mostrava a varanda, vista do corredor; uma cadeira de balanço que parecia ter sido abandonada no meio do movimento e um chapéu de palha com

Casa de Verão

belos laços balançando no encosto dela. A sensação de imediatismo, de vivacidade, que era inerente às pinturas, pegou Matt de jeito. Ficou olhando demoradamente, numa alegria silenciosa, e somente quando Milo se moveu atrás dele foi que voltou sobressaltado à consciência.

– São extremamente belas – disse Matt. – Maravilhosas. Onde as encontrou? Quer dizer... – Balançou a cabeça, incapaz de se expressar apropriadamente. – Desculpe, é que elas são perfeitas.

– Eu sabia que as tinha guardadas em algum lugar. – Milo observava muito satisfeito a reação de Matt. – Procurei por todos os cantos. E então as encontrei na salinha anexa ao quarto de hóspedes. Minha mãe deve tê-las pendurado ali. Talvez tenha achado que elas eram meio antiquadas e sem graça. Ela gostava de quadros a óleo.

– Mas quem as pintou? – Mesmo quando fez a pergunta já sabia da resposta, viu que Lottie o observava e que ela também sabia.

– Minha bisavó mandou construir a Casa de Verão para que pudesse pintar em paz – dizia Milo. – Ela passou um bocado de tempo nela, e há todos os tipos de boatos que foram ficando com o passar dos anos. Uns dizem que ela tinha um amante secreto, pois era muito mais jovem que o marido. Outros dizem que uma grande tragédia lhe aconteceu na vida, e alguns dizem ainda que ela era simplesmente uma pessoa reclusa que gostava de pintar. Enfim, meu bisavô construiu essa casa para ela. Ele morreu em Bloemfontein. Pobre coitado, morreu de febre tifoide antes mesmo de conseguir disparar um tiro. Depois disso, ela viveu na Casa de Verão, e as histórias vão e vêm e o filho dela acabou ficando com a propriedade. O nome dele era George, meu bisavô. Foi ferido na Primeira Guerra e morreu logo em seguida. Enfim, fiquei imaginando se você gostaria de ficar com elas.

Matt ficou olhando para as aquarelas.

— Eu adoraria ficar com elas — disse, por fim. — Obrigado.

— Elas são tão vivas — disse Lottie, com gentileza. — Como ela deve ter gostado daquela casa!

— Sim. — Matt não conseguia tirar os olhos das aquarelas. — E essas aquarelas devem voltar para lá, para onde pertencem.

— E — disse Milo, encantado com o sucesso de sua descoberta — tem mais uma coisa.

Matt virou-se, quase com cautela. Qualquer outra coisa, com certeza, poderia ser um tremendo anticlímax... mas não. Ali, parcialmente escondida pelo sofá, estava uma cadeira baixa, estofada em veludo, com braços de madeira: a cadeira que estava na aquarela.

— Estava no mesmo quarto que as aquarelas — disse-lhe Milo —, e eu sei que você não quer ninguém se metendo nos seus planos, mas achamos que você gostaria dela, vendo que está na pintura. Está claro que ela veio da Casa de Verão.

A madeira pau-rosa brilhou com a luz da lareira, embora o veludo rosa empoeirado estivesse puído e gasto. Matt acariciou a madeira ornamentada com o dedo. Milo e Lottie o observaram, compartilharam seu prazer, e ele sorriu para os dois: para aquele casal esquisito. Sem conseguir pensar em nada para dizer, que não o reduzisse a lágrimas no estado emocional em que se encontrava, viu Milo dar uma piscadela para Lottie, um pequeno aceno de cabeça, murmurar algumas coisas que teria que fazer e sair. Lottie o seguiu, e Matt ficou sozinho.

CAPÍTULO VINTE E CINCO

O cachorrinho encontrou um pregador de roupas de madeira. Primeiro, farejou-o com cautela, depois, com uma confiança crescente, pegou-o com a boca e fingiu dilacerá-lo. Rosnou, balançou-o e deixou-o cair de novo. Uma lufada de vento soprou à sua volta, distraindo-o, e ele se lançou sobre uma folha seca, que logo se desintegrou com o toque de sua pata. Sentou-se surpreso e ficou olhando para os restos da folha.

Imogen sorriu enquanto pendurava a roupa no varal; o filhotinho era outra boa razão de eles estarem no celeiro. Havia lugar de sobra ali, e ele passava a noite sobre um chão de lajotas que era facilmente limpo quando algum acidente acontecia. Quando fosse mais velho, haveria passeios maravilhosos pela Goat Hill e, mais para cima, para as cordilheiras e ao longo da trilha de Tarka. Ele era um bom companheiro; comportava-se bem, e Rosie o adorava. Bab quase fora abandonado por sua causa: quase, não totalmente. Quando se sentia triste ou cansada, sempre recorria ao coelhinho para reconfortar-se.

Lembrando-se de como uma vez imaginara que Bab se parecia com Nick, Im fez uma careta envergonhada. As coisas estavam muito melhor entre ela e Jules, mas ainda havia momentos estranhos quando uma mensagem de Nick ou o som de sua voz a alegravam. Ele fora o ombro que a consolara, e ela não podia se livrar dele. Pegou outra peça de roupa, olhando por cima do ombro para ver se Rosie não estava fazendo algo que não devesse. Outra coisa boa com relação a morar no celeiro era que o pequeno jardim limitava-se a uma área bem simples de cimento e grama. Os veranistas haviam solicitado somente uma área pequena na qual pudessem fazer um churrasco e ficar sentados, olhando para o esplendor do terreno pantanoso, enquanto comessem suas salsichas grelhadas, e isso se encaixava muito bem a Im. A cerca densa de faia e o portão pesado mantinham tanto Rosie quanto o filhote em segurança, e não havia canteiros com flores que o cachorro pudesse cavar e nos quais pudesse se sujar de lama; era o ideal.

Pensando bem, a Casa de Verão teria apresentado muitos problemas, e ela estava surpresa com o quanto se sentia feliz naquele momento por não ter insistido em morar lá. E, claro, isso também era ótimo para Jules, com a clínica a menos de dez minutos dali. Jules estava encantado por Imogen ter gostado tanto do celeiro e fora muito gentil da parte dele ter aparecido com o cachorrinho, numa noite, quando ela acreditava que havia desperdiçado a chance de tê-lo, por ter criado tantos problemas com relação ao lugar onde morariam.

— Eles guardaram esse filhotinho para nós — disse Jules, segurando o animal agitado. — É um presente de boas-vindas.

Bem, é claro que ela ficara completamente desarmada e tomada de afeto, culpa e remorso, e aquela fora a primeira noite em que fizeram amor após um longo tempo, enquanto o cachorrinho chorava em sua nova cama, sentindo falta da mãe.

Casa de Verão

Era muito bom ter a família Webster logo ali perto, na fazenda. Eles eram muito gentis, estavam encantados por ter seu veterinário predileto com a família, ali no celeiro, além de adorarem Rosie e a mimarem ao extremo. Além do mais, a sra. Webster — Jane — estava sempre a postos para tomar conta de Rosie durante uma hora ou mais, o que era maravilhoso.

Im pendurou a última peça de roupa e olhou encantada para o mangue, do outro lado da Goat Bridge, ouvindo o canto claro e borbulhante de uma cotovia. Abaixo, duas belas ovelhas de Exmoor se equilibravam num afloramento de rochas, e ela viu um rebanho de cervos castanho-avermelhados pastando languidamente nas ladeiras gramadas de Roosthitchen. O vento forte e quente do oeste inflava as roupas; meias, camisas e jeans dançavam no varal, aspirando as cadeias de montanhas: dedos em riste, braços abertos, pernas agitadas. Atrás dela, Rosie gritava alto: engatinhara para o pátio e o cachorrinho lambia avidamente seu rosto.

— Como devemos chamá-lo? — perguntara Jules.

E Im segurara aquele montinho quente e macio, apertando o rosto contra o seu pelo.

— Não sei — respondera. — Ainda não. É cedo demais.

Portanto, ele ainda era o "filhotinho" ou o "Gog-gog" de Rosie, pois ninguém lhe sugerira um nome apropriado. Ela foi resgatar a filha, balançando-a no alto, até ouvir o celular tocar dentro de casa. A culpa lhe apertou o coração: certamente era Nick. Ele ainda estava atrás dela em busca de consolo, não tendo ainda encontrado qualquer conforto em Alice, e era impossível ignorá-lo. Afinal, ele fora muito amável e compreensivo quando Jules fora extremamente irredutível.

Carregando Rosie, com o cachorrinho dançando em torno de seus tornozelos, ela entrou, passou pela área de serviço e foi para o interior aconchegante do celeiro: ainda prendia a respiração diante do espaço enorme que se abria à sua frente, o teto alto e ripado, as portas avantajadas – agora envidraçadas – que uma vez abrigaram vagões, e a vasta área em torno da lareira. Colocou Rosie no piso de madeira e pegou o celular: havia uma mensagem de voz.

"Olá, meu amor. Pensando em como você está. Estou com muitas saudades. Nada de novo por aqui. Será que posso dar uma passada rápida aí? Parece que já se passaram anos desde a última vez que vi você, e espero que esteja mais ou menos acomodada em sua casa agora, está? Me dê notícias, amor. Faça o meu dia feliz. Amo você."

Im desligou o telefone: sentia-se ansiosa. Como diria a Nick que seu momento de insanidade havia passado? Que ele fora apenas uma válvula de escape que lhe estivera à mão? Isso era tão insensível, tão cruel. E, afinal, aquela mensagem afetuosa e ocasional não poderia fazer nenhum mal, poderia? Somente até ele e Alice se entenderem de novo. Um pequeno instinto avisou-lhe que sim; que aquilo poderia ser perigoso. Ela tremeu, pensando em Nick e no quanto estava solitário, desprezando o aviso.

Rapidamente, pegou o celular de novo e começou a digitar.

– E aí, ele já tem nome? – perguntou Jules, entrando e colocando o notebook bem longe do alcance de Rosie. Abaixou-se para acariciar o filhotinho, que lambeu seus dedos. – Opa! Os dentes dele parecem alfinetes.

Im riu.

– Ele é terrível, morde tudo! Podemos chamá-lo Roedor.

– Ele precisa de um nome. Não dizem que se deve dar logo um nome ao bebê? Vai ver é a mesma coisa com os cachorrinhos.

– Acha que ele terá algum dano psicológico se continuarmos a chamá-lo de "filhote"? Bem, talvez você tenha razão. Os nomes são

Casa de Verão

muito importantes, não são? E temos que viver com eles durante tanto tempo... se tivermos sorte, claro – acrescentou. – Mas tem que ser um nome que dê para a gente gritar sem parecer idiota. Você terá plantão hoje à noite?

– Não – respondeu ele, aliviado. – Poderei tomar um drinque.

Jules correu os olhos alegremente pela casa nova deles; tudo estava andando da forma que esperava, e o filhotinho estava fazendo o maior sucesso. Atravessou o espaço da vasta sala de estar – Milo a chamava de átrio –, abraçou Im e a beijou.

– Estive em Brayford – disse-lhe. – Um parto difícil de uma égua, mas estão bem agora.

O celular de Im tocou, ela deu uma olhada rápida e o empurrou para o outro lado da mesa, ficando de costas para o aparelho e sorrindo.

– Atenda se quiser – disse ele. – Quem é?

Ela fez uma careta, torcendo o nariz.

– Nada de importante – respondeu –, pode esperar.

Jules ficou surpreso, não era comum Im deixar de atender ao telefone; uma pontada de inquietação lhe atingiu a espinha.

– Mas quem é? – repetiu ele. – Está tudo bem?

– É só Julie – respondeu. – Ela quer confirmar um almoço que marquei via mensagem de texto para a semana que vem. Simplesmente não quero falar com ela agora. Enfim, você ainda não falou com Rosie.

– Onde ela está? Já está na cama? – Por alguma razão, ainda se sentia inquieto, embora estivesse feliz por Im não ficar horas ao telefone com uma de suas amigas. – É meio cedo para ela dormir.

– Não está deitada, mas está no quarto. Já tomou banho, bebeu todo o leite, agora tirou cada um dos brinquedos da caixa e atirou todos no chão, formando uma montanha. Vá dar uma olhada.

Im engatou o braço no dele e o apertou gentilmente. Jules o pressionou junto ao corpo, muito aliviado em saber que tudo estava bem entre eles para continuar preocupado com a ligação.

— É maravilhoso — dizia ela — ter tudo no mesmo andar. De início, achei que seria meio estranho, mas é ótimo não ter que me preocupar com Rosie nas escadas. E estou adorando os quartos com as vigas aparentes e as janelas de formato diferente. É como se estivesse no sótão de Matt.

Soltou o braço do marido e o conduziu pela passagem estreita, para o minúsculo corredor que dava para os dois quartos e para o banheiro. Abriu mais a porta do quarto de Rosie e recuou para deixá-lo entrar. A cena era de caos. Cada um dos brinquedos macios e todos os seus livros estavam amontoados numa só pilha, e Rosie estava ali entre eles, chupando o dedo, com Bab junto ao peito.

— Se não prestarmos atenção, ela vai cair de sono aí mesmo — disse Im. — Venha cá, Rosie. Venha dizer oi para o papai. Ele vai ler uma historinha para você.

— Oi, Rosie. — Jules abaixou-se para pegá-la no colo. — Que bagunça você fez, hein? Podemos ficar juntos um pouquinho?

Rosie fez uma careta, como se fosse reclamar, em seguida estendeu os bracinhos e pegou um chumaço de cabelos do pai para enrolar nos dedos. Voltou a colocar o polegar na boca e os olhos se fecharam, sonolentos.

— Está quase dormindo — disse Im. — Veja, coloque-a no berço e leia até eu acabar de arrumar o quarto. Aqui, dê Bab a ela, senão ela reclama.

Jules colocou Rosie sonolenta em seu berço, cobriu-a com a manta e lhe deu o coelhinho.

Casa de Verão

– Essa foi uma das suas melhores compras para ela, esse coelhinho – disse a Im. – Engraçado como ela se apegou a ele e não deu mais bola para os outros, não é?

– Uh-hum – respondeu Im, ajoelhando-se no chão, separando brinquedos e livros, os cabelos caindo sobre o rosto. – Aqui está, Jules. Leia esta aqui até ela dormir.

Então ele se sentou na poltrona ao lado do berço e começou a ler *A lagarta faminta*.

CAPÍTULO VINTE E SEIS

Venetia secou os cabelos com a toalha, observando-se atentamente no espelho embaçado sobre a pia, fazendo uma pausa para apertar o roupão quentinho no corpo. Enrolou a toalha na cabeça, formando um turbante, e parou para admirar o efeito. Ficou muito atraente; a toalha lilás-azulada em contraste com sua pele. A força do contraste deixou-a muito bonita, mesmo sem maquiagem. Ela sorriu e deu à imagem refletida uma piscadela secreta que, de alguma forma, a excitou:

— Vamos lá — murmurou e sorveu o último gole de sua taça. Sentira-se meio esquisita, um pouco tonta e trêmula, mas um banho demorado com fragrâncias a havia revigorado, assim como o vinho a equilibrara e lhe levantara o humor.

No quarto ao lado, enfiou os pés finos nas botas quentinhas forradas com pelo de carneiro, meio parecidas com as de Lottie — mas não tão brutas — e foi para o patamar da escada, ainda com a taça na mão. Ainda se serviria de outro drinque e pensaria no que fazer para o jantar, antes de secar o cabelo. Ficando um momento ali no patamar

Casa de Verão

da escada, olhando para o seu belo jardim no que sobrava da luz do entardecer, pensou satisfeita no verão que teria pela frente e nos almoços alegres ali fora, no pátio coberto.

No alto da escada, sentiu-se tonta de novo; cambaleou, soltou as mãos, e a taça quebrou ao bater no corrimão. Gritou assustada e com medo, perdeu o equilíbrio e caiu na escada íngreme e estreita.

Algum tempo depois, abriu os olhos no escuro e logo teve consciência de uma dor agonizante no tornozelo e no braço que estava dobrado debaixo do corpo. Como estava frio! Tentou lembrar-se do que havia acontecido e foi tomada por sofrimento e por um medo terrível. Moveu-se rapidamente, e a dor foi tão forte que ela gritou. Ficou imóvel. A cabeça estava envolvida por alguma coisa úmida, pesada e fria – o rosto e o pescoço estavam molhados. Por que estavam assim? De forma indistinta, o corredor foi voltando ao foco e, aos poucos, todos os acontecimentos anteriores foram surgindo. Havia lavado o cabelo, tomado banho e depois caíra – mas há quanto tempo? Controlando o pânico, tentou acomodar-se no chão do corredor. Cada momento que passava era de agonia, e ela foi obrigada a parar a cada instante para descansar.

O telefone começou a tocar na sala de visitas; ela o ouviu e mordeu o lábio, chorando de tanta frustração.

– Por favor! – gritou – Socorro! – E chorou de novo diante de sua estupidez: ninguém podia ouvi-la. Ficou imóvel, sentindo aquele frio terrível por todo o corpo, tentando cobrir as pernas e os braços gelados com a toalha, fazendo careta de tanta dor. No momento, estava parada, pensando no que poderia fazer. Mesmo se conseguisse chegar à porta da frente, como conseguiria se ajoelhar para destrancar a porta e então abri-la para gritar por socorro? Precisava tentar: não poderia passar a noite toda ali no chão, e sabe-se lá quando apareceria alguém para encontrá-la.

– Milo – murmurou, as faces molhadas de lágrimas. – Milo, me ajude.

Chorando de dor, começou a fazer força para se mexer, aproximando-se centímetro a centímetro da porta da frente e da luz alongada que era lançada pelo chão vinda da porta entreaberta da cozinha, e então a dor a dominou, e ela desmaiou novamente.

Quando deu por si, o telefone tocava de novo. Talvez fosse mais sensato tentar chegar a ele; ficava mais longe, mas, a essa hora da noite – que horas seriam? –, talvez surtisse melhor resultado do que ficar deitada na soleira da porta, gritando por ajuda. Isso imaginando que conseguiria levantar o fone e chamar uma ambulância. Arrastando uma perna muito dolorida, com o braço esquerdo inútil, continuou seu lento progresso, rezando por ajuda.

Lottie desligou o telefone e olhou para Milo. Sua irritação era visível, o controle remoto num ângulo ansioso que indicava que ele estava esperando para continuar a assistir a seu DVD.

– Sem resposta ainda – comentou, confusa.

– Deve ter ido jantar com alguma amiga – disse ele. – Ela costuma sair, você sabe disso. Por que está tão nervosa?

Desde o início da noite, Lottie se sentia inquieta; um tanto silenciosa durante o jantar, incapaz de se concentrar no filme que Milo havia escolhido para assistirem mais tarde, pegando o trabalho de tricô e o deixando de lado novamente. Matt a observava.

– Quer que eu vá a Dunster? – sugeriu ele. – Só para ver se ela está bem?

– Ah, francamente – disse Milo, encolhendo as pernas, pronto para se levantar. – Se alguém aqui deve dar um pulo lá, esse alguém sou eu. Mas e se ela *tiver* saído? E aí? Você irá atrás de todos os amigos dela para ver onde está?

Casa de Verão

– Sinto muito, Milo. – Lottie sentou-se de novo. – É só uma sensação que tenho. E já é muito tarde. Quase onze horas da noite. E eu não acho que Venetia e suas amigas têm feito programas até tão tarde ultimamente.

– Ah, está bem. – Deixou que percebessem sua indignação. – É melhor você ir comigo para que seja *você* a explicar a razão de estarmos esperando por ela, quando ela chegar. Ou de acordá-la, caso tenha decidido dormir cedo.

– Irei mesmo – disse Lottie, ignorando seu sarcasmo. – Ela disse hoje de manhã, na hora em que telefonou, que estava se sentindo um pouco tonta. Talvez não esteja se sentindo bem e tenha ido para a cama. Mas ela tem um telefone na mesinha de cabeceira...

– Ah, vamos lá – disse ele, impaciente. – Se vamos, vamos de uma vez. Onde está a chave extra da casa dela?

– No lugar de sempre. No gancho da parede. – Lottie enrolou o tricô, colocou-o de lado e fez uma careta para Matt. – Vou me sentir uma tola se ela simplesmente tiver ido cedo para a cama.

– É melhor ter certeza – disse ele, reconfortando-a.

Ela concordou.

– Vejo você depois. Estou indo! – Gritou para Milo, que resmungava alguma instrução do corredor. – Até mais tarde, Matt.

Matt havia caído no sono e acordou assustado quando o telefone tocou.

–Ai, Matt – a voz de Lottie estava trêmula. – Ela caiu da escada. Quebrou o braço e o tornozelo, e está com alguns cortes na mão. Estamos no Hospital Minehead. Ela está bem agora, mas muito abalada. Parece muito frágil, de partir o coração. Chamava o tempo todo por Milo e ficou histérica quando chegamos, mas tem sido muito corajosa. Estava deitada no corredor, gelada e com os cabelos molhados. Pobre Venetia.

— Graças a Deus você foi — disse ele. — Ela ficaria ali a noite toda. Garanto que Milo ficou apavorado ao pensar que quase não foi.

— Bem, ficou. — Pela voz de Lottie, parecia que ela estava sorrindo. — Você sabe o que as pessoas fazem quando alguém que amam se fere. Quando ele a viu ali, toda encolhida no corredor, ele quase gritou, mas ela pareceu não se importar. Eu a acompanhei na ambulância, e ela me disse que o pior de tudo era que Milo e os homens do hospital a vissem sem maquiagem e com o cabelo todo desgrenhado.

Matt estava sorrindo agora.

— Acredito no que está dizendo — disse. — Isso se parece muito com algo que Venetia diria. Como ela odeia ser pega em desvantagem, pobre querida.

— Bem, eles a engessaram e sedaram, e farão outros testes amanhã. Estamos indo para casa, querido, mas não nos espere acordado.

Ele desligou o telefone e levantou-se, espreguiçando-se. O fogo já havia praticamente se extinguido, e estava frio. Agachou-se em frente à lareira, alimentando o fogo com pequenos galhos e depois com pedaços maiores de lenha, de forma que a casa estivesse quente quando eles chegassem. Lembrou-se de um acidente de sua época de escola em Blackheath, quando havia caído de uma das barras de brincar, ele se machucara e Lottie aparecera de repente, antes que tivesse havido tempo para qualquer um em casa ter sido avisado.

— Eu estava passando por aqui — dissera ela —, indo a uma reunião logo ali na esquina.

Matt sentou-se sobre os calcanhares, observando as chamas, perdido em suas lembranças, quando ouviu o barulho do carro entrando na propriedade. Então, levantou-se e saiu para encontrá-los.

CAPÍTULO VINTE E SETE

Ele ainda não conseguia decidir em que lugar pendurar os quadros. Levara todos para a Casa de Verão e agora estava de pé na cozinha, em frente à mesa perto da janela, analisando-os no lugar onde os havia colocado. Pareciam até mesmo mais mágicos agora que estavam ali na casa, mas sabia que, até que vivesse ali, não saberia onde pendurar cada um. Enquanto isso, admirava-os, maravilhado com a delicadeza e a beleza das cores e a evocação de uma primavera e de um verão de tempos atrás.

– Há outros – dissera Milo, de forma descontraída –, mas não faço ideia de onde estejam. Esses, com certeza, são os únicos que valem a pena emoldurar.

Suas palavras deixaram Matt numa grande excitação, desejando ver os outros trabalhos e fazendo-o começar uma busca sistemática pela Casa Alta, nos intervalos de quando levava alguns móveis para a Casa de Verão. Sua sensação de pertencimento estava muito forte naquele dia: como se ele estivesse se aproximando do desfecho de um mistério que estava no centro de sua solidão. Afastou-se da mesa e foi caminhando até o corredor e depois até a varanda, imaginando como teria sido o lugar todos aqueles anos atrás. Os rododendros e as azaleias deveriam ser pequenos arbustos naqueles dias, plantados de forma a circundar a pequena área de gramado que uma vez fora um canto rústico de campina. Por todos os lados, crescendo nos cantos cobertos do gramado, o rosa delicado do agrião-dos-prados era um lembrete daquela campina.

Atravessou o gramado e ficou olhando para o riacho: não deviam ter ocorrido muitas mudanças ali. Os cravos-de-defunto deviam lançar seu belo reflexo dourado na água, a grama aquática, frágil e dura, devia balançar na brisa que soprava, e os longos anéis verdes do mato, que flutuavam sob a superfície, deviam tê-la lembrado, como lembravam a ele, Ofélia ajustando as belas coroas de flores, flutuando e afundando no riacho que cantava. Havia até um carvalho na margem – vários carvalhos –, que cresciam de través ao córrego. Um muro baixo separava o terreno do riacho. Sentando-se sobre os tornozelos e formando um binóculo com a mão, Matt acreditou que poderia reconhecer parte daquele muro e parte da água em uma das aquarelas.

– Qual era o nome dela? – perguntara a Milo, e ele respondera:

– Helena.

E isso, por si só, fora outro choque. De pé agora, com as mãos nos bolsos, Matt olhava para as águas velozes do rio: as conexões estavam sendo feitas, e ele se sentiu igualmente assustado e empolgado. A jovem Helena tivera um filho e uma filha; depois, seu marido fora morto na guerra. Por isso, ela se fechara para o mundo em sua Casa de Verão, sofrendo e pintando, mas não – pelo menos até onde ele ficara sabendo – sucumbindo lentamente à bebida como sua mãe, Helen, fizera. Não, Helena trabalhara tanto o sofrimento em suas pinturas que deixara uma impressão muito forte de tranquilidade

Casa de Verão

naquela pequena casa. Ainda assim, isso não era tudo. Ele tinha um instinto muito forte de que havia alguma coisa a mais: algo a ser terminado.

Ergueu a cabeça, escutando. Um veículo se aproximava devagar pela avenida, rumo à casa. Devia ser a caminhonete que faria a entrega de alguns móveis: uma cama de casal, um sofá grande e confortável, e mais uma ou outra coisa. Ele atravessou correndo o gramado e deu a volta na casa para recebê-la. Motorista e ajudante estavam estacionando ao lado do celeiro, acenando e descendo do carro.

– Olá – cumprimentou-os. – Que bom. Venham dar uma olhada. Acho que vocês terão que entrar com todos os móveis pela varanda. A entrada dos fundos é muito pequena.

Horas depois, a cama já havia sido montada no quarto maior, perto da cozinha, e o sofá comprido e fundo colocado de frente para a lareira, na sala de estar. Na varanda ficava uma cadeira de vime de espaldar alto, em formato oval; seu par fora colocado no corredor. Matt servira café e biscoitos aos homens, apreciara muito a primeira oportunidade de receber visitas na Casa de Verão, mesmo que de uma maneira tão simples, e lhes agradecera a atenção.

Depois que foram embora, ele ficou de pé à janela, olhando para os quadros, permitindo que o silêncio se estabelecesse mais uma vez. Um tordo cantava no lilás, e Matt virou a cabeça para ouvir seu canto mágico. Podia ver a sombra de seu peito claro entre as flores roxas e, súbita e inesperadamente, teve uma visão muito clara da igreja Selworthy, reluzindo em sua brancura, em contraste com a colina toda cercada de árvores. A visão o atraiu e o tomou, e então o tordo ficou em silêncio. Como se liberto de um encanto, Matt virou-se para trás, para a cozinha, e começou a lavar as canecas e a limpar os restos do pequeno lanche.

MARCIA WILLETT

* * *

De volta ao porão da Casa Alta, ele retomou a busca por outros quadros.

— Deve haver centenas deles — disse Milo. — Ela passou anos aqui, pintando sem parar, segundo contam. É claro que muitos devem ter sido jogados fora.

Com certeza, não havia nenhum na parede, então Matt começou a checar sistematicamente todos os quartos, todas as cômodas, todas as gavetas, todos os armários de cozinha, mas nada encontrou. Do outro lado do quarto em que estava, havia outro sótão grande. Então, entre os descartes de gerações, olhou meio perdido à volta. Ainda assim, sentiu-se determinado, confiante de que havia mais coisas, e não ficou surpreso quando, finalmente, encontrou duas pastas grandes juntas sob alguns papéis e álbuns de fotografias, na base de uma cômoda danificada. Puxando-as com certa exultação, colocou-as gentilmente no centro do tampo empoeirado da cômoda. Estavam presas com fita adesiva, e ele as soltou com cuidado. Viu em seguida que estava certo, que eram mais pinturas e, embora tenha desejado examiná-las de uma só vez, achou melhor mostrá-las a Milo primeiro.

Quando desceu as escadas, ouviu vozes: Milo e Lottie falavam sobre Venetia. Matt segurou as pastas com firmeza e delicadeza contra o peito, como se fossem crianças queridas que precisassem de proteção, e foi para a sala.

— Temos que convidá-la, pelo menos — dizia Lottie. Estava sentada no sofá, entre seus trabalhos de tricô, como se empoleirada num grande ninho. — Ela não vai conseguir dirigir, portanto, não consigo imaginar como vai fazer compras. É claro que não vai querer vir, mas, com certeza, não pode voltar sozinha para aquela casa dela. Como vai tomar conta de si direito?

Milo estava sentado na cadeira de vime de espaldar alto; as pernas compridas cobertas por seu velho moletom estavam cruzadas, mostrando um pedaço das meias vermelhas. Pud estava enroscado a seus pés.

– Não sou sem coração – disse, um pouco emburrado, olhando de relance para Matt assim que ele entrou na sala. Seus olhos pousaram brevemente no pacote nas mãos dele, e se enrugaram num sorriso, antes de olhar de novo para Lottie. – É claro que ela pode vir para cá, se quiser, *mas*, e isso é muito importante, *mas* só se você achar que pode aguentar, Lottie. Porque não será fácil.

– Eu sei disso. – Lottie também olhou para Matt. – Estamos falando de Venetia – disse. – Acho que ela deve vir para cá quando sair do hospital, mas Milo está um pouco preocupado.

– *Não* – gritou Milo, na defensiva – que eu não a queira aqui, mas simplesmente porque estou preocupado, com dúvida se conseguiremos dar conta. Ela vai precisar de muitos cuidados. Teve um choque muito sério, fora os ferimentos, e está bastante fragilizada. É muita coisa para levar em consideração.

– Eu sei que é. – Lottie parecia ansiosa. – Mas teremos ajuda, você sabe disso. Acho que é o que chamam de pacote emergencial ou algo parecido. E há também aqueles dois quartinhos com chuveiro que a mãe de Milo ocupou quando não podia mais usar as escadas. Acho que podemos oferecê-los a Venetia.

Milo encolheu os ombros.

– Por mim tudo bem. Desde que você tenha pensado bem nisso. A responsabilidade vai cair muito mais em cima de você do que de mim.

— Eu sei. O que você acha, Matt? — Sorriu para ele e então viu os pacotes. — Ah, você os encontrou?

Ele aquiesceu, ainda os segurando contra o peito. Por alguma razão, não quis olhá-los no momento; não publicamente. Queria aguardar e desfrutá-los. Parecia que Milo entendia muito bem o que acontecia, pois não fez nenhuma tentativa de pegá-los, simplesmente olhou para Matt com carinho e um pouco de incredulidade. Estava claro que considerava sua paixão por aquelas aquarelas exagerada, mas também comovente.

— Que bom — foi tudo o que disse. — Nos avise se tiver alguma coisa aí que valha a pena ver.

Mas Lottie o observava com uma simpatia cheia de afeto, e ele fez um gesto de cabeça, como se respondendo a uma pergunta, depois colocou os pacotes em cima da mesinha e se preparou para juntar-se a eles na discussão sobre Venetia.

CAPÍTULO VINTE E OITO

Era tarde da noite quando Matt pôde examinar seu achado. Não se importou: uma parte sua estava feliz por poder postergar o momento da descoberta e prolongar a sensação de ansiedade. Em vez de apressar-se, pôs-se a pensar no assunto mais premente: se concordava ou não que oferecessem hospedagem temporária a Venetia, na Casa Alta. Sentou-se entre Lottie, no sofá, e Milo, em sua cadeira de vime, mais ou menos como o espectador de uma partida de tênis, ora chocado pela franqueza de Milo, ora comovido pela preocupação de Lottie para com a amante do brigadeiro.

– Certamente será o fim sumário da linha que nos separa – profetizou Milo, abalado. – Depois que ela passar pela porta, nunca mais nos livraremos dela. Já pensou nisso?

– Acho que você está sendo dramático demais. – Lottie recusava-se a desistir. – Ela adora a casa dela e não terá metade do conforto aqui.

Milo animou-se um pouco.

– Tem razão. Alguns dias sob os seus cuidados e ela estará implorando para ir embora.

Lottie explodiu numa risada, mas Matt ficou chocado e tomou a defesa de Lottie.

– O que você está dizendo? – perguntou, indignado.

– Meu caro amigo – respondeu Milo, olhando com tolerância para Matt –, lembrando a experiência que tive nas mãos de Lottie depois que fui operado, posso lhe dizer que prefiro ser bicado por gansos até a morte do que ser tratado por ela de novo.

Matt olhou para Lottie para ver se ela havia ficado magoada com o comentário de Milo, mas ela teve outro ataque de riso.

– Você teve uma ótima enfermeira a maior parte do tempo – lembrou-lhe –, e eu fiz todos os trabalhos externos que precisavam ser feitos, mas concordo que cuidar de doente não é a minha especialidade. Sou muito desajeitada, acabo me distraindo e me esquecendo de coisas básicas. Pobre Milo. Você sofreu por um bom tempo. Não fique tão indignado, Matt, é muito gentil da sua parte sair em minha defesa, mas conheço meus limites. Sorte sua e de Im terem sido sempre crianças saudáveis. No entanto, tenho certeza de que Venetia terá cuidados apropriados de sobra. É de companhia que irá precisar e de muito amor e carinho. Eu sou muito boa nisso, e você também, Milo, em doses reduzidas.

Milo resmungou, mas Matt percebeu que, apesar dos protestos, ele estava mais do que disposto a concordar com os planos de Lottie. Ficou aliviado; não queria pensar em Milo como um homem duro, embora já tivesse tido evidências de sobra de sua frieza. Preferia continuar acreditando que, no fundo, ele era gentil e agradável. Afinal de contas, seu amor e gentileza com todos eles não tivera limites, e estava claro que Venetia o amava.

Casa de Verão

— Bem — disse Lottie, pegando o tricô —, eu já lhe disse o que penso, e agora é por sua conta, Milo. Afinal de contas é a sua casa a sua amante.

Dessa vez foi Matt quem riu; eles eram mesmo um casal bem diferente. Milo esticou as pernas compridas e cruzou os braços, enquanto Lottie tricotava placidamente algumas carreiras do suéter de Nick.

— Pobre coitada — disse ele, pensativo. — Ela está feia de se ver. Toda tomada por manchas roxas e negras, e não há maquiagem nem batom para alegrá-la. Bem, vamos deixá-la vir para cá, se ela quiser, mas temos que nos certificar de que teremos um pacote de ajuda emergencial, Lottie. Eu não vou dar banhos nela na cama nem cortar suas unhas dos pés. Aquelas histórias tenebrosas que ela me contou sobre Clara fizeram meu sangue congelar, e eu não vou ficar responsável por nada dessa natureza.

— Ai, pare de reclamar e vá fazer uma sopa! — disse-lhe Lottie. — Estou faminta. Falamos com o pessoal do hospital amanhã e nos certificamos de que tudo dará certo.

Milo levantou-se com um suspiro e piscou para Matt.

— Só para você ficar sabendo, qualquer problema mais sério e eu vou com você para a Casa de Verão.

Milo saiu pela copa rumo à cozinha, e Lottie olhou para Matt.

— Annabel telefonou — disse ela. — Está com problemas para falar com você pelo celular. Queria saber se está bem. Eu disse que você estava na Casa de Verão. Fico feliz que tenha contado a ela sobre a casa e que não tenhamos mais que manter segredo.

Matt encolheu os ombros e fez uma careta:

— Eu não queria me sentir pressionado — disse, quase irritado. — Seria difícil me recusar a trazê-la para cá e mostrar a casa, não seria? E eu não estava pronto.

Lottie concordou, terminou uma fileira de tricô e virou as agulhas.

— Sei exatamente o que você quer dizer. Foi um momento muito especial, não foi? E você quis mantê-lo só para si por um pouco mais de tempo, antes de dividi-lo. Mais ou menos como fez com aquelas aquarelas.

Matt olhou-a de relance.

— Espero que Milo não se incomode. Sei que é estranho, mas só quero um tempo para vê-las sem ninguém por perto.

— Milo não se incomoda nem um pouco. Por que se incomodaria? Acho que está muito satisfeito por você estar tão comovido com elas. Quer ligar para Annabel antes do jantar? Quer chamá-la para vir aqui outra vez?

Ele negou com a cabeça.

— Ainda não. Irei a Londres na semana que vem para pegar algumas coisas no apartamento e aí me encontro com ela. Quero que a Casa de Verão já esteja funcionando bem quando ela vier, para que não tenha ideias precipitadas, se é que me entende. — Levantou-se. — Mas vou telefonar para ela agora e dizer que a verei em Londres. Me chame se eu ainda não tiver voltado quando o jantar estiver servido.

Mais tarde, no sótão, Matt soltou as fitas adesivas e espalhou as aquarelas sobre a cama. Eram todas bem pequenas, algumas nem chegavam a 10 centímetros quadrados, mas, quando examinou as maiores, logo viu que a atmosfera havia mudado. Havia uma diferença na luz e na sombra; uma emoção sutil, até mesmo uma melancolia, que não aparecia nas aquarelas que estavam agora na Casa de Verão. Debruçou-se sobre elas, analisando-as de perto e desejando saber mais sobre pintura. Como, por exemplo, ela conseguira passar

Casa de Verão

a impressão de que algum sofrimento a abalara? Ali estava, mais uma vez, sua mesa de cozinha, embora, dessa vez, as flores no jarro estivessem murchas e algumas pétalas caídas na superfície polida. O cesto não estava ali, apenas um carrinho de brinquedo em seu lugar, tombado e deixado pelo dono. Havia, também, a poltrona de veludo, mas sem nenhum gato cor de caramelo confortavelmente enroscado em seu assento; em vez dele, um urso de pelúcia recostado na almofada, mais uma vez dando a impressão de abandono.

Havia, ainda, a pintura de uma criança; um garotinho. Matt segurou avidamente a aquarela, virando-a na direção da luz. A criança estava agachada na varanda, sob o sol, sua concentração visível em cada detalhe, uma franja loura lhe caía sobre os olhos. Usava roupa de marinheiro e tinha o carrinho de madeira nas mãos. Matt pegou outra aquarela: dessa vez, o menino estava sentado em uma cadeira na varanda, o urso de pelúcia nos braços. Além dele, no corredor sombreado, parecia haver outra figura, mas tão levemente esbo-çada que Matt se perguntou se estaria enganado. Examinou-a com cuidado: será mesmo que havia outra criança na sombra? Pegou a outra aquarela e examinou-a de novo. Sim, ali, nas árvores, havia outra figura pequena. Estaria se escondendo do garoto que brincava com o carrinho ao sol? Matt lembrou-se muito claramente de seu herói de infância, cujo *alter ego* ficava na sombra, protegendo-o.

Abalado, empolgado, analisou as pinturas. Algumas eram meros e belos esboços de minúcias: um galho florido de abrunheiro, uma moita de moedas-do-papa; botões de salgueiros florescendo, encres-pados e diáfanos, em contraste com o céu azul iluminado. A mão de Helena era firme e confiante, e ele começou a planejar onde pendu-raria aquelas evocações perfeitas de uma primavera fria e doce, mais de cem anos atrás. Poderia manter aquelas aquarelas pequenas em grupos, mas as com crianças, onde as colocaria?

Ali havia um estudo da igreja Selworthy e um esboço de parte de seu pátio, de seu muro esquerdo e outro da capela em Lynch; havia o retrato do menino, seus olhos tristes, e também alguns estudos do jardim, ainda em seus primeiros estágios: arbustos pequenos de rododendros e azaleias, agora tão grandes quanto árvores, que haviam sido plantados para formarem uma cerca, um pequeno arbusto lilás, em cujos galhos ele havia visto o tordo mais cedo, naquele mesmo dia. Encantado, Matt passou os olhos rapidamente por seus tesouros, mas com uma crescente sensação de que alguma coisa lhe era pedida. Era como se estivessem lhe fazendo uma pergunta, cuja resposta lhe seria crucial. Com cuidado, colocou as aquarelas de volta nos envelopes, parando para olhar mais uma vez para as pinturas do garotinho.

Ajoelhou-se diante da claraboia, olhando para a noite clara. Lá longe, a oeste, uma lua preguiçosa surgia ao fundo, balançando bem baixo, perto do mar, sua luz fria e prateada refletindo nas águas agitadas e escuras. Foi só Matt dar uma olhada para o telhado da Casa de Verão, entre as árvores logo abaixo, que sentiu uma onda de empolgação diante da perspectiva de sua primeira noite ali. Queria que fosse uma ocasião especial, embora ainda não conseguisse pensar em como fazê-lo: mas ele sabia que era importante e que, uma vez que fizesse da Casa de Verão a sua casa, nada mais seria o mesmo.

CAPÍTULO VINTE E NOVE

— Eu estava me lembrando de quando Lily nasceu — disse Nick —, quando estávamos tendo mais uma noite daquelas com ela. Não dormíamos havia semanas e estávamos os dois exaustos. Bem, Alice lhe deu de mamar e a colocou de volta no berço, mas era só a gente se aproximar da porta que ela começava a berrar de novo. Aí eu me descontrolei e falei alguma coisa muito dura, e Alice simplesmente ficou olhando para mim, chocada, horrorizada, tirou Lily do berço e disse: "Não xingue na frente dela!", ou qualquer coisa parecida, e a ficou segurando como se ela precisasse de proteção contra mim. E eu me senti péssimo, parecia que tinha feito uma coisa muito ruim, e pedi desculpas algumas vezes. E então ela olhou para Lily e disse: "Está tudo bem. Nós perdoamos você." E sabe de uma coisa? Aquela foi a primeira vez em que "nós" não significou mais Alice e eu. Dizia respeito a ela e Lily, eu tinha sido excluído e, de repente, me senti terrivelmente sozinho, parecia que o equilíbrio havia se perdido para sempre, e eu estava de um lado diferente daquele em que se encontrava minha mulher e minha filha. Me senti meio um forasteiro. E é isso que está acontecendo de novo.

Imogen logo passou o telefone da mão direita para a esquerda, os ombros baixos, tentando preparar o almoço de Rosie com a outra mão. Rosie, na cadeira alta, a observava.

– É claro que as meninas não sabiam exatamente o que tinha acontecido – dizia Nick. – Mas sabiam que papai tinha feito bobagem mais uma vez, e as três ficaram me olhando com aquela carinha de desaprovação, meio resignadas, como se estivessem simplesmente tolerando minha presença, até que alguma coisa melhor acontecesse. Na verdade, acho que elas gostaram do fato de que seu pai estava recebendo o mesmo tratamento que a mãe reservava para elas quando faziam alguma coisa errada; mas isso está me deixando mal.

Im resmungou alguma coisa que sugeria apoio e começou a amassar as verduras e as batatas juntas.

– Como eu queria ver você, Im, queria mesmo! Acho que é a única pessoa que sempre esteve mesmo do meu lado e nunca me fez sentir como um perdedor. Escuta, Alice quer ir a Rock no feriado bancário. Uma amiga dela tem um chalé lá. Eu podia dar uma escapada para ver você. Droga, o telefone está tocando. Eu ligo de volta.

Ela desligou o telefone, aliviada, sentindo-se ansiosa e culpada. Como podia dizer a Nick que, de sua parte, aquele breve renascimento da paixão fora simplesmente um desejo imaturo de dar as costas a Jules por causa de sua indiferença em relação à Casa de Verão? Seria muito cruel magoar Nick nesse momento, quando ele ainda era humilhado nas mãos de Alice. Im resmungou. A verdade era que ela e Jules haviam sobrevivido àquele momento perigoso; eles estavam juntos de novo, e agora muito satisfeitos, no celeiro.

Ela colocou uma colherada de legumes amassados no pratinho de Rosie. Seria possível aguentar essa situação mais um pouco? Só até

Casa de Verão

Alice chegar à conclusão de que o próprio Nick já havia sofrido o suficiente e poderia ser perdoado? Quando seu celular tocou de novo, ela o pegou, apreensiva, e viu, aliviada, que era Lottie.

— Estou ligando só para lhe pedir um favor — disse. — Venetia está aqui conosco e está tudo bem, mas, se você puder vir um dia desses para nos dar uma força, nós ficaríamos muito agradecidos. A pobre coitada está frustrada com sua incapacidade para fazer qualquer coisa, e eu acho que um rosto diferente seria uma ótima distração. Matt foi passar uns dias em Londres, mas isso você já deve saber. Que tal almoçarmos amanhã? Tudo bem? Ótimo. Nos vemos então, assim que você chegar de manhã. Dê um beijo em Rosie.

Im sentou-se ao lado da filha, colocou o prato na mesinha e lhe deu a colher.

— Agora — disse —, vamos tentar colocar a mesma quantidade de comida que está no seu rosto e na bandeja dentro da sua boquinha, vamos lá?

Rosie virou cuidadosamente a colher, examinando os patos no cabo de plástico.

— Papo — falou com convicção.

— Pato — concordou Im. — Agora, experimente um pouquinho desse almoço maravilhoso que a mamãe fez. Olha só, o cachorrinho quer um pouco também. Melhor comer tudo antes que ele pegue.

Rosie afastou-se do encosto da cadeirinha para ver o cachorro que a olhava cheio de expectativa.

— Au, au! — gritou ela.

— Isso, au, au, filhote. Temos que dar um nome para ele. Que nome será? Vamos descobrir logo, tenho certeza. Vamos lá, Rosie. Coma toda a sua comida. Amanhã iremos almoçar com Lottie, Milo e Venetia, e quero que eles vejam como você é esperta.

* * *

Depois do almoço, Lottie colocou uma vassoura e alguns panos de chão dentro de um balde com água quente e sabão e foi para o jardim do pequeno chalé octogonal, para sua faxina anual de primavera. As janelas estavam sujas e, do lado de dentro, teias de aranhas se espalhavam pelos painéis nos cantos escuros e altos do telhado pontudo. As duas cadeiras de ferro e a mesinha redonda estavam com uma fina camada de pó, e um cheiro fraco de mofo exalava do tapete puído e gasto.

Abriu bem a porta e puxou o tapete para o gramado. Estava bastante quente debaixo das faias, e ela sacudiu e estendeu o tapete ao sol. Como as cadeiras e as poltronas eram pesadas demais, difíceis de transportar, ela torceu um pano embebido no sabão e as limpou cuidadosamente. Lutou com as janelas empenadas, por causa da umidade, mas, no final, acabou conseguindo, ao consertar seus trincos, e observou a correria das aranhas, com suas pernas compridas, para um lugar mais seguro. Gostava de se certificar de que elas não estavam no caminho antes de pegar a vassoura e começar a destruir suas teias, com as usuais pontadas de culpa.

— Não deixa de ser a casa de alguém — protestara, quando Milo zombara de sua relutância. — E aranhas comem moscas, não se esqueça.

Naquele momento, limpava em volta de todos os painéis, espanando a poeira das janelas antes de passar o pano úmido. Logo as janelas ficaram brilhando, o chão foi varrido e ela parou na soleira da porta, ouvindo o canto de um pássaro e observando as andorinhas que retornavam a cada primavera para fazer seus ninhos no celeiro próximo da Casa de Verão. Matt lhe pedira para abrir as portas da varanda por algumas horas ao dia e para dar uma olhada na casa durante o período em que ficasse fora, e ela tanto ficou comovida quanto achou engraçado seu cuidado com a casa. Eles haviam ido juntos para Pulhams Mill, em Brompton Regis, para conversar com Ian sobre a encomenda de alguns móveis, algumas peças especiais, e Matt estava muito empolgado com o resultado. Estava claro que ele sabia exatamente o que queria e estava pronto para esperar.

Estava quente, o aroma denso e forte do lilás pairava no ar; começou a perceber no jardim a presença de moradores que já se foram e imaginou o que Matt havia descoberto naqueles pacotes de aquarelas: até o momento, não as tinha visto. Sabia que estava esperando algo, e não queria pressioná-lo.

— Estou faminta — disse Venetia, sentada ao sol no jardim de inverno, o pé esquerdo, engessado, repousado num banquinho, o braço direito em uma tipoia. — É engraçado, não é? Eu sentir fome o tempo todo? Afinal, tenho me exercitado pouco.

— É o enfado — respondeu Milo. — As refeições dão uma estruturação importante ao dia quando estamos convalescendo. São só 15h30, portanto, você terá que esperar um pouco até a hora do chá. Não podemos deixar que engorde.

Ela estendeu a mão magra para ele, que a pegou, percebendo a pele transparente, as veias azuladas e as manchas marrons. Mais do que de repente, deu-se conta de como o mundo seria sem graça sem Venetia; sem sua coragem, sua animação e seus comentários maliciosos de arregalar os olhos. Apertou as mãos dela e levou brevemente seus dedos aos lábios. Ficaram em silêncio por alguns momentos, ambos fingindo que nada demais havia acontecido, cada um reconhecendo a necessidade e o amor que partilhavam.

— Pense em todos os créditos que está acumulando para a sua vida pós-morte ao me acolher — disse, sem olhar para ele. — Jesus, sem dúvida, irá querer você como raio de sol. Mas acontece que eu também rezo, você sabe. Para início de conversa, agradeço a Deus por você ser tão bom cozinheiro, querido. Lottie é um doce de pessoa, mas ela vive num mundo só dela, não é?

— Ela não é uma pessoa prática — admitiu ele. Ele nem sequer sabia como descrever seus sentimentos por Lottie. Ela o salvara da solidão e, algumas vezes, do desespero; ele não podia imaginar sua vida sem ela. No entanto, como essas duas mulheres eram diferentes; e que sorte a dele ter a lealdade e a afeição de ambas.

— Mas ela tem algo mais. Alguma coisa especial. Precisamos de Lottie.

— Sim — disse ele, sentindo-se grato. — Precisamos de Lottie. Olha lá, aí vem ela. Acho que poderíamos tomar o chá um pouco mais cedo. Ela vai precisar comer depois de ter mexido em tanta poeira. Não está quase na hora de você tomar os seus analgésicos? Vou buscar água. — Levantou-se e saiu.

Venetia inclinou-se para a frente para acenar para Lottie, que ergueu a vassoura num tipo de saudação, e logo sentou-se, tentando ignorar a dor no pulso e a dor ainda mais aguda no tornozelo. Era muita gentileza de Milo ter se lembrado de seus analgésicos; talvez ela estivesse agitada demais. Deus do céu, que sorte a dela estar ali e não sozinha em casa, esperando que alguém aparecesse para distraí-la por uma hora! Milo se sentia extremamente feliz em receber a visita dos amigos: para falar a verdade, ele estava mais do que gostando. Eles chegavam, levavam flores ou chocolates e, dependendo da hora, Milo e Lottie preparavam café ou chá ou enchiam a bandeja de bebidas. Então, seguia-se uma pequena celebração, que ela particularmente adorava.

Milo encontrara a cadeira de rodas que sua mãe usara e convenceu Venetia a usá-la também, embora, de início, ela tenha reclamado

Casa de Verão

do fato de ser empurrada para um lado e para o outro, como se fosse um bebê – ou, pior, como se fosse uma inválida.

– Ah, Milo – dissera com tristeza quando fizeram um passeio experimental pelo jardim. – Isso me faz lembrar do meu querido Bunny. Ele sempre foi tão corajoso e tão alegre, mas eu nunca entendi muito bem o quão terrivelmente desamparado ele deve ter se sentido dentre todas as outras pessoas. Ele tinha tanta disposição para viver, não tinha? Tanta disposição física! Deve ter sido terrível para ele. Ainda assim, ele foi tão... pacífico.

Milo havia parado a cadeira de rodas perto do banco do jardim e se sentara ao lado dela. Ficara em silêncio por um tempo.

– Bunny percebeu que havia uma palavra que era vital para a sua própria sobrevivência – dissera por fim. – Aceitação. Foi se adaptando aos poucos, para ser capaz de viver o momento presente e tirar algo de positivo disso. Não estou falando de viver no sentido de "viva agora e pague depois", mas no sentido de que realmente aceitou o que era, por pior que tenha sido, e viveu da melhor forma possível. – Fizera uma careta. – Nós vimos, não vimos? E não apenas a fachada estoica, determinada e corajosa que ele apresentava ao mundo, mas algo muito mais profundo que ia até a essência do que estava acontecendo. Uma aceitação verdadeira. E dessa batalha interna entre a frustração e a autocomiseração brotou uma paz espiritual surpreendente. Estar na companhia dele era uma bênção.

Depois disso, Venetia o deixou empurrá-la pelo caminho de carros, passando pela vila até a estrada – Pud correndo ao lado – e, embora ela ainda odiasse aquela sensação de impotência e dependência, Milo transformou esses passeios em algo tão divertido que ela passara a ansiar por eles. Paravam para olhar os pássaros de rapina, assustadores e belos, que faziam fila do lado de fora de West Lynch, ou para apreciar as belas galinhas que corriam pela porteira da fazenda, ao lado da capela. Em seguida, depois da longa marcha pela estrada estreita e sinuosa, chegavam ao correio de Allerford, e Milo empurrava a cadeira de rodas para a casa de chá; June ou Steve levavam o café para fora e paravam para um breve bate-papo. Era divertido e, afinal de contas, ela nunca teria feito nada disso de muletas.

Venetia suspirava, cheia de alegria. Estava se sentindo muito feliz ali na Casa Alta, embora tivesse que se submeter a algumas regras básicas: *The Archers*, por exemplo, e o *Emmerdale*; e o velho e querido *Daily Mail*, para ficar sabendo das fofocas. A enfermeira apareceria mais tarde para se certificar de que tudo ia bem; enquanto isso, ela tinha sorte, muita sorte, de ter amigos tão bons que estavam dispostos a tomar conta dela.

Pud chegou abanando o rabo, e ela acariciou gentilmente o seu pelo macio com a mão boa. Milo sentou-se ao lado da cadeira, e ela sentiu o calor de seu corpo contra a perna.

— Amanhã — disse ao cachorro — você terá um convidado muito especial para o almoço. Sabia? Im está trazendo o filhotinho, e você terá que ensiná-lo a se comportar entre as pessoas.

Mas Pud pareceu indiferente quanto ao que aconteceria: abanou o rabo uma ou duas vezes, enroscou-se, formando uma bola, e dormiu.

CAPÍTULO TRINTA

Nick e Imogen se encontraram na pousada The Hunter no final de uma terça-feira de manhã, na semana do feriado bancário.

— Alice e as meninas vão ficar em Rock até o fim de semana — dissera a ela —, mas eu preciso voltar a Londres. Olha, eu poderia dar uma corrida à A39 e encontrar você em algum lugar pelo meio do caminho. Só por uma hora, uma hora e pouco. Por favor, Im...

Então ela escolhera a pousada The Hunter, e ele dera um pulo lá. Depois, seguiria para Bossington e passaria a noite em Casa Alta, disse-lhe, saindo cedo na manhã seguinte para voltar a Londres. Im se sentiu aliviada por ele não ter sugerido um lugar com menos público e tentou se convencer de que aquele encontro era apenas um simples almoço com um velho amigo. Mesmo assim, nada comentou com Jules.

Enquanto atravessava a região do mangue, sentiu-se nervosa, com a sensação de que algo ruim poderia acontecer. Potros pastavam na relva, pequenos pôneis Exmoor, algumas fêmeas claramente prenhes, e ela se viu tomada por um desejo de sair cavalgando pelas colinas, livre e sozinha, com o vento batendo no rosto e o sol nas costas.

Fazia mais de um ano, muito mais, desde a última vez que andara a cavalo: Rosie mudara tudo. Ela prometeu a si mesma, logo montaria de novo. Reduziu a velocidade e baixou o vidro do carro, para ver melhor os cavalos, e ouviu o canto claro e melodioso da cotovia.

Nick a esperava na estrada, do lado de fora da loja do National Trust; ela estacionou o carro atrás do dele, desceu e abraçou-o rapidamente. Se ele ficou decepcionado ao ver Rosie e o cachorro, não demonstrou: não houve qualquer reprovação no seu cumprimentar, e Im ficou aliviada. O encontro deles era muito mais natural com Rosie pedindo algo para beber e o cachorro correndo em volta, excitadíssimo com o novo ambiente.

— Milo encontrou um nome para ele quando saímos para almoçar — disse Im, prendendo a guia à coleira do cachorro. Apoiou Rosie no quadril, e eles caminharam juntos pela estrada, em direção a um jardim. — Ele o ficou chamando de Sapeca, o que era perfeito. Podemos sentar do lado de fora? Está muito quente. Foi maravilhoso vir pelo mangue e ouvir as cotovias.

Eles se sentaram a uma das mesas de madeira, e Nick foi buscar uma cadeirinha alta para Rosie, um chope para si e uma sidra para Im. Ela se sentou sob o sol, observou-o desaparecer pela entrada sombreada da pousada e perguntou-se que diabo estava fazendo ali. Se fosse um ano atrás, ela não teria hesitado nem um minuto; teria contado a Jules que iria almoçar com Nick e não haveria essa sensação de traição. Ainda assim, nada mudara de verdade, lembrou-se; nada acontecera. Então, por que essa inquietação?

Sentou-se com os cotovelos sobre a mesa e ficou olhando Rosie engatinhar pela grama, enquanto o cachorrinho, preso na coleira, observava também, ganindo um pouco. Ouvia os gritos dissonantes dos pavões-selvagens entre as árvores das encostas do vale íngreme, assim como ouvia a voz do rio, murmurando e borbulhando placidamente

Casa de Verão

em seu curso pelo vale, indo rumo ao mar. Quando Nick retornou com os copos, o cardápio enfiado debaixo do braço, Im sentiu uma onda de carinho: ele era tão querido, tão família! Parecia relaxado e feliz, e Im percebeu, de repente, como Milo devia ter sido bonito na idade de Nick e por que Venetia se apaixonara por ele. Então percebeu que um casal muito mais velho, em uma mesa próxima, olhava-os com aprovação; sorrindo e acenando com a cabeça para Rosie e para Sapeca, e imaginando que aquela era uma pequena família feliz que aproveitava o dia junta.

Pensou: estão achando que Nick é o pai de Rosie.

Seu prazer se esvaiu, e ela desviou o olhar de seus sorrisos intrusos, vermelha e constrangida. Nick olhou-a com curiosidade ao sentar-se com o chope e colocar o copo de sidra ao seu lado.

– Sidra com Rosie – comentou. – Você está bem?

– Sim, claro. – Mudou ligeiramente de posição para que ele bloqueasse sua visão do casal simpático. – Tem cadeirinha para Rosie?

– Está vindo. Venha cá, Rosie-Posie. – Ele a pegou no colo, e ela lhe mostrou uma pedra que havia encontrado; ele inclinou a cabeça para examiná-la e admirá-la. – Só não ponha na boca – advertiu-a. – Veja, ali vem a sua cadeirinha. Diga "obrigada" e você vai almoçar.

Ele estava tão indiferente à presença de outras pessoas, tão à vontade e natural, que Im se sentiu envergonhada. Remexeu dentro da bolsa, encontrou o copinho da filha e o colocou sobre o tampo da cadeirinha. Sapeca começou a latir novamente e a balançar a cabeça, Im tirou seu ossinho de couro de dentro de uma bolsa plástica e lhe entregou. Na mesma hora, ele se ocupou do osso, pegou-o, jogou-o para longe e saiu rodopiando em êxtase atrás dele, com as patinhas no ar; mais uma vez, Im viu as expressões iluminadas do casal idoso, os olhares "Ah, ele não é fofinho?", que imploravam algum tipo de resposta, e praticamente os odiou por se intrometerem naquele seu momento de intimidade.

Ela pegou o cardápio, segurando-o num ângulo que não lhe permitisse ver o casal. Nick sentou-se do lado oposto; quando lhe tocou a mão, ela deu um salto como se tivesse sido queimada.

— O que você vai pedir? Não quero comer muita coisa. Terei que cozinhar para Jules hoje à noite. — Falava rapidamente, sem olhar para ele, ainda segurando o cardápio como se fosse um escudo.

— Está bem, Im. — Sua voz saiu tranquilizadora e um tanto triste. — Não se preocupe. Não estou pedindo nada mais do que sua companhia.Não sou tão tolo a ponto de achar que houve algo entre nós nos últimos meses além de um simples apoio familiar misturado ao que restou de uma paixão do passado. Admito que eu gostaria de voltar no tempo e recomeçar de onde paramos, dez anos atrás, mas sei que isso não é possível. Sei também que você e Jules se entenderam de novo, e fico feliz por vocês. Juro que não quero fazer nada que ponha em risco nossa amizade. É que é muito bom estar com você, só isso. Velhos amigos e nada mais, exatamente como antes, está bem? Olhe para mim. Está bem, Im? — Ela concordou sem dizer nada, mordeu os lábios, e ele sorriu. — Escute, depois do almoço, levamos Rosie e Sapeca para o mar. Sapeca já viu o mar? O que acha disso, Rosie? Podemos ver o mar depois do almoço?

Im respirou fundo: conseguia sentir os músculos relaxando. Foi até capaz de sorrir para o casal e vê-los como pessoas gentis, certamente com netos. Bebeu um pouco da sidra e olhou novamente para Nick. Sua expressão foi tão compreensiva e tão carinhosa que ela pegou sua mão.

— Obrigada. Eu não queria enganar você, Nick. Tem sido muito bom tê-lo por perto ultimamente, mas quero que sejamos apenas amigos.

Casa de Verão

– Eu também – disse ele, em seguida. – Meu Deus, eu também. Está tudo bem, Im. Sem mágoas.

Ela estava tão aliviada, tão grata por sua compreensão intuitiva, que o restante do dia correu alegremente; principalmente a caminhada até a praia e o chá com creme na pousada, depois da longa subida de volta com Rosie e Sapeca, ambos exaustos, dividindo o carrinho.

Não demorou muito, Imogen parou o carro na volta para passar uma mensagem de texto para Jules, dizendo que chegaria tarde, e só então percebeu que havia deixado o celular em casa.

Jules não havia visto o celular em cima da mesa até ele começar a tocar. Já estava ansioso pela ausência de Im e por ela não ter avisado que sairia, ou que talvez chegasse tarde. Espantou-se: ela era sempre muito responsável com o horário das refeições de Rosie e com sua hora de dormir, e gostava de manter a rotina – certamente, não era costume de Im esquecer o celular; ele era como uma extensão de seu braço. Imaginou se, de repente, seria Im tentando entrar em contato com ele e, em sua ansiedade, pegou o telefone, mas já era tarde demais. Frustrado, largou-o novamente: afinal de contas, por que Im ligaria para o próprio celular? Não tentaria ligar para o telefone fixo ou para o celular dele? Mas talvez ela não se lembrasse do número dele.

Esses pensamentos passaram rapidamente por sua cabeça; estava ansioso demais para pensar com clareza. Já começava a temer um acidente na estrada, ou a possibilidade de Rosie ter ficado doente...

Pegou o celular mais uma vez e viu que havia uma mensagem de voz. Apertou a tecla e ouviu:

"Oi, querida. Eu só queria dizer que foi muito bom hoje. Muito obrigada por ter vindo até aqui. E, olha só, Im, nós dois sabemos que nos amamos. Isso nunca irá mudar. Eu ainda gostaria que nós tivéssemos seguido nossos corações dez anos atrás, mas sei que agora é tarde demais. Obrigado pelas últimas semanas, você salvou minha vida, e obrigado por hoje. Foi divertido, não foi? Chego daqui a dez minutos em Casa Alta e depois lhe falo quando for para Londres. Amo muito você."

Era a voz de Nick. Ainda segurando o telefone, Jules ficou com o olhar parado, formando a imagem de Nick e Im juntos: mas onde? Será que Rosie estava com eles? Medo, ciúmes e raiva travaram uma batalha em seu coração, e as palavras se repetiram em sua mente: *nós dois sabemos que nos amamos, eu ainda gostaria que nós tivéssemos seguido nossos corações dez anos atrás*. O que acontecera entre Nick e Im dez anos atrás? Lembrou, de repente, como Nick estivera ali nos últimos dias, enquanto ele e Im andaram brigados por causa da Casa de Verão e Nick com problemas financeiros. *Obrigado pelas últimas semanas, você salvou minha vida*.

E por onde ela andara hoje e por que não lhe contara que ia se encontrar com Nick? A sensatez lhe dizia que, se Rosie e Sapeca estavam com ela, então nada sério acontecera, e Nick não dissera *"mas sei que agora é tarde demais"*? Então, tudo já havia acabado. Ainda assim, uma mistura borbulhante de raiva e ciúme combinou-se com a batida fria da razão e, quando o carro de Im estacionou no pátio, a sensação de alívio por elas chegarem seguras foi logo substituída por uma determinação de descobrir a verdade.

Im, apressada, com Rosie nos braços e Sapeca a seus pés, confrontou-se com uma parede invisível de rejeição. De tão feliz por causa da aceitação de Nick quanto à natureza do relacionamento deles e pelo dia incrivelmente maravilhoso, achou que a reação de Jules se devia à ansiedade em relação à segurança delas. Sendo assim, inclinou-se para beijá-lo, segurando Rosie de lado, desculpando-se pela demora e dizendo:

— Já ganhou um beijo do papai, Rosie? — Colocou-a de repente nos braços dele.

O abraço gostoso e inesperado de Rosie enfraqueceu o comportamento frio de Jules e o confundiu. Rosie estava em seus braços, falando palavras ininteligíveis sobre seu dia, enquanto Sapeca batia ruidosamente em sua tigela de água. Im sorriu para todos eles.

— Fomos à praia — disse, feliz. — Sapeca é tão engraçado! Ficou morrendo de medo do mar. Desculpe ter chegado tão tarde, mas esqueci o celular e não tive como ligar.

— Eu sei — respondeu Jules, a voz fria, sem conseguir desviar dos abraços da filha, que acariciou sua cabeça com as duas mãos e começou a se contorcer. Jules a colocou no chão. — Você vai ver que recebeu uma mensagem.

Im ficou olhando para o marido, começando a entender a profundidade de sua raiva e sentindo uma pontada de ansiedade na boca do estômago.

— Uma mensagem? — perguntou, indiferente. — Como você sabe?

— Eu a ouvi — respondeu. Seu olhar atento e acusador desafiaram-na a perguntar com que direito fizera isso. — Com quem você esteve hoje?

Im encarou-o de volta, calculando que Nick tivesse deixado uma mensagem e imaginou exatamente o que ele teria dito. Várias respostas passaram embaralhadas por sua mente: motivos, desculpas, a simples verdade. Por instinto, escolheu a última.

— Nick telefonou hoje de manhã — disse com toda a naturalidade possível. — Está voltando de Rock para Londres e vai ficar na Casa Alta. Me perguntou se poderíamos nos encontrar para tomar alguma coisa. Não vi nada de mais, então fomos até a pousada The Hunter e almoçamos com ele.

— A *pousada* The Hunter?

Viu que ele ficou chocado com sua resposta; sua honestidade quebrara um pouco o pedestal moral em que se colocara. Ela encolheu os ombros, tentando soar indiferente.

— É uma viagem e tanto, concordo, mas ficava no caminho dele, e eu queria que Rosie visse o mar. Foi um ótimo dia.

— Foi o que ele disse.

Im mordeu o lábio. Será que deveria tentar mostrar-se indignada e acusá-lo de não confiar nela ao ouvir suas mensagens? Não seria mais sábio fingir que nenhuma mensagem entre eles poderia ser muito particular e ignorar o certo e o errado num momento como aquele?

— Bem, se você sabia com quem eu estava, por que perguntou?

Im percebeu que Jules estava ligeiramente constrangido pela sua aparente ausência de culpa e foi rápida em aproveitar a vantagem.

— Pobre Nick, continua passando os diabos com Alice, e você sabe muito bem como nós sempre fomos amigos...

— Foi o que ele disse — repetiu Jules, com segundas intenções.

— Está bem. — Sorriu, tentando passar uma tranquilidade que não sentia. — Acho melhor eu ouvir a mensagem para saber do que você está falando.

— Ele disse que sabe que vocês se amam e que gostaria de ter seguido o coração dele, dez anos atrás.

Im percebeu sua própria reação simultânea: de raiva de Nick e pena de Jules. Sabia que sua única esperança de ganhar aquela batalha seria manter o ar de indiferença por qualquer coisa que Nick pudesse ter dito.

Deu uma risadinha misturada com desprezo.

Casa de Verão

— Pobre Nick — disse, naturalmente. — É claro que nós nos amamos. Desde menininha ele foi como um primo querido para mim, e eu, como a irmãzinha que ele nunca teve. Devo admitir que houve um momento em que isso quase se transformou em algo mais; é claro que isso aconteceria mais cedo ou mais tarde, quando os hormônios aflorassem, mas nunca deslanchou. Ele gosta de acreditar que eu seria a resposta para todos os problemas dele. Isso meio que o ajuda quando as coisas ficam ruins. Sabe como é: "Ah, se nós tivéssemos nos dado uma chance, eu nunca estaria nessa situação agora." Alice, às vezes, é osso duro de roer e por isso eu o deixo ter essa pequena fantasia. Não faz mal a ninguém. Pelo menos... — olhou para o marido, as sobrancelhas erguidas de forma inquiridora — não até agora. Pare com isso, Jules! Não posso acreditar que você está mesmo preocupado por eu ter passado algumas horas na companhia de Nick, com Rosie e Sapeca.

Im percebeu que ele estava espantado com sua resposta direta e concluiu que Nick não tinha dito nada que a comprometesse mais. De novo, aproveitou a oportunidade.

— Meu querido, por favor, não deixe uma bobagem dessas aborrecer você. Pelo amor de Deus! Você conhece Nick. Ele é meio confuso, mas é praticamente inofensivo, e acho que você já deveria saber como sou feliz com você. Tem sido tão bom desde que nós nos mudamos, não tem? Não deixe uma mensagem tola e sentimental de Nick estragar tudo isso. — Aproximou-se dele, o coração acelerado, sentindo um nó no estômago, e estendeu a mão. — Eu amo você, Jules. Se ainda não sabe disso, então não saberá nunca.

Permitiu que um vestígio de culpa, até mesmo de raiva, permeasse o tom amoroso de sua voz, viu a dúvida se estampar nos olhos do marido, os músculos relaxarem em torno da boca, e soube que tudo acabaria bem. De repente, sentiu-se exausta: o longo trajeto de carro;

a tensão que sentira mais cedo com Nick e agora isso. Deixou a mão cair ao longo do corpo e virou de costas.

– Acho que preciso beber alguma coisa – disse ela, um pouco desanimada e triste, apelando para o cavalheirismo e a sensação de culpa dele. Ele reagiu em seguida, pegando sua mão.

– Fiquei preocupado com vocês – justificou-se, na defensiva. – Você não disse que iria sair e deixou o telefone em cima da mesa. Numa situação normal, eu não ouviria suas mensagens, mas fiquei preocupado porque você estava demorando e imaginei que pudesse ser *você* telefonando. Ah, sei que isso parece loucura, mas eu estava *preocupado*, Im...

– Ah, meu amor. – Apertou a mão dele e o abraçou. – Sinto muito por tudo isso. Eu deveria ter telefonado dizendo que iria sair, mas tudo aconteceu tão rápido, e eu não podia imaginar que chegaria tão tarde. Rosie e Sapeca ficaram tão cansados na volta da praia que parei para lhes dar um pouco de chá. Ah, Jules, você não está mesmo preocupado com Nick, está? Confia em mim de verdade, não?

Ele se sentiu impotente; incapaz de resistir à sua atitude razoável, que, afinal de contas, batia com a mensagem de Nick. Estendeu a mão e os dois se abraçaram. Im foi invadida por uma sensação de alívio e sentiu-se fraca.

– Desculpe – disse Jules, arrependido. – É que, da forma como ele falou...

Ela recostou em seus braços e olhou-o, sentindo-se mal por ele estar se desculpando.

– Eu sei. Vamos simplesmente esquecer tudo isso e beber alguma coisa. E depois vou levar Rosie para a cama. Olhe só para ela, está exausta. Os dois estão.

Casa de Verão

Rosie havia subido no sofá e estava chupando o dedo, com Bab junto ao peito; no chão, ao seu lado, Sapeca encolhia-se, formando uma bola, e logo adormeceu. Im e Jules olharam para eles e depois olharam um para o outro: ambos reconhecendo silenciosamente que tinham muito a perder e que não queriam colocar em risco o que dividiam. O perigo havia passado, e estava tudo bem.

CAPÍTULO TRINTA E UM

Lottie tirou o suéter de dentro da cesta de tricô e o esticou sobre o sofá. Nick ficou olhando para ele.

– Foi você quem fez? – perguntou, pasmo. – É para mim? – Estendeu o braço para passar a mão na maciez daquele suéter grosso e quente. – Não posso acreditar que você fez isso mesmo.

– Por que não? – perguntou. – Foi um desafio. Havia anos eu não tricotava algo tão grande. E saiu muito bom, embora eu deva admitir que o tempo, no momento, não é adequado para ele.

Nick já estava experimentando o suéter; baixando as mangas de sua camisa de algodão, enfiando-o pela cabeça e puxando a gola da camisa para fora.

– Ficou perfeito – disse. – O que você acha? – Fez pose e virou-se. – Obrigado, Lottie. Adorei.

Lottie olhava seu trabalho criticamente, mas muito satisfeita com a reação de Nick.

Casa de Verão

— Ficou muito bom — admitiu. — Acertei no tamanho, não acertei? Mas também você foi bem paciente me deixando tirar suas medidas. Foi muito bom tricotá-lo e fico feliz que você tenha gostado.

— Eu adorei — repetiu ele. Alisou a lã azul-marinho ondulada, sem querer tirar o suéter. Deu-lhe uma sensação de conforto, de segurança, e ele se sentou mais uma vez ao lado dela.

— Bom ver você, Nick — disse Lottie. — Tínhamos esperança de ver Alice e as meninas também. Já faz um bom tempo que elas não vêm aqui.

Ele encolheu os ombros, constrangido.

— Você sabe como é quando as pessoas lhe convidam para ficar. Tem uma programação certa, e todo mundo tem que fazer sua parte; é complicado dizer que vai sair para visitar outra pessoa, e também é uma viagem e tanto de Rock até aqui. Enfim, papai logo irá a Londres, não irá? Aí ele vai ver todo mundo. E, até lá, eu espero que as coisas tenham melhorado. Alice ainda está meio... bem, fria, se é que me entende. — Tremeu teatralmente e sorriu. — Essa é a razão de eu estar tão feliz por ter meu suéter. Mas estou esperando pelo melhor. Sabe como sou otimista.

— Esperança é a mesma coisa que otimismo? — perguntou Lottie, pensativa. — Os otimistas têm expectativas, não têm? De que o tempo ficará bom, ou de que a situação política melhorará. Esperança tem a ver com fé, não tem? "É a certeza das coisas que não vemos." Quem disse isso?

Ele negou com a cabeça.

— Complicado demais para mim, Lottie. Acho que você está procurando chifre em cabeça de cavalo.

— Talvez. Você contou a Sara que Venetia está aqui?

Ele a olhou, ansioso.

— Ai, meu Deus, não tenho certeza, mas devo ter contado. Acha que seria um problema muito sério?

— Certamente. Sara se ressente por Milo usar a casa como o que ela chama de "orfanato" e Venetia, certamente, será a gota d'água. Não temos falado com ela ultimamente, então você não deve ter lhe contado.

— Mas vocês não tinham outra saída, tinham? Pobre Venetia. Ela não poderia se virar sozinha.

— Foi o que nós pensamos.

— Mamãe tem mania de controlar os outros — disse ele. — Bem, você sabe disso, não é? Mas, francamente, não sei o que isso tem a ver com ela.

— Ela tem medo de que, se a Casa Alta ficar cheia de refugiados, você tenha problemas para tomar posse de sua herança quando Milo morrer, é isso.

— Você não é uma refugiada, Lottie — disse ele, aborrecido.

— Não? — Sorriu diante de sua expressão de consternação. — Eu lhe disse antes que sempre me senti uma estranha neste mundo e que Milo me resgatou. Ele me ofereceu refúgio. Acho que dá para dizer que isso faz de mim uma refugiada.

— Bem, não é assim que eu vejo você. Papai precisa de você. Ele não é tão durão quanto parece, é? Tem alguns demônios à espreita. E, agora, pobre Venetia... — Ficou calado, fazendo conexões, parecendo triste. — Existe alguém feliz de verdade? — perguntou bruscamente.

— Somos todos prejudicados, de uma forma ou de outra — respondeu.

— Alguns mais do que outros, e há aqueles que conseguem administrar mais facilmente as próprias dificuldades. Outros, ainda, se recusam a admitir todas elas.

— E isso é ruim?

Casa de Verão

— Não, desde que não desprezem aqueles que admitem. Como está Im?

Ele riu.

— O motivo de você se sentir uma estranha, Lottie, é simples. Você é uma bruxa. Como sabe que vi Im?

— Não tem nada a ver com poderes mágicos; é só a capacidade de deduzir coisas óbvias. Você a *viu*?

— Vi. Nós almoçamos na pousada The Hunter e depois levamos Rosie e Sapeca à praia. Foi muito divertido; nada além disso, garanto. Está tudo acabado, Lottie. Não que houvesse muito o que terminar. Mas seja lá o que lhe causasse medo, está acabado. Acredita em mim?

— Acredito. Graças a Deus. Mas foi perigoso, Nick.

— Eu sei, mas não consigo parar de pensar que a vida seria boa demais com ela. Im me ama, sempre, independentemente do que eu fizer, você sabe disso.

— Ela o ama tão incondicionalmente assim exatamente porque *não* casou com você — respondeu Lottie, com doçura. — Eis o seu lado otimista aparecendo de novo. Ele não se baseia em nada de concreto e não requer nenhum esforço da sua parte. O otimismo diz que, se você e Im estivessem juntos, o futuro, de uma forma ou de outra, seria tão maravilhoso quanto num conto de fadas, e vocês viveriam felizes para sempre. A esperança, por outro lado, estaria implícita em reconstruir seu relacionamento com Alice e suas filhas dentro de uma realidade tranquila e cotidiana. A esperança lhe diz que, embora você não possa ver os resultados, se tem fé e se é sincero, o trabalho valerá a pena. Afinal de contas, Alice também o ama, mas de uma forma realista e comum. Não um amor do tipo "Vamos fazer um piquenique na praia". Mas um amor duradouro, e ela ainda não desistiu de você, Nick. E você, apesar dos defeitos dela, a ama também.

— Amo — concordou, após um momento. — Sim, eu amo. Mas ela é muito mais difícil de amar.

— É porque ela *é* a sua esposa — disse Lottie, alegremente. — Ninguém disse que seria fácil. Por que acha que eu nunca me casei? E agora você tem todo o direito de me dizer para eu tomar conta da minha vida. Afinal de contas, o que sei sobre casamento? Desculpe, Nick. Não dê atenção às minhas divagações.

Ele riu.

— O problema é que eu tenho uma sensação terrível de que você está certa.

— E, enfim, você já tomou sua decisão, não tomou? E isso é ótimo.

— Eu já encomendei o presente de aniversário de papai. — Mudou de assunto. — Parei em Porlock, fui à galeria e bati um papo com Marianne sobre o assunto. Escolhi um quadro de Dunster para ele, pintado por Anthony Avery. O mercado de lã e o castelo em um dia ensolarado, com um jogo fantástico de luz e sombra; dá até para sentir o calor. É quase que exatamente a vista que se tem da casa de Venetia. Espero que ele goste. Mandei colocar moldura.

— Tenho certeza de que ele vai gostar. Estou pensando em dar uma festinha e gostaria que você fizesse uma marca em vermelho no dia do aniversário, na sua agenda, e falasse com Alice para vir.

— Farei isso — prometeu. — Seria bom se pudéssemos vir. Como Matt está se virando na Casa de Verão?

— Está indo aos poucos. Quer que tudo saia perfeito, por isso, não tem pressa.

— Papai me disse que deu a ele umas aquarelas que um parente distante pintou lá da Casa de Verão. Pelo que conheço do apartamento de Matt em Londres, eu nunca imaginaria que aquarelas vitorianas seriam o estilo dele. Para falar a verdade, ele normalmente é bem exigente e moderno, não é?

– Bem, é. Mas acho que está tentando manter o clima da casa o mais que pode, embora algumas das coisas que tenha encomendado sejam bem modernas. Ficará uma mistura interessante.

– Uma pena eu me desencontrar dele. – Nick olhou mais uma vez, satisfeito, para o suéter. – Estou muito contente pelo presente, Lottie. De verdade.

– Que bom – disse ela. – Foi feito com amor. Em seu sentido verdadeiro.

– Obrigado – respondeu. – Obrigado, Lottie.

CAPÍTULO TRINTA E DOIS

Matt tentava gritar, mas não conseguia emitir nenhum som; sacudia Im, queria berrar com ela, ainda assim, seus braços e suas pernas estavam pesados e ele mal podia se mover. Abriu os olhos de repente e viu-se sob a luz do amanhecer; seus batimentos cardíacos soavam alto em seus ouvidos, e ele estava molhado de suor. Respirando lenta e deliberadamente, acalmou-se, tentando lembrar-se do pesadelo; revivendo-o.

Ele e Im estavam juntos em um ônibus com Rosie no carrinho. Enquanto estavam de pé, esperando para saltar, um homem se aproxima e começa a conversar: todos participam da conversa, rindo. O ônibus para, eles descem e, num determinado momento, Matt percebe que Rosie ficou dentro do ônibus. Seu terror é tão grande que ele mal consegue falar, mas Im não corresponde ao seu medo. Ela está calada e furiosa; empurra-o, ficando cada vez mais distante. Ele grita: "Nós perdemos Rosie, e a culpa é toda minha! Temos que encontrá-la!" E, ainda assim, ela o encara, impiedosa, até que ele a sacode.

Casa de Verão

A imagem do sonho começou a se apagar em sua mente, e a pulsação cardíaca estava diminuindo. Afastou a coberta e levantou-se da cama. Além da reação física ao pesadelo, estava terrivelmente desapontado: tivera muitas esperanças de que a influência da Casa de Verão o curasse, afastando seus demônios. No entanto, lá estavam eles de novo; fortes como nunca. Ficou de pé à janela, ainda sentindo terror e impotência. Durante o período glorioso em que passara escrevendo *Epiphany*, teria recorrido diretamente ao trabalho, usando os demônios e os pesadelos, dando-lhes formas e contornos dentro da história: derrubando os fantasmas ao escrever sobre eles e transformá-los em algo que pudesse ser entendido, algo desprendido dele e, por assim ser, passível de ser derrotado.

Ficou em silêncio, olhando para fora. A beleza da manhã se desenhando com delicadeza à sua frente, abriu mais a janela e recostou-se nela, sentindo o ar suave e quente. Um tordo cantava; tão divino era o seu canto que ele mal pôde acreditar que aquele era um pássaro ordinário, como outro qualquer. Ouviu-o em silêncio, enquanto o aroma adocicado do lilás se espalhava e tomava o quarto. O barulho da água, sempre presente, sussurrava suavemente e, sem mais nem menos, teve mais uma visão da igreja Selworthy, clara e brilhante, alta na colina.

Mais calmo, voltou-se para o quarto, vestiu o roupão atoalhado, foi para o salão aberto do celeiro e desceu as escadas. Ligou a chaleira elétrica e foi ver sua pasta de pinturas, analisando-as enquanto a água fervia. Sentou-se com a caneca de café e examinou com mais atenção as aquarelas que selecionara. Ali havia um estudo da igreja e também vários esboços do pátio com lápides cobertas de musgos e sombras alongadas, jacintos e ranúnculos que cresciam na grama alta. A aquarela menor era de uma estátua pequena: um querubim segurando um vaso de pedra, pintado sobre um fundo oval, sombreado de cinza e preto. Havia prímulas no vaso de pedra, suas pétalas amarelo-creme reluziam com uma luz pouco natural. Em um lado, levemente esboçado e quase imperceptível, outro rosto: o de uma criança.

Enquanto a olhava, Matt teve a nítida convicção de uma presença bem ao seu lado e de algo importante a ser feito. Permaneceu sentado, sem se apressar para terminar o café, permitindo que a ideia se formasse em sua mente.

Meia hora depois, estava na estrada para Allerford; ainda não eram 6 horas. Dirigia devagar, os vidros baixos, olhando, encantado, a variedade de cores nas sebes; manchas rosadas de beijos-de-freira vibrantes; o brilho dourado ofuscante dos ranúnculos; um pequeno aglomerado de jacintos. Salsas-vaca de cor creme roçavam, cheias e frágeis, no carro, e as flores dos espinheiros apresentavam as pontinhas avermelhadas. Naquele momento, Matt via todos esses milagres de cores e desenhos pelos olhos de Helena. Vívidos e arrebatadores, eles atraíam seu olhar repetidas vezes.

Ele se aproximou da A39; parando na interseção para observar as andorinhas que deslizavam sob o sol acima dos campos silenciosos e dirigindo pela curta distância até a virada para Selworthy. Pela primeira vez desde que fora para lá, o estacionamento da igreja estava vazio. Desceu do carro e bateu a porta, olhando para o outro lado, para o vale na direção de Dunkery, banhado de rosa e dourado pela luz do sol da nova manhã. Atravessou a estrada estreita e subiu os degraus até a igreja, virando à esquerda e curvando a cabeça ao passar sob os galhos baixos e curvos do grande teixo. Caminhou pelo gramado úmido, por entre as lápides cinzentas, sem saber ao certo para onde olhar, em busca do pequeno querubim com o vaso de pedra. Sabia onde estava a família de Milo, agrupada no lado esquerdo,

Casa de Verão

e foi parando de vez em quando, lendo os nomes até, chocado, ver o nome dela: Helena. Estava esculpido sob as palavras: "Em memória de Miles Greenville, que morreu em Bloemfontein 1860-1900 e sua adorada esposa, Helena 1872-1925."

Matt ficou olhando, sentindo-se estranhamente chocado e confuso por aquela manifestação fria da existência de Helena, e por lhe fazer sua própria homenagem silenciosa. Após algum tempo, tomou consciência de um pássaro cantando nas árvores próximas e levantou a cabeça para localizá-lo. Deixou o túmulo e foi caminhando lentamente ao longo do muro por onde crescia a hera e alguns freixos ainda pequenos. Atrás de suas raízes torcidas, por baixo dos galhos irregulares da hera, ali estava o querubim: lascado e arranhado, mal podia ser visto. Matt agachou-se, olhando-o, e logo estendeu o braço para pegá-lo, levantando-o suavemente para poder observá-lo mais de perto. Não havia nenhuma inscrição, nem datas, nem nomes; apenas o querubim, seus olhos grandes e cegos olhando para além dos ombros de Matt, os lábios curvos num sorriso.

Enquanto estava agachado ali, uma ideia lhe ocorreu, confusa de início, mas tornando-se cada vez mais clara. Levantou-se ainda segurando o querubim e foi andando entre as trilhas gramadas: ali estava. "Em memória de George Greenville 1890-1919." O garotinho louro que brincara com o carrinho na Casa de Verão, mais de 100 anos atrás. Matt ficou em silêncio, cumprimentando-o através dos anos e, logo em seguida, voltou para junto do muro, parando para colher alguns ranúnculos. Voltou mais uma vez ao túmulo de Helena, espalhou as flores por cima da grama bem-aparada logo abaixo da lápide e foi embora.

Não ficou nem um pouco surpreso ao ver Lottie na estrada, com Pud correndo à frente. Matt parou o carro na virada para a avenida que dava na Casa de Verão e foi ao encontro deles.

— Acho que agora eu sei — disse a ela. — Acho que finalmente descobri a verdade, Lottie.

Tremia de emoção e ela segurou seu braço.

— Pode me contar?

— Claro que posso, e quero. Pode voltar comigo agora?

Ela concordou.

— Volte e nós o alcançaremos. Não vamos demorar.

Lottie tinha razão. Ele precisava olhar a pintura de novo e colocar as cadeiras na varanda; até mesmo preparar um café. Matt estava ciente de que recompunha a cena e ficou encantado com o seu desprendimento que, até mesmo num momento tão impressionante como aquele, exigia que contasse o ocorrido como uma história. Estava pronto quando Lottie chegou, vindo pela lateral da casa. As duas cadeiras de junco com espaldar alto estavam no lugar, uma de cada lado da mesa, com um bule de café, duas canecas e as aquarelas.

— Pud está atrás de comida — disse ela, sentando-se. — Então me conte.

Empurrou para Lottie a aquarela com o querubim e serviu o café. Lottie pegou-a, virou-a para observá-la e olhou questionadora para Matt. Ele lhe passou as duas outras pinturas do garotinho.

— Todas as três têm uma coisa a mais — disse ele. — Consegue ver o que é?

Lottie olhou novamente, aproximando e afastando as aquarelas; então seu rosto se modificou e encarou Matt, os olhos brilhando com a descoberta.

— Tem outra criança — disse. — Como um fantasminha ao fundo.

— Exatamente. Um fantasminha. Sabe o que eu acho? Acho que esse menininho, George, teve um irmão gêmeo que morreu. Helena o pintou aqui com George, na Casa de Verão e no jardim. Está vendo o garotinho aqui na sombra da cerca? Acredito que fosse recém-nascido, e simplesmente levaram o corpo e se livraram dele. Acho que o querubim é o memorial dele.

Levou a mão para baixo da cadeira e levantou o pequeno querubim de pedra.

— Estava no cemitério da igreja, no chão, encostado no muro. Acho que Helena o pôs lá em memória do gêmeo de George, escondido atrás da lápide porque não pôde lhe dar uma. Só que as árvores cresceram e suas raízes levaram o anjo para cima. Só por eu estar procurando por ele é que o encontrei.

Lottie pegou o querubim com toda a gentileza; tocou os arranhões na pedra e correu o dedo pela borda lascada do vaso.

Matt a observou.

— Ela não conseguiu se esquecer dele. Você entende. Como mamãe.

Lottie parou o movimento com as mãos e franziu a testa.

— Sim — disse ele, insistente. — Essa é a história. Como mamãe, Helena teve gêmeos, um morreu, e ela não conseguiu esquecer. Ela se tornou uma pessoa reclusa e se trancou aqui, só que o pequeno George era um lembrete constante do filho que ela havia perdido. Consegue ver? Essa é a conexão que eu sinto. Acho que tive um irmão gêmeo que morreu. Isso explica a minha sensação de solidão, como se tivesse alguma coisa faltando. E os meus pesadelos, e as lembranças que me fazem sentir como se eu estivesse sendo separado de alguém e visse o meu próprio rosto num espelho.

— Houve uma criança — lembrou-se Lottie, ainda segurando o querubim nos braços. — Quando perguntei a Tom por que Helen era tão melancólica, ele me disse que ela havia sofrido um aborto.

— *Falou* isso mesmo? Tem certeza de que foram essas as palavras que ele usou?

— Você está insinuando que ele deve ter dito que ela perdeu um filho, e eu logo assumi que tenha sido um aborto?

— Foi no que todos nós acreditamos, não foi? Nós crescemos lembrando de uma menção distante de mamãe ter perdido um bebê e, por alguma razão, imaginando que ela tivesse sofrido um aborto. E nunca ninguém pôde tocar no assunto. Vamos supor que eu esteja certo, que eu tenha tido um irmão gêmeo que morreu quando era bem pequeno e que ela simplesmente não tenha conseguido suportar. E, então, papai morreu também, e ela perdeu a razão? Ela não falava do passado, falava? Sua expressão ficava inflexível e irritada. E eu era um lembrete constante dele, não era?

Lottie franzia a testa, pensativa.

— Sim, era. E então as fotografias...?

— Helena pintou o gêmeo de George nas aquarelas. Ele está sempre ali, junto com ele. Vamos supor que aquelas fotos que mamãe tirou de mim fosse a forma dela de se lembrar do meu irmão. Ela me vestia com roupas diferentes e em cenários variados, fingindo que ele estava ali, mas em um mundo ligeiramente diferente. É por isso que Im nunca estava nas fotos comigo. Mamãe nunca poderia ter fingido tão bem. Poderia? A arte se presta muito bem à fantasia.

Ele tomou o café, a mão trêmula. A solução para esse fardo carregado por tanto tempo, parecia um milagre; finalmente uma promessa de paz. Lottie o observava, compadecida. Colocou o querubim na mesa entre eles.

— Acredito que você tenha razão, que tenha mesmo tido um irmão gêmeo...

Ele a interrompeu, ansioso.

— Sinto isso com tanta força. Como se Helena estivesse aqui tentando me contar e pedindo para eu me lembrar do gêmeo de George. Poderíamos perguntar a Milo, não poderíamos? Mas não quero que ninguém saiba o que está acontecendo comigo.

– Nem mesmo Im?

Ele hesitou.

– Ainda não. Preciso me acostumar com a ideia. Embora, para ser honesto, isso pareça tão certo e natural que nem me soa como surpresa. Só um alívio imenso.

– Você só deverá contar para ela quando estiver tudo bem para você. – Bebeu um pouco mais de café, enquanto ele mantinha o olhar parado no jardim, absorto em seus pensamentos. – Preciso voltar para preparar o café da manhã. Venetia vai querer tomar sua xícara de chá.

Ambos se levantaram, e Lottie o abraçou apertado por um instante. Ele sorriu, sem dizer nada, ela lhe sorriu em retribuição e saiu pelo terraço, virando para a lateral da casa, chamando por Pud. Matt a observou afastar-se, pegou o pequeno querubim e entrou na casa. Com delicadeza, limpou os restos de terra da pedra e a secou com um pano macio. Carregando o querubim, andou pela casa, procurando um lugar apropriado para ele.

Subiu a escada, que fazia uma curva no meio e levava ao patamar do andar de cima, onde parou. Colocara um sofá pequeno ali, em frente à grande janela, com uma mesinha com livros e revistas. Colocou o querubim de lado no peitoril da janela, de forma que o olhar sorridente do anjo se voltou para o jardim, sentou-se no sofá e ficou ali, calado, com as próprias lembranças.

CAPÍTULO TRINTA E TRÊS

O tempo ficou frio e úmido, e os ventos gelados do sudeste castigaram as flores novas e delicadas. Durante duas semanas os passeios de Venetia na cadeira de rodas foram esparsos, mas, uma manhã, quando o vento gelado fora substituído pelo vento quente do oeste, Milo a levou a Dunster. De volta à sua pequenina casa, Venetia olhou ao redor, cheia de prazer; sentira falta dali mais do que percebera. Enquanto Milo se abaixava para pegar algumas cartas no chão do corredor, ela foi mancando até a sala de estar, completamente envolvida por uma sensação de retorno ao lar. Ficou de pé, amparada pela muleta, surpresa por se sentir tão forte. Afinal, estava se sentindo muito feliz na Casa Alta com Milo e Lottie – feliz por se sentir segura e por ter alguém cuidando dela –, mas, ainda assim, naquele momento, desejou poder voltar para casa. Sentia falta dos almoços improvisados com as amigas, das partidas de bridge seguidas por jantares em frente à lareira, assistindo ao que quisesse na televisão. Milo era um amor de pessoa, mas tendia a olhar com forte desaprovação para suas novelas favoritas e sempre ficava com o controle remoto. Lottie parecia não se importar muito – normalmente estava agarrada a um livro – e Venetia achara ligeiramente constrangedor dizer a ela que seus programas prediletos eram exatamente os que Milo considerava apropriados para deficientes mentais. Graças a Deus, ele adorava *The Archers*. Ficara também um pouco aborrecida pela mania dele de ficar em silêncio durante o café da manhã. Não havia suspeitado que ele fosse um daqueles homens que se escondiam atrás de um jornal. Por sorte, Lottie era uma pessoa bem-preparada para ser social durante as refeições e ignorava completamente as passagens irritadas que Milo dava nas folhas de jornal diante das explosões de alegria e as risadas delas.

Venetia voltou mancando para o corredor. Percebia agora que não era tão maravilhoso assim morar com Milo, embora Lottie parecesse muitíssimo feliz com seu sujeito curioso e desinteressado de viver. Quanto a ela, bem, seria muito bom tê-los por perto como companhia e também em uma emergência, mas sabia que logo estaria ansiosa para voltar para casa. Seguiu Milo até a cozinha.

– Já chequei tudo – disse ele. – Sem problemas. Deixei a porta que dá para o jardim aberta. Achei que gostaria de dar uma olhada lá fora.

– Ah, sim – disse ela. – Eu adoraria. – Seu querido jardim rodeado de paredes altas de pedras, com pouco espaço até mesmo para mais do que alguns arbustos: *Clematis alpina* delicadas e com flores arroxeadas, jasmins brancos e suas flores em forma de trompetes e talos enrolados, madressilvas que subiam por cima do telhado do pequeno abrigo de pedras e cujo perfume ela adorava.

Naquele dia, com o forte vento do oeste golpeando a cidade, o jardim permanecia protegido do vento; quente e abrigado.

— Você logo poderá vir para casa. — Milo parou atrás dela. — Mas não há motivo para ter pressa. Você precisa se recuperar totalmente, mas, com certeza, vai querer estar aqui no verão.

Venetia olhou para Milo, imaginando se ele estaria falando de acordo com o seu próprio ponto de vista ou se percebera o desejo dela de estar de volta, cercada por seus pertences. Ele olhava ao redor do pequeno jardim, com ar de aprovação, até mesmo de afeto, e ela sentiu profunda e inesperada afeição por ele. Ah, como as emoções eram confusas! Primeiro tendiam para um caminho e, depois, para outro.

— Será bom voltar para casa — admitiu ela, tentando não soar ansiosa demais para não magoá-lo.

Ele ergueu as sobrancelhas, como que surpreso por sua cautela.

— É claro que será. Não há lugar como a casa da gente, há? Vou lhe ajudar com os tonéis, os vasos e as outras coisas. Sei como você gosta de exibir a casa no verão.

— Bem, gosto mesmo. Não há lugar para erguer um muro devidamente, mas eu gostaria de fazer alguma coisa encantadora depois que a neve passar.

— Bem, podemos fazer isso juntos, se você quiser. — Olhou de lado para ela. — Prometo que não vou interferir. Irei simplesmente acatar ordens.

Ela explodiu numa risada.

— Esse vai ser *o* dia — observou, sarcástica. — Mas, sim, seria muita gentileza sua. Seria um pouco complicado para mim, sozinha, com uma só mão, embora esteja me recuperando rapidamente agora.

Eles voltaram para a casa, e Milo trancou a porta. Ela foi mancando na frente, pelo corredor, parando na base da escada onde ficara caída, sentindo tanta dor e sofrimento. O pânico a envolveu. Lembrando-se do medo e da impotência daquele momento, imaginou se, afinal

Casa de Verão

de contas, não deveria optar pela segurança, e ficar na Casa Alta. Ficou parada ali, apertando a muleta, lutando contra o pânico: lembrando a si mesma que aquele conjunto de quartos da Casa Alta ficaria aguardando por ela, caso precisasse de ajuda ou companhia. Sua coragem logo se restabeleceu, e ela endireitou a postura: ainda não estava pronta para abrir mão de sua independência.

— Não vou tentar subir as escadas — disse. — Você pegou as cartas, Milo?

— Estão no meu bolso — respondeu. — Podemos tomar alguma coisa no Lutts?

Ela pensou em sua sugestão; um drinque no Luttrell Arms seria muito agradável, e talvez um almoço também. Milo lhe prometera o dia fora, e ela estava determinada a se divertir o máximo que pudesse.

Sapeca observava Pud com muita cautela. Cada vez que o cachorro mais velho se mexia durante o sono, o rabo de Sapeca batia ansiosamente. Pud, no momento, continuava a dormir, e Sapeca, relaxado, tomava conta do chão do jardim de inverno, mantendo um olho na figura deitada de Pud.

Im e Lottie observavam, achando graça.

— É muito bom para Sapeca ter Pud para lhe ensinar como agir — disse Im. — Acho que eles gostaram muito da caminhada, não gostaram? Pobrezinho do Pud. Sapeca é meio chatinho, mas, mesmo assim, ele foi muito paciente na maior parte do tempo.

— Ele está se saindo muito bem — concordou Lottie. — É sempre bom ter um cachorro mais velho para mostrar as coisas a um filhote, e é bom para Pud também. Sapeca o deixa bem animado. Como está Jules?

— Está bem. Ouça, tenho boas notícias. O casal Webster nos ofereceu a compra do celeiro.

— Sério? Ah, mas isso é fantástico! Estranho não terem oferecido desde o início. Por que agora?

— Não sei. Acho que, na primeira vez que falaram com Jules, eles queriam um inquilino permanente e não temporário, mas, como a maioria dos fazendeiros no momento, eles devem estar com pouco dinheiro e por isso resolveram vender. Acho também que eles sabiam que tínhamos a intenção de comprá-lo, e parece que gostam de nos ter como vizinhos. É uma ideia maravilhosa, porque nós gostamos muito de lá, mas nunca imaginamos que quisessem vender. É bem pequeno, mas está bom. Adoro a localização e a vista.

— Então nenhum pesar com relação à Casa de Verão?

— Nenhum. O celeiro é o ideal para nós, e estou começando a colocar meu projeto em andamento. Sabia? Organizar férias em Exmoor para famílias jovens. Há muito o que pesquisar, mas estou adorando. Espero que dê certo.

— Acho a ideia esplêndida. Imagino que você irá checar todos os haras pessoalmente.

— Com certeza. Mal posso esperar para montar um cavalo de novo. Acho que estou pronta. Precisei superar aquele pavor de correr qualquer tipo de risco depois que Rosie nasceu, mas estou bem agora. Matt vem almoçar conosco?

— Sim, vem. Acredito que chegará a qualquer momento.

Sapeca encontrou a bola de Pud. Empurrou-a com a cabeça e ela saiu rolando; correu atrás dela, mas a bola acabou batendo em Pud, que acordou sobressaltado, com um latido agudo. Rosie, que dormia profundamente em seu carrinho, mexeu-se até acordar, e Im suspirou.

— Nossos cinco minutos de paz chegaram ao fim. Posso ajudar com o almoço?

Casa de Verão

* * *

Im debruçou-se sobre as aquarelas, analisando cuidadosamente cada uma. Além dela, pela janela, Matt viu Lottie e Rosie brincando com os cachorros no jardim. O jardim de inverno estava preenchido por cantos de pássaros e sol, embora os ventos do oeste ainda soprassem.

– E você acredita mesmo nisso? – Levantou a cabeça para encará-lo, chocada. – Acha que teve um irmão gêmeo que morreu?

Ele concordou com a cabeça.

– Tudo se encaixa, se você parar para pensar. Isso explica a forma como mamãe se comportava conosco; com você e comigo, quer dizer. Eu consigo me lembrar de como ela foi feliz. Tenho lembranças dela rindo, brincando comigo e com outra pessoa, e então percebi que isso foi antes de você nascer, portanto, deve ter existido outra criança. E isso também explica aquele sentimento que eu sempre tive de ter sido separado de alguém.

– E há quanto tempo suspeita disso?

Ele balançou a cabeça e encolheu os ombros.

– Não muito tempo. Ainda assim, sinto como se sempre tivesse sabido. O fato de ninguém nunca ter falado dele não ajudou, claro. Quando se é pequeno, as lembranças precisam ser alimentadas, não é? Enfim, umas duas semanas atrás encontrei as aquarelas e vi o desenho meio fantasmagórico desse menino, então foi aí que comecei a ter a sensação esmagadora de que me identificava de alguma forma com ele. Acho que o irmão gêmeo de George nasceu morto, motivo pelo qual não há registro dele em lugar nenhum, a não ser o querubim. Milo não se lembra nem de ter ouvido falar dele. Mas Helena nunca se esqueceria, certo?

Im arrepiou-se; abraçou-se e olhou pela janela, para onde Rosie cambaleava, segurando firme na mão de Lottie e gritando, encantada.

— Claro que não se esqueceria. Ai, Matt. Que horror! Pobre Helena. E pobre mamãe. Mas você acha que seu irmão gêmeo viveu?

Ele fez que sim com a cabeça.

— Eu me lembro dele. Eu me lembro de vê-la levantando-o no alto e de vê-lo sentado à minha frente, no banho ou no carrinho, talvez, e era como se eu estivesse olhando para mim mesmo. São apenas flashes, mas tenho certeza agora.

Ela ficou um minuto em silêncio.

— Mas o que teria acontecido com ele?

— Acredito que tenha morrido de alguma doença no Afeganistão e, depois disso, ela não conseguiu mais suportar. Entende? Deixá-lo lá enquanto nós voltávamos para casa. Acho que papai pediu às pessoas que não tocassem no assunto porque isso a aborrecia muito. E aí ele morreu lá também, e foi a gota d'água.

— Ai, meu Deus, que tristeza. — Havia lágrimas em seus olhos. — Que terrível para você, Matt.

— Bem, de certa forma, sim. Mas, por outro lado, é um tremendo alívio. Explica todos esses sentimentos estranhos que tenho. Eu só gostaria que nós tivéssemos alguma prova, mas tudo aconteceu há muito tempo e não sobrou ninguém vivo para eu perguntar. Acredita que possa ser verdade?

Im ficou olhando para o irmão.

— Acredito, se você acreditar. Explicaria por que mamãe foi tão infeliz. Posso entender como deve ser horrível perder um filho; ainda mais num país estrangeiro. E, depois, também papai. E se faz sentido para você, se acha que se lembra dele... Por que pensa que era um menino?

Matt franziu a testa, refletindo sobre o assunto.

Casa de Verão

— Apenas sinto. E acho que isso explica as fotografias.

— Fotografias? Ah, aquelas fotos suas em que eu não apareço? As fotos em que você não reconhece as roupas e as coisas?

— Hum-hum. Fiquei pensando se ela fez isso para tentar fingir que ele estava perto, de alguma forma. Mais ou menos como o fantasma nas aquarelas. Uma lembrança.

Im tremeu de novo.

— Acho isso meio arrepiante. Mas, se você pensa assim... É que é muito ruim imaginar que tivemos um irmão e não chegamos a saber sequer o nome dele. Deve haver alguma coisa. E quanto a uma certidão de nascimento?

— Procurei por todos os documentos que nós temos, mas suponho que qualquer prova que existisse deve ter sido completamente destruída.

— Bem, acho isso muito errado, se quer saber minha opinião. — Im olhou mais uma vez pela janela. — Acredito que nós tínhamos o direito de saber a verdade.

— Depende do grau de desespero dela. Tente ver dessa forma.

— Estou tentando — disse Im, com os olhos na filha. — Está bem, só preciso me acostumar com a ideia. Lembre-se de que você teve algumas semanas para isso.

— E não foi bem um choque — disse. — Acho que, de um jeito ou de outro, eu estava meio que esperando algo assim. Isso explica várias coisas, o que ajuda bastante. Sinto muito por assustar você, Im, mas eu queria que soubesse.

Ela se virou de novo para o irmão, as lágrimas ainda brilhando nos olhos.

— É claro que você tinha que me contar, Matt. Vai ficar tudo bem. O que Lottie acha? Ela também nunca desconfiou de nada?

Matt negou com a cabeça.

— Está claro que foi um segredo muito bem-guardado. — Fez uma pausa, pôs o braço sobre os ombros da irmã, e eles ficaram parados por um momento, olhando para o jardim. — Quer ir lá para fora ficar com elas? — perguntou, por fim.

Imogen concordou, e eles saíram em direção ao sol e ao vento.

CAPÍTULO TRINTA E QUATRO

Matt sentou-se na varanda da Casa de Verão: estava confuso e decepcionado. Tinha mesmo acreditado que sua descoberta começaria a desbloquear seus poderes criativos, que se livrar do peso que sentira por toda a sua vida liberaria inúmeras ideias. Ainda assim, o bloqueio permanecia e, junto com ele, a suspeita insistente de que havia mais a ser revelado. Uma lembrança continuava a incomodá-lo, não deixando que a verdade viesse à tona. Mas que lembrança era essa? Tão certo estava ele de que seu longo período de frustração havia acabado, que concordara com a sugestão de Annabel de ir até lá para outra visita. Naquele momento, ele certamente conseguiria se livrar das sombras e ser natural e livre com ela; isso fora o que dissera a si mesmo sob a luz empolgante de sua nova descoberta.

— Não estou pronto para receber Annabel na Casa de Verão — dissera a Lottie, rezando para que ela entendesse. — Sei que parece estranho, mas ainda não estou com vontade de fazer esse tipo de convite. Se é que algum dia estarei. Posso me mudar de novo para o sótão por alguns dias e hospedá-la de novo aqui? Sinto muito, Lottie.

Sei que parece patético, mas não quero dar a ela nenhuma impressão falsa. E também a Casa de Verão está mobiliada apenas pela metade, e nós ficaríamos amontoados, se é que me entende. Seria diferente se fôssemos...

Parara de falar, sentindo-se infeliz e inadequado, mas Lottie entendera muito bem a situação.

– Concordo que isso poderia passar a mensagem errada – respondera. – É claro que ela pode vir para cá. E quanto a você, nem precisa perguntar. Já sabe a resposta.

Se ele ao menos pudesse se decidir com relação a Annabel! Sabia que ela não era o tipo de mulher que aceitaria quaisquer gestos com tranquilidade, e qualquer avanço na amizade atual, definitivamente, se transformaria em compromisso. E ele, com certeza, não se sentia pronto para tanto.

Ficou parado, esvaziando a mente, aguardando alguma ação criativa; o fragmento de uma ideia ou o espectro de um personagem. O canto dos pássaros e o murmúrio do riacho foram suas únicas recompensas, e ele abriu os olhos sentindo-se ainda confuso e frustrado. Seguiu-se um movimento brusco entre as raízes do lilás, um pequeno farfalho, e Matt se inclinou para ver o que era. A criatura era maior do que um pássaro, tinha cor clara e era listrada, malhada de sol e sombras. O gato saiu para a grama; apalpou uma folha e sentou-se sobre as patas traseiras. Matt viu sua boca abrir-se num rápido bocejo cor-de-rosa.

Ao observá-lo, lembrou-se de duas coisas: do gato caramelo nas aquarelas e de alguma outra coisa, que, naquele exato momento, lhe fugia à mente. O gato se aproximou. Matt levantou-se e foi encontrá-lo. Ele era muito bonito, muito dócil; agachou-se e lhe estendeu a mão. O bichano fez pressão contra a mão de Matt, deu um miado prolongado e ele o pegou no colo, acariciando-o com o dedo e falando

Casa de Verão

baixinho. Uma rápida olhada mostrou-lhe que era macho, e ele o levou para dentro da casa, ainda falando:

— Pobrezinho. De onde você veio? Está com fome? — E durante todo o tempo ficou pensando no gato da aquarela... e na outra coisa, que ainda permanecia fora de alcance.

Na cozinha, partiu um pouco de pão e pôs numa tigela com leite, colocou-a no chão e observou o gato comer avidamente. Não fazia ideia de que outro alimento dar ao bicho, mas ele pareceu satisfeito e começou a examinar o ambiente à volta. Matt procurou na pasta de aquarelas até encontrar o gato na cadeira; cor de caramelo, exatamente como aquele ali. Olhou-o, imaginando se haveria alguma pista que pudesse incitar sua memória. Havia mais pinturas com o gato, e ele procurou por elas, na esperança de que pudessem mostrar algo importante. Ali estava ele, sentado com o rabo em volta do corpo, observando George brincar; em outra, atravessando o gramado, o rabo espichado; a próxima aquarela o mostrava na sombra, com alguns raios de sol, que davam ao seu corpo uma aparência listrada, tigrada, e sua expressão de prazer mais parecia um sorriso malicioso.

A pontada que sentiu ao reconhecer a cena o surpreendeu, mas ele não conseguia perceber a razão. O gato estava de volta, enrolando-se nos tornozelos de Matt, seu ronronar semelhante a uma chaleira fervendo. Matt inclinou-se para pegá-lo e encostou-o por alguns segundos no rosto, ainda pensando naquele mistério.

— Vamos lá — disse ao bichano. — Vamos dar uma caminhada.

Milo estava no jardim, tentando decidir se a grama estava seca o bastante para ser cortada. Cumprimentou Matt distraidamente, mas olhou com atenção para dentro da sacola de lona que Matt lhe estendeu.

— Não era minha intenção ter um gato. Ele acabou de aparecer e não sei bem o que fazer com ele.

— E você tem que fazer alguma coisa? Vai ver é de alguém da vila e está apenas dando um passeio pelo jardim.

— Bem, acho que tem razão. — Matt surpreendeu-se com o quanto ficou decepcionado. — Os gatos agem assim?

— Meu caro, como vou saber? Nunca fui um fã de gatos. Talvez Venetia saiba. Ela já teve alguns. Ela está por aí. Agora, o que acha desta grama?

— Eu acho que o seu cortador de grama simplesmente deixará o solo em pedaços — disse Matt. — Ela está muito molhada.

Milo fez cara de quem não gostou.

— Você provavelmente está certo. Não deixe Pud ver esse gato. Ele vai achar que é almoço.

Matt riu.

— Pud não seria tão grosseiro. Vamos lá, gatinho. Vamos encontrar Venetia.

Venetia estava caminhando no terraço, ao qual tinha acesso pelas portas de vidro da sala.

— Veja só! — gritou, alegremente. — Sem muleta. Mas não consigo fazer isso por muito tempo, porque fico cansada. É frustrante. O problema de quando se fica velho é que se demora mais para sarar.

— Acho que você está se saindo bem — disse-lhe Matt. — Melhor não se apressar, certo? Preciso de sua ajuda, Venetia. — E estendeu a sacola.

— Ooooh! — exclamou ela suavemente. — Mas que lindinho. Eu não sabia que você tinha um gato, Matt.

— Ele apareceu aqui hoje de manhã, e não sei o que fazer com ele. Eu já lhe dei pão e leite.

Casa de Verão

— Espere — disse ela. — Deixe eu me sentar para vê-lo direito. Venha cá para a sala.

Ela se sentou no sofá, e Matt pôs a sacola em seu colo. O gato saiu cautelosamente da bolsa, com um ar interrogativo, e Venetia riu.

— Ele é lindo e muito bem-cuidado. De onde você acha que veio? Matt encolheu os ombros.

— Milo acredita que tenha vindo da vila.

Venetia franziu a testa.

— Acho que não. É muito longe até mesmo do bairro mais próximo, e ele não tem idade para se afastar tanto assim de casa. Estranho. No entanto, Milo pode ter razão. Você vai ter que colocar um aviso na vila e outro no correio de Allerford. Ele é um gato bonito, e deve ter gente sentindo a falta dele.

O gato pulou para o ombro de Venetia e caminhou pelo encosto da poltrona. Matt o observou.

— Acha que ele pode ter sido abandonado?

Os olhos de Venetia se arquearam, surpresos.

— Em Bossington? Não é muito provável, é? As pessoas costumam fazer isso nas estradas.

— Bem, nem sempre é fácil chegar à estrada. Vai ver foi dado como presente para alguém que não pôde ficar com ele e o deixou na vila, na esperança de que fosse encontrado e cuidassem dele.

Ela o olhou, sorridente.

— É uma história bem plausível. Qualquer um pode ver que você é escritor. Acredito que finalmente tenha amolecido seu coração, Matt. Está com vontade de ficar com ele, não está?

Ele riu.

— Meu coração não é tão duro assim. E, sim, eu gostaria de ficar com ele.

Ela pegou o gato e segurou seu corpo pequeno, que se contorcia.

– Confesso que, no seu lugar, eu também iria querer ficar com ele. Muito melhor do que aquela chata da Annabel.

Matt conseguiu resistir à vontade de responder que Annabel não era problema dela; afinal de contas, no fundo, concordava com Venetia.

– Ela está vindo para cá de novo, amanhã – contou-lhe. – Portanto, espero que você não fale isso com ela.

– Seria melhor para todos se eu falasse – respondeu, certeira. – Termine com esse namoro de uma vez. E não me mande cuidar da minha vida. Você simplesmente está fora de si, Matt. Sabe disso.

Matt sentou-se ao lado dela e pegou o gato.

– Como você pode ter tanta certeza com relação às coisas do coração? – perguntou. – Acabou de dizer que eu tenho um coração de pedra, porque não me apaixono nem tenho casos confusos. Detesto confusões. Como saber se alguém é mesmo certo para você, Venetia?

Ela suspirou:

– Minha mãe tinha uma boa resposta para essa pergunta. E para outras questões também. Ela costumava dizer: "Na dúvida, não faça." Você está se prendendo a Annabel por medo de que possa perder alguma coisa caso a deixe ir embora, mas, enquanto isso, não está se afeiçoando mais a ela, está? Bem, o amor não funciona assim. Não precisa ser amor à primeira vista, porém, se *for* amor, então sempre haverá alguma prova. Lembra daquela regra antiga? "Está com vontade de vê-la? Vontade de tocá-la?" Se não estiver, não é amor.

– Para ser honesto – disse ele, deixando o gato subir em seu ombro. – Não penso nela há dias. Eu simplesmente me sinto culpado, porque acho que deveria ser capaz de corresponder ao amor dela de alguma maneira.

Casa de Verão

– Ah, não seja tolo! – respondeu Venetia, impaciente. – E, em todo caso, ela não é a pessoa certa para você. Pode acreditar no que estou dizendo.

Deu um sorriso disfarçado, e ele começou a rir.

– Você faz isso soar tão simples.

– *É* simples. Decida-se e tome uma atitude. Agora, algo muito mais importante: o que você vai fazer com esse rapazinho?

Mais tarde, Lottie apareceu na Casa de Verão carregando uma gaiola pequena.

– Milo achou que isso poderia ser útil – disse ela. – Pud costumava viajar aqui dentro quando era filhote. Você podia procurar o Richard, lá em Antlers, e arrumar uns potinhos de comida para gatos. Onde está ele?

Matt a conduziu à sala de estar e apontou. O gato estava enrolado no assento aveludado da poltrona de madeira, adormecido. Ficaram os dois juntos, olhando para ele.

– Estranho, não? – disse Matt, finalmente. – Exatamente como na pintura.

– Você acha que tem algo mais. – Era uma afirmação. – Alguma coisa que você não sabe.

Ele concordou.

– É muito frustrante. Pensei que estaria tudo acabado, entende? E embora seja trágico, estava me acostumando, porque, de certo modo, eu já sabia, se é que compreende o que estou dizendo.

– E por que acredita que não acabou?

– Ah, não sei. – Virou-se e andou pela varanda. – Porque achei que todos os meus pesadelos estavam ligados ao fato de eu não saber, e achei também que, quando eu descobrisse, seria capaz de escrever de novo. E me sinto tão desesperado quanto antes. Se eu não conseguir escrever agora, não conseguirei nunca mais.

— Mas isso não faz muito sentido, faz? — perguntou ela, gentilmente. — Afinal de contas, você escreveu *Epiphany* sem saber de nada, não foi? Na verdade, o livro surgiu de todas essas coisas que você chama de "pesadelos". Está começando a entender seu passado, Matt; os fatos estão sendo revelados. Talvez o novo livro vá surgir depois que tiver tido tempo para assimilar tudo direito.

— Eu ainda sinto como se houvesse algo mais. — Ele se sentou num dos degraus da varanda. — Mais alguma coisa. O gato me fez lembrar disso, e eu olhei de novo as aquarelas.

— E?

— E nada.

Matt ficou inconsolável, os braços nos joelhos, olhando para o jardim, e ela sentiu uma grande onda de compaixão.

— Ainda não acabou. — Ela falou sem pensar e viu os músculos ficarem tensos sob a camisa dele. — Tente não se estressar com relação ao que quer que seja. Dê tempo ao tempo e procure aproveitar a vinda de Annabel.

Matt bufou.

— Venetia acha que eu deveria terminar com ela.

— Isso não é da conta dela. Você gosta de Annabel, Matt?

— Não faço ideia — respondeu, melancólico. — Sinto-me como o príncipe Charles quando disse: "Seja lá o que for o amor." Eu simplesmente não consigo me concentrar em nada, esse é o problema. Percebo que esse assunto está me enfraquecendo emocionalmente e não quero viver dessa forma. Por que sou assim, Lottie?

Ela respondeu com ênfase:

— Acho que você teve um irmão gêmeo e que alguma coisa traumática aconteceu quando ele morreu. É claro que isso afetou muito

Casa de Verão

Helen, mas, por você ser tão pequeno, ninguém entendeu direito o efeito que possa ter surtido em você. Esses seus "pesadelos" são um resultado direto desse trauma, mas o simples fato de saber a verdade talvez não seja suficiente para colocar um fim imediato a eles ou para resultar num fluxo repentino de criatividade. Dê-se um tempo para poder saber, em vez de só suspeitar. E talvez você tenha razão, talvez haja mesmo mais uma peça a ser encontrada nesse quebra-cabeça. Você já esperou trinta anos, Matt. Precisa apenas de um pouco mais de paciência.

Lottie parou de falar, mas ele não respondeu, então ela procurou um assunto leve para abordar.

— Tenho a impressão de que você arrumou esse gato para a vida toda. Por desencargo de consciência, vamos perguntar lá na vila, mas, por enquanto, será que não podemos ir a Porlock comprar comida e outras coisas na loja do Richard?

Ele concordou, virando-se e sorrindo, tentando se livrar do peso que sentia, e o coração de Lottie se compadeceu.

— Não foi uma sorte o casal Moreton adorar gatos e ter uma portinhola na porta dos fundos? O que você fará com ele enquanto Annabel estiver aqui?

Matt levantou-se.

— Já pensei nisso — respondeu —, e decidi fazer um teste. Vou colocar comida na cozinha nos dois próximos dias, mas não vou deixar que ele vá para a Casa Alta. Espero que nós todos fiquemos de olho nele. Se ainda estiver aqui quando eu voltar, então saberei que é para ele ficar. O que acha?

— Parece razoável para mim. — Lottie pensou no assunto. — No início, seria mesmo melhor para ele não ficar confuso sobre onde mora, e os gatos são muito independentes, não são? Vamos perguntar a Venetia. Ela saberá dizer. Será interessante ver se ele estará nos esperando quando voltarmos de Porlock, ou você vai trancá-lo aqui dentro?

— Não. Ele veio de livre e espontânea vontade e poderá ir embora quando quiser. Sou muito realista com relação a essas coisas.

Ela concordou, mas, apesar da determinação em dar liberdade ao gato, Lottie pôde ver que Matt esperava que ele ainda estivesse ali quando voltassem.

CAPÍTULO TRINTA E CINCO

Estava muito ensolarado; muito quente. Nenhum vento soprava sobre a samambaia. Uma abelha felpuda, de listras pretas e douradas, pairava bem alimentada na boca de uma dedaleira, e o ar quente e suave encontrava-se carregado do aroma das flores do tojo. Lá no canal, dois navios de carga flutuavam num mar cristalino que parecia se juntar com o céu: uma tremeluzente parede de calor.

Do outro lado do vale, em Hurlstone Point, um fascinante arco de luz brilhava e deslumbrava. A asa melíflua e curva de uma asa-delta erguia-se suavemente, virando e pairando bem acima do rochedo. Como se por mágica, outras asas-deltas — verdes, vermelhas e prateadas — uniram-se à primeira; suaves e lentas, elas subiram e se precipitaram numa dança aérea.

Matt apoiou-se sobre os cotovelos, observando pelos binóculos. Estava deitado numa toalha, ao lado do carro, junto com os restos de um piquenique. A poucos centímetros dali, Annabel tentava atrair um tordo.

— Ele é bem mansinho — dizia ela, ficando de cócoras, jogando os cabelos para trás. — Não é fofo?

Matt sentiu como se estivesse com a boca cheia de farinha. Ou qualquer outra substância que não o deixasse falar direito. Desde que tinham saído de Casa Alta, ela vinha representando um papel; estava determinada a fazê-lo vê-la como esposa. A conversa durante o café da manhã passara pelo assunto escritores, as dificuldades de estar com alguém que vivia em outro mundo, e Matt partira para uma boa dose de implicância bem-humorada.

— Autoabsorção — declarara Milo, tentado, atrás do jornal, a dar um pouco de ação — é a palavra que me vem à mente. Não dá para conversar com Matt quando ele tem uma história na cabeça. É assim desde criança. Os olhos brilham, a atenção vaga. Pode muito bem falar sozinho.

E Lottie contara a história do autor que havia encontrado em um casamento. Ele falara de si mesmo durante todo o café da manhã oferecido aos convidados e depois dissera: "Bem, agora chega de falar de mim. Vamos falar do meu livro."

Estava claro que Annabel ficara dividida entre falar de suas próprias experiências engraçadas com autores e defender Matt.

— Mas vale a pena, não vale? — perguntara. — Veja só o sucesso incrível de Matt.

Ela sorrira de forma compreensiva, um sorriso do tipo "estou do seu lado", que fora extremamente embaraçoso e deixara os outros três momentaneamente em silêncio, até um deles mudar de assunto. Desde então, ela decidira mostrar que, por mais antissociais, cansativos e singulares que fossem os escritores, *ela* era geneticamente preparada para lhes dar apoio e encorajá-los: e a ele em particular.

Agora, olhava por cima do ombro, e ele forçou um sorriso.

Casa de Verão

— Adorei sua casinha — disse ela. — Ela tem uma história tão romântica, não tem? A bisavó de Milo tê-la construído especialmente para poder pintar.

— Muitas pessoas costumavam fazer extravagâncias como essa — respondeu, distraído. — É o que ela foi.

Matt percebeu em seguida que não queria se estender sobre a Casa de Verão, embora tenha sido obrigado a mostrá-la a Annabel. Ela ficara empolgadíssima com tudo, até mesmo com o gato.

— Ah, Matt, ele é tão fofinho! — exclamara. — Eu não sabia que você era fã de gatos.

— Nem eu sabia — dissera ele, fingindo indiferença. — Ele simplesmente apareceu do nada, e eu estou aguardando para ver se alguém na vila vai reclamá-lo.

Percebera então: não queria que ela ficasse sabendo do gato, ou de Helena, ou de George e de seu irmão gêmeo fantasma. E, certamente, não queria que ela soubesse de sua história. Na varanda da Casa de Verão, tomara sua decisão, e agora só faltava contá-la a Annabel.

— Talvez seja melhor a gente ir embora, se vamos tomar chá com Im — sugeriu ele. Levantou-se e começou a arrumar o cesto de piquenique e a sacudir a toalha. Olhou para trás, na direção de Hurlstone Point, mas a dança no céu já havia acabado e as asas melífluas já estavam dobradas.

Annabel ajudou a arrumar as coisas do piquenique, sentindo-se furiosa. O que quer que dissesse ou fizesse não a levava a lugar algum, e simplesmente temia voltar a Londres e ter que dizer aos amigos que ela e Matt não estavam mais juntos. Enquanto recolhia os pratos, ficou pensando nas últimas 24 horas. Para início de conversa, não havia se preparado para o fato da desagradável Venetia estar hospedada na Casa Alta; aquela bruxa velha a fazia sentir-se nervosa, como se pudesse enxergar através dela, enquanto Lottie e Milo eram muito gentis e faziam com que se sentisse em casa – embora não exatamente como namorada de Matt, nem como alguém que fosse *especial* para ele.

E, então, fora mais ou menos um choque, não dos bons, quando descobrira que a casinha de Matt ficava logo ali, colada à casa de Milo, que os jardins se conectavam e que tinha ainda todo aquele ir e vir entre eles. É claro que era uma casa muito bonitinha e que, sem dúvida, fazia valer a pena aguentar todo aquele caráter comunitário para tê-la, *mais* aquele belo apartamento em Londres. Era perfeita como refúgio; um lugar de recolhimento no fim de semana. Mas havia ainda aquele bloqueio por parte de Matt. Ele a tratava como amiga e só; nada mais pessoal; nada mais íntimo. Ao que parecia, ele tinha tido alguns relacionamentos, nenhum muito duradouro, e ela soubera que as mulheres haviam ficado muito tristes quando ele terminara. Talvez, desde *Epiphany*, ele tivesse ficado com o pé atrás, com medo de que as mulheres se interessassem por seu dinheiro.

Annabel sentiu certo desprezo: se fosse o caso, ficaria simplesmente por perto até ganhar a confiança dele. Era boa em esperar. E agora eles estavam saindo para ver a irmã dele, sua filha chatinha e, como se já não bastasse, um filhote de cachorro também. Para falar a verdade, ela não era mesmo uma pessoa que gostava de bichos, mas conseguiria fazer uma boa encenação, se necessário fosse; como a que havia feito com Pud e com aquele infeliz gato. Não havia nada pior do que catinga de gato em casa, a não ser pelos de cachorro espalhados por toda parte. Se as coisas mudassem um pouco, teria que fazer alguma coisa com relação ao gato. Queria que Matt voltasse para Londres. Lá era tão mais o jeito dela, e adorava o apartamento dele.

Casa de Verão

Depois de tudo arrumado, o carro saiu sacolejando pelo caminho até a estrada. O tordo saltou da proteção do arbusto e começou a bicar as últimas migalhas.

— Tem sido meio estranho — disse Im. — Não consigo parar de pensar na mamãe e desejar que eu tivesse sido um pouco mais, bem..., gentil. Se alguma coisa acontecesse com Rosie, eu ficaria fora de mim, e quando paro para pensar nisso, Matt, ele devia ter a idade dela, não?

Eles ficaram juntos, perto das portas grandes que davam para o jardim, observando Annabel brincar com Rosie e Sapeca.

— Por que está dizendo isso? — perguntou Matt. Não perguntou a quem "ele" se referia; sabia quem era.

— Porque você estava numa idade em que podia se lembrar de algumas coisas, mas não de outras. Não consegue se lembrar do nome dele, mas consegue se lembrar de ver mamãe brincando e rindo com vocês dois. E, é claro, ninguém nunca se referiu a ele depois disso; portanto, ele nunca entrou para a história coletiva da família. A memória da gente tende a ser muito fragmentada sob tais circunstâncias. Acredito que você não devesse ter mais que 1 ano e meio, no máximo. E grande parte das nossas primeiras lembranças está ligada ao que as pessoas nos contam. A sabedoria que recebemos realça coisas das quais podemos nos lembrar e dá forma às imagens. Você não teve nada disso. Pobre da mamãe. Achei que tudo tinha a ver apenas com papai, e que ela deveria ter sido capaz de se recompor por nossa causa. Afinal de contas, pense em todo aquele exército de jovens viúvas. Eu sei que elas também perderam seus filhos, e nem por isso beberam até a morte, mas, mesmo assim, eu ainda gostaria de ter *ficado sabendo antes.*

— O negócio é o seguinte — disse Matt, após um momento —, nós não tínhamos condições de ser mais pacientes com mamãe naquela época. Talvez seja preciso ter filho para entender o que ela estava passando.

— Talvez.

Im ficou calada. Nas mãos, segurava um brinquedo: uma boneca russa de cores vivas, que ela ficava revirando e alisando com os dedos, os olhos fixos em Rosie. Matt a observou, alguma coisa incitou sua memória, e então Rosie os chamou e Annabel acenou.

— Eu ainda acho que ela não é mulher para você.

— Eu também — concordou ele. — Chato isso, né?

— Então fale com ela — disse, com voz grave. — Não enrole.

— Não vou enrolar — respondeu ele, aborrecido. — Tomei uma decisão hoje de manhã e estou esperando o momento certo, só isso. Ela volta amanhã cedo para Londres.

— Bem, desde que você não faça isso por mensagem de texto nem por e-mail — aconselhou-o; colocou a boneca sobre a mesa e saiu para o jardim.

Matt hesitou, pegou a boneca, abriu-a, viu a bonequinha menor dentro e dois pensamentos colidiram em sua mente. Um deles foi a imagem mental do gato de madeira pintado, que ficava dentro da caixa marchetada da mãe, e o outro foi um choque muito mais profundo. Se a mãe havia tirado as fotografias com o propósito de criar uma fantasia, então quem havia tirado aquela última foto? Ele praticamente tinha se esquecido dela — mas quem a teria tirado e por que a enviara para a agência, sem qualquer mensagem ou explicação? Estaria enganado com relação às fotos?

O grupo no jardim chamava por ele e, fazendo um tremendo esforço para controlar o choque, Matt foi ao encontro deles.

CAPÍTULO TRINTA E SEIS

A viagem a Taunton fora difícil. Por sorte, Annabel precisava pegar o primeiro trem para Londres para chegar ao escritório na hora do almoço, e isso quis dizer que o dia começou cedo. A caminho da estação, Matt lhe explicou que não a veria de novo: não exatamente assim, pois não queria lhe dar uma impressão errada. Ela ficara em silêncio, mordendo o lábio, virando e torcendo as mãos enquanto olhava para a frente. Matt lhe dissera que não seria justo deixá-la acreditar que o relacionamento deles era algo mais que uma simples amizade. Então ela o interrompeu, dizendo que não queria nada mais do que tinham, e que, com certeza, eles poderiam continuar se vendo, pois se divertiam muito juntos.

Desesperado, ele concordou que eles haviam se divertido muito, é claro que sim, mas era melhor que ela não se iludisse; ele tinha muitas amigas mulheres e não estava pronto para nenhum tipo de compromisso, pois tinha um livro para escrever. Detestara a forma como soara, mas todos os seus instintos de autopreservação o avisavam de que não devia ceder nem 1 centímetro no assunto e que seria cruel alimentar nela qualquer tipo de esperança.

Annabel saiu do carro num silêncio pesado e pegou a bolsa.

– Por favor, não espere – disse com frieza, e ele apenas se certificou de que o trem sairia no horário correto e foi embora.

Sentira imenso alívio quando chegara à Casa de Verão e o gato viera recebê-lo, ronronando e se enrolando em torno de seus pés. Fez café e o levou para a varanda. O jardim estava muito abafado e, em algum lugar perto dali, pôde ouvir o canto de um cuco. Ficou em silêncio, permitindo que a paz o envolvesse, abrindo a mente e a esvaziando; a presença gentil ao seu alcance, confortando-o, preparando-o. Visões encheram sua mente: o gato listrado e tigrado sob a árvore lilás; Im revirando a boneca russa nas mãos; aquela última fotografia.

Matt abriu os olhos. Ficou imóvel, confuso com as imagens, então levantou-se e entrou. A caixa marchetada, que ele havia trazido de sua última visita a Londres, estava em uma prateleira na sala de estar. Ele a pegou e a levou de volta à varanda. Ao abrir a tampa, na mesma hora, foi transportado de volta no tempo; correndo para a mãe, segurando tesouros.

– Devemos colocá-los na caixa, mamãe? – E então a cerimônia de virar a chave, que ele deixara em sua pequena fechadura.

O envelope que continha a carta do pai ainda estava lá, e a bolsinha de camurça da avó com o lenço de seda, também. Os pequenos tesouros que ele podia colocar dentro fazia muito haviam-se perdido, mas o gato de madeira ainda estava ali. Pegou o objeto listrado e tigrado nas mãos e lembrou-se que o maior mimo que recebia era brincar com ele. Como a boneca russa de Im, o gato se separava em duas metades, embora, nesse caso, ele revelasse um gatinho menor, e depois outro, até a surpresa final: um ratinho pequenininho. Matt

Casa de Verão

rodou suavemente as duas metades, mas elas não se separaram, então foi obrigado a usar mais força. Assim que conseguiu, viu a razão. Em torno do gatinho seguinte, havia uma folha de papel: uma folhinha bem fina de papel de carta azul.

Matt a desenrolou e a esticou sobre o joelho: observou as palavras, mal conseguindo entendê-las:

Perdoe-me. Seu filho David está aqui conosco. Está seguro. Nada de ruim acontecerá a ele. Por saber que sou estéril e infeliz por não ter um filho, Taji o trouxe para mim. Taji é minha sobrinha e ficará conosco como babá. Ela agiu mal, muito mal. Mas o ama também e disse que a senhora tem outro filho e mais um na barriga. Meu marido ocupa um alto cargo no governo e acredita que David é o filho amado de Taji. Ele lhe dará um lar bom e feliz. Fará isso sem querer nada em troca. Nós já o amamos, mas penso no seu sofrimento e temor. Não há nada que eu possa fazer. Nenhum escândalo pode manchar o nome de meu marido. Mas eu mandarei provas de que David está seguro e feliz pela agência de notícias de seu marido. Nós o amamos muito e o chamamos de Vladimir. Perdoe-me.

Sem acreditar no que via, Matt leu duas vezes a carta. Soltou-a e pegou o pacote de fotografias da caixa: uma foto era enviada todos os anos para garantir à mãe a continuidade da existência de David e sua felicidade. Repetidas vezes, ele foi pegando uma foto e, depois, outra; não fotos de seu próprio rosto, mas do rosto de David: sorrindo, gargalhando, olhando para um lugar distante; um rostinho feliz e confiante. No início, experimentou um choque de raiva. Estava quase acreditando em um irmão gêmeo morto, mas a prova daquele menino vivo, refletindo seu próprio rosto e expressões de forma tão exata, encheu-o de uma profunda e atávica raiva, como se sua identidade tivesse sido roubada; como se ele não fosse mais único. Muito lentamente, à medida que a raiva foi diminuindo e ele observou novamente as fotos, aquele nó apertado e familiar de solidão começou a ser desatado em seu coração; aos poucos, ele se permitiu ver o menino que o olhava com abertura e confiança.

– David – murmurou, e lembrou-se da angústia da mãe quando ele dera ao seu personagem o nome do *alter ego* de sua infância, "David".

– Por que lhe deu esse nome?! – gritara, e ele imaginara que ela ficara tão estressada assim porque David fora o segundo nome de seu pai. Em algum nível inconsciente, ele se lembrara do nome de seu irmão gêmeo e o usara sem saber. Como a mãe devia ter sofrido! Cada vez que olhava para ele, via David ao seu lado, como o fantasminha nas aquarelas. Tentou imaginar seu terror quando ela recebeu a carta; a angústia que ela e seu pai devem ter sentido, sabendo que David estava em algum lugar do mundo e que talvez eles nunca mais o vissem de novo. Devem ter tentado encontrá-lo, mas, num país como o Afeganistão, com quilômetros de fronteira com a Rússia, devem ter tido pouca chance de encontrá-lo; e a Guerra Fria ainda estava em seu último estágio, bloqueando qualquer forma fácil de comunicação, impedindo que qualquer informação negativa vazasse. Então, por fim, quando a esperança havia morrido, eles voltaram para casa e tentaram começar de novo. Ninguém sabia muito sobre o assunto; naquela época, o desaparecimento de uma criança em um país distante não ocupava as primeiras páginas dos jornais como acontecia agora. E aqueles que sabiam, mantiveram silêncio a pedido de Helen.

E David estava vivo: estava vivo agora. O choque contínuo desse fato apertou-lhe mais uma vez o coração. A foto que havia recebido semanas atrás era a última certeza de que David era um homem jovem, forte e feliz. Matt lembrou-se dela, imaginando se aquela foto teria sido tirada em uma de suas viagens para noites de autógrafos no exterior. Lembrava-se do rosto alegre, virado para trás sobre o ombro, rindo para a câmera. David estava vivo.

E então outro nome:

— Taji — repetiu-o, e memórias instantâneas surgiram e se moveram: um rosto sorridente, curvando-se sobre ele; mãos pequenas e fortes o levantando; uma bela voz cantarolando. E agora aquela visão dos pesadelos: David sendo levantado do outro lado do carrinho de bebê por aquelas mesmas mãos pequenas e fortes e sendo levado embora enquanto ele, Matt, permanecia só, preso ao carrinho, chorando até alguém chegar correndo; e então os gritos, os berros e a angústia de saber que David se fora.

O gato pulou para cima de seu colo e esfregou a cabeça em sua mão, aninhando-se na dobra de seu braço. Acomodou-se, piscando diante do sol cintilante, e Matt o acariciou, alheio, ainda que sentindo o conforto do calor de sua companhia. E agora? Teria que contar a todos eles, Im, Lottie e Milo, sobre sua descoberta; mas não exatamente agora. Precisava de tempo para se ajustar ao choque, para se acostumar às novas informações.

Abriu a carta, leu-a novamente e a dobrou. A mãe a deixara ali para que ele a encontrasse; deixara a caixa para ele na esperança de que antes abrisse o pacote com as fotografias, porque seria novidade, e então fosse levado na direção que lhe permitiria descobrir a verdade. Colocou a carta de volta na caixa junto com as fotos e tirou a antiga carta do pai. Era bem curta e ele se lembrava dela quase palavra por palavra. A carta de um pai distante, dizendo ao filho que fosse um bom menino e cuidasse da mãe e da irmãzinha; ela o fizera sentir-se orgulhoso e forte. Ele a pegou junto com a conhecida fotografia do pai de pé em um lugar seco, árido e empoeirado, segurando a câmera na mão.

E ali estava outro choque de parar o coração: havia agora uma segunda fotografia. O pai sorria para ele, um filho em cada braço; dois menininhos gêmeos olhando para as lentes, confusos e alertas. Helen em pé ao lado deles, o rosto virado amorosamente para os meninos e para Tom. Matt ficou olhando. Aquele devia ser o único registro deles juntos. Os outros devem ter sido destruídos antes que voltassem para a Inglaterra, para que não houvesse perguntas nem despertasse curiosidade. No entanto, ela mantivera aquela foto em segredo por toda a vida, por esperança, fé e amor, e passou-a para ele no final.

Matt segurou a fotografia sobre o joelho, olhando para o jardim ensolarado, e, por fim, chorou dolorosamente pela mãe, pelo pai e por si mesmo.

CAPÍTULO TRINTA E SETE

Eles se sentaram em torno da mesa da copa – Matt, Lottie e Milo. As fotos espalhadas entre eles, as duas cartas, uma ao lado da outra. Mais cedo, uma amiga de Venetia a pegara para almoçar, e agora os três olhavam para as fotos e as cartas. As palavras de Matt sobre aquela história extraordinária e a resposta chocada de todos pareciam ecoar no silêncio.

– Então esta aqui é Taji. – Milo finalmente quebrou o silêncio. – Ela era sua babá?

– Até onde consigo me lembrar, acho que sim. O nome, quando eu o li na carta, logo me veio à memória. Esse é o problema. Só consigo ter flashes das coisas. Tudo está muito fragmentado.

– Bem, mas é o suficiente. Você não podia ser dois. E ela estava numa posição privilegiada para pegar David, não estava?

Matt ainda achava estranho ouvir Milo referir-se ao nome de David com tanta naturalidade, mas Milo compreendera sua história com uma percepção que o deixara surpreso, e ainda agora desvendava-a para si.

— Isso deve ter sido planejado com muito cuidado — disse. — Taji, certamente, precisou de ajuda. Ela deve ter levado vocês no carrinho para algum lugar longe de casa, onde sabia que estaria segura. Então, deve ter pegado David e saído correndo para alguma ruazinha lateral e, provavelmente, entrado em um carro que já estava esperando. Dar a David o nome de "Vladimir" é a dica, não? Vladimir é a tradução em russo para David, se me lembro bem. Imagino onde tudo isso terá acontecido. Numa rua comercial? Em algum lugar onde fosse seguro deixar Matt, mas que lhe desse tempo suficiente para tomar distância, antes que soasse o alarme?

Matt concordou; isso soava extremamente plausível. Podia jurar que Lottie estava ansiosa, com medo de que ele achasse a abordagem realista de Milo muito sofrida, mas ele sorriu, tranquilizando-a.

— Eu sempre guardei essas sensações na memória — disse ele. — De calor e de cheiros exóticos e de burburinho de vozes estrangeiras. Poderia muito bem ser um mercado. Tenho essa visão de ter sido levantado e levado dali, ao mesmo tempo que assistia a mim mesmo sendo levado embora. E então essa sensação terrível de perda. É uma sensação tão estranha, que estou surpreso por não ter adivinhado a verdade ou me lembrado mais claramente. Acho que isso se deve ao fato de ninguém nunca ter falado dele ou voltado a mencionar seu nome. Com 1 ano e meio não dá para verbalizar isso, dá? Enfim, não há nada com que alimentar a lembrança. Somente essa sensação terrível de uma perda traumática. Fico pensando se ele sofreu o mesmo também.

Lottie mexeu nas fotos, examinando-as.

— Ele parece feliz, não? — arriscou ela. — Talvez tenha lutado com seus demônios também, mas, no dia a dia, parece um homem equilibrado e feliz. Graças a Deus ele teve Taji como uma espécie de continuidade.

Casa de Verão

— Fico pensando em como poderia encontrá-lo — disse Matt. — Saber que ele está em algum lugar por aí é maravilhoso por um lado, mas, por outro, é terrível.

— Mas como você faria isso sem desmoronar a vida dele? — perguntou Milo, com voz rude. — Com certeza, ele não tem nenhuma lembrança do passado. Você teria que lhe contar que a pessoa que ele acha que é mãe dele foi parte coadjuvante de um sequestro. O pai também não sabe nada sobre o assunto. Acha que David é filho da sobrinha. Isso pode destruir toda a família deles.

Matt ficou encarando Milo.

— Eu não havia pensado nisso — murmurou por fim. — Está insinuando que nós nunca nos encontraremos? Que nunca poderei procurar por ele?

Matt viu o olhar rápido de Lottie passar para Milo, que se recostou na cadeira e cruzou os braços. Seguiu-se um breve silêncio.

— Há uma forma de, um dia, David poder vir até você — disse ela. — Estou surpresa por você não ter pensado nisso ainda.

Ele a encarou, confuso, ela se levantou e saiu apressadamente da sala. Quando voltou, carregava dois exemplares de *Epiphany*: um de capa dura e outro, brochura. Mostrou-lhe a fotografia na capa traseira empoeirada e a foto do autor no lado de dentro da brochura.

— Você é um autor internacional de best-sellers, Matt. Não acha que um dia David poderá ver essa foto e, talvez, *suas* lembranças comecem a fazer conexões?

A esperança inundou seu coração, mas ele a esmagou.

— Mas, como Milo disse, isso poderia causar problemas enormes, não é?

Milo ficou em silêncio, olhando para as fotografias sobre a mesa, mas Lottie balançou a cabeça. Parecia tranquila, até mesmo feliz.

— Acho que haverá um momento em que tudo isso se ajeitará, e será o momento certo. Tenho esse sentimento forte, Matt, de que um dia você e David se encontrarão de novo nas circunstâncias corretas.

Ele queria tão desesperadamente acreditar nela, que mal podia suportar pensar no assunto, mas a advertência de Milo tinha a ver com a realidade.

— Seus pais já morreram — disse Lottie. — Quem pode saber se o padrasto dele ainda está vivo? É claro que a madrasta está, uma vez que você tem a fotografia de apenas algumas semanas atrás, mas haverá um momento em que David poderá se encontrar com você sem chegar nem perto do desastre que Milo descreveu. Tenho certeza disso. Você terá apenas que continuar esperando, Matt, mas agora, pelo menos, sabe a verdade. Isso deve representar algum conforto.

— Sim, representa. — Embaralhou as fotos, pegou as cartas e parou novamente para olhar para a fotografia mais recente; Milo e Lottie o observavam. — Fico imaginando como ele deve ser — disse. — Se é médico, professor ou músico. Talvez seja escritor.

— Seja lá o que faz — disse Lottie, após um momento —, ele parece feliz.

— Quando irá contar para Im? — perguntou Milo. — Como acha que ela receberá a notícia?

— Acho que ela ficará emocionada com a notícia, por todas as razões óbvias, mas principalmente por causa de Rosie. Já foi muito ruim achar que David havia morrido por alguma doença. Saber que ele foi sequestrado certamente irá deixá-la arrasada.

Matt levantou-se, e Milo e Lottie também, observando-o com ansiedade e ternura.

— Estou bem — disse, como se em resposta a alguma pergunta não feita. — E isso tudo é um alívio porque agora, finalmente, sei

Casa de Verão

a verdade. Vou ver Im assim que puder. Acho que ela tem que saber também. Obrigado por..., bem, por estarem por perto.

Depois que foram embora, Milo e Lottie olharam um para o outro.

— Parece inacreditável — comentou Milo. — Que história extraordinária.

— Exceto que Matt sempre suspeitou que havia alguma coisa faltando; ele sempre se sentiu solitário por causa de David, embora não soubesse o que ou quem era ele, até ver as pinturas de Helena e começar a adivinhar; mas, no fundo, sabia que houvera algum evento traumático no passado, em sua infância. Até mesmo quando era menininho escrevia tentando se livrar desse medo e, finalmente, tudo veio junto em *Epiphany*, embora nenhum de nós tenha reconhecido. Muito melhor agora que ele sabe a verdade. Mas será mais difícil para Im.

— Por que será? Não foi o gêmeo dela que foi levado. Ela nem sequer o conheceu.

— Mas sabe agora o que é temer pelo próprio filho. Matt está coberto de razão. Será Im quem precisará mesmo de apoio. Se eu o conheço bem, ele já está começando a pensar em como usar todo esse material. Ah, mas não de forma consciente, nem de forma fria. Ele simplesmente não vai conseguir parar. Seu espírito criativo vai pegar a ideia, separá-la, e ele a transformará numa história em que poderá se encontrar. Im não consegue fazer isso. Poderá imaginar isso acontecendo com Rosie e ter medo de deixá-la sozinha. Coisas assim. Precisará de uma boa dose de apoio.

Os dois ficaram juntos; Milo pôs a mão no ombro de Lottie.

— Você gostaria que ela e Jules estivessem aqui na Casa de Verão para ficarem perto de nós?

Lottie negou com a cabeça.

— Eles irão lidar com isso juntos. É exatamente disso que precisam depois de toda a confusão com Nick.

— Que Nick? O que tem Nick a ver com isso?

Lottie mordeu o lábio.

— Eu quis dizer a confusão de Nick ter precisado de dinheiro e você oferecer a casa para ela, depois o Jules não querê-la e isso causar uma série de problemas entre eles, é isso. Eles sabem que teria sido ruim para eles e voltaram a navegar em águas tranquilas, mas essa notícia os deixará ainda mais próximos. É muito melhor Im depender do apoio de Jules do que do nosso. Estaremos aqui, com certeza, mas é de Jules que ela precisará.

Ele suspirou.

— Acho mesmo que você está certa. Vou trabalhar um pouco no jardim. Isso vai me acalmar, depois de toda essa história. — Apertou o ombro de Lottie, num gesto de conforto. — Nós vamos passar por isso — disse ele.

Lottie lhe sorriu agradecida.

— Sei que vamos.

Milo saiu com Pud em seu encalço, e ela o observou partir, pasma, como sempre, de as outras pessoas não conseguirem ver coisas tão óbvias com a mesma facilidade que ela. Claramente, Milo não suspeitara que a recente sequência de visitas de Nick não haviam sido visitas de filho para pai; mas por que suspeitaria? Por mais estranho que isso pudesse ser no início, Nick aceitara que seu lugar era com Alice e as crianças, e suas visitas voltariam a uma frequência mais normal.

O telefone tocou: era Sara.

— Ouvi dizer que Milo está transformando a casa num hospital — disse, na sua habitual forma brusca. — Nick disse que Venetia deu um jeito de cair das escadas e quebrar quase todos os ossos do corpo e que foi buscar ajuda de vocês. Estava bêbada, com certeza.

Casa de Verão

Lottie começou a rir.

– Não, nada bêbada. Só não estava muito bem. Suspeitaram de um leve ataque cardíaco; portanto, vão ficar de olho nela, mas foi só o tornozelo e o braço que ela quebrou, por sorte.

– Ataque cardíaco?

Lottie detectou um tremor na voz da irmã.

– Difícil de acreditar, não é? Venetia parece indestrutível – disse. – Ela está muito melhor. Logo irá para casa, não se preocupe.

Um breve silêncio.

– Fico feliz por saber.

– Eu sabia que ficaria – respondeu Lottie, alegremente. – Você parece em boa forma e, sim, obrigada, estamos todos bem aqui no País das Maravilhas. Estou indo a Londres ver alguns amigos na semana que vem e vou ficar uns dias por lá. Poderia almoçar comigo, digamos, na quarta-feira?

– Acho que sim – respondeu Sara, indelicadamente.

– Ótimo. Eu ligo quando estiver na cidade para marcar o lugar. Aí botamos as novidades em dia. Tchau.

Desligou o telefone e respirou profundamente. Foi até a sala e depois ao terraço. David. Foi como se alguém muito próximo tivesse falado seu nome. Em sua mente, reviu mais uma vez a fotografia daquela pequena família. Tom segurando dois bebês no colo e Helen, tranquila e relaxada, sorrindo feliz e docemente para todos eles. A dor partiu seu coração. Como aquela mulher era diferente da Helen que ela havia conhecido. O rosto tenso, sempre sob controle; os olhos negros voltados para o passado; os gestos nervosos e incontroláveis. Ah, houvera momentos felizes quando, mesmo que brevemente, fora capaz de esquecer a angústia, mas então a lembrança retornava como uma cobra, enroscava-se em torno de seu coração e logo vinha o alívio rápido da bebida.

Lottie levou as mãos ao coração. Imaginara que o sofrimento de Helen tivesse sido por causa de Tom e, claro, em parte fora; mas como alguém conseguiria esquecer, mesmo por um minuto, a perda de um filho amado? E de uma forma como aquela?

E Tom? Lembrava-se de sua perseverança e de seu esforço para parecer normal, e das vezes como ela própria ficara irritada pelo sofrimento excessivo de Helen por causa de um aborto, quando já tinha duas belas crianças e um marido devotado. Sentira-se triste por Tom e feliz por ele ter encontrado certo descanso em sua companhia. Da mesma forma que Matt, ele havia escondido seus sentimentos na escrita, se afundado no trabalho. Como Matt era parecido com o pai! E David se parecia com ele também.

David. O nome ecoou de novo em sua mente, mas agora com um ímpeto repentino de alegria; uma confirmação de que tudo ficaria bem e uma promessa para o futuro.

CAPÍTULO TRINTA E OITO

– O problema é que – disse Im – continuo revirando esse pensamento na minha cabeça. E aí sinto vontade de sair correndo para ver Rosie, onde quer que ela esteja, e abraçá-la e não deixá-la sair da minha vista. Acordo no meio da noite e tenho vontade de levantar para ter certeza de que ela ainda está ali. – Ela e Jules estavam sentados no sofá com Sapeca adormecido a seus pés. Ela apertava a mão do marido.

– E você chega a se levantar? – perguntou Jules. – Faz isso mesmo?

– Não – respondeu ela, taxativa. – Não, não me levanto. Andei pensando nisso com todo o cuidado, agora que o choque inicial passou. Pensei em mamãe e em como toda a sua vida foi destruída pelo horror e pelo medo. E me sinto uma perfeita megera, agora que sei a verdade, porque nunca consegui me dar bem com ela. Era tão difícil viver com uma pessoa fechada e calada, mas, ao mesmo tempo, eu já estava acostumada com isso, e nós tínhamos Lottie, graças a Deus! Lottie não era exatamente do tipo maternal, na forma que estamos acostumados a ver, mas ela *estava* ali e nos permitiu ser crianças normais; portanto, correu tudo bem. Mas, à medida que fui crescendo, tive mais ressentimentos dos silêncios de mamãe e daquele estado de quase bêbada, mas também nunca totalmente sóbria em que ela vivia e, no final, eu quase desisti dela. Matt, não. Ele sempre foi muito paciente. Mas ele podia se lembrar de mamãe antes e cresceu tendo esperança de que algum milagre acontecesse e ela voltasse a ser seu antigo eu. Claro que agora consigo entender por que ela era desse jeito e me sinto muito culpada por não ter lhe dado um desconto, pois foi horrível o que ela passou. Não conseguiu esquecer o filho nem por um momento. Cada vez que olhava para Matt, via David. E o sofrimento maior deve ter sido ela sentir que ninguém mais poderia cuidar dele e entendê-lo como ela, e deve ter se sentido muito impotente também. E depois devia sentir ainda uma culpa esmagadora e todos aqueles "se", enquanto conversava com papai. Pobre, pobre, mamãe.

Jules esperou a tempestade de lágrimas cessar e Im assoar o nariz.

— Mas você está dizendo que não ficará preocupada com Rosie?

— Não — Im confirmou veementemente. — Não vou deixar que ela cresça num clima de paranoia. Olhando para trás, acho que foi Lottie que, sem querer, nos salvou de uma camisa de força; era ela quem se certificava de que nós fôssemos como as outras crianças. E eu vi aonde o medo leva: leva direto para o álcool. Não quero ser assim, Jules. — Soluçou. — Cheguei à conclusão de que a única forma de evitar isso é, simplesmente, cortando o mal pela raiz e não o deixando crescer. Rosie não está correndo mais perigo agora do que estava na semana passada. Vou tomar todas as precauções normais, mas não vou virar uma paranoica. E não posso fazer isso pelo bem dela.

Casa de Verão

Imogen enrugou o rosto, soluçou novamente e Jules a abraçou com força.

— Você está totalmente certa – disse ele. – Concordo plenamente com você.

— E tomei outra decisão. – Im secou as faces. – Há uma coisa que Lottie me disse com relação ao medo e que me fez ver que ela estava certa.

Hesitou, e Jules perguntou:

— O que ela disse?

— Disse que não era preciso muita coisa para jogar as pessoas num estado de medo. Que um ato de terrorismo poderia quase paralisar todo o mundo e criar suspeita e ódio onde antes não havia nada disso. Ela falava sobre fé na humanidade, esperança para o futuro, e eu, de repente, percebi que quero outro filho, Jules. Um bebê nosso, como uma espécie de símbolo.

Ele sorriu.

— Dois bebês pelos quais temer?

Ela sorriu também, um sorriso um tanto tímido.

— Exatamente. É tudo muito aterrorizante, se você parar para pensar. E um pensamento temeroso logo dá lugar a outros, e aí você está simplesmente deslizando pelo caminho, para um tipo de inferno de imagens e de terror. Não vou tomar esse caminho, Jules. Eu tenho uma escolha. Mamãe teve motivos que justificam sua dependência do álcool: o desaparecimento de David e, depois, o assassinato de papai. Eu não a julgo nem um pouco por isso. Mas, na verdade, nada mudou para nós, mudou? Pelo menos sabemos que David está vivo e parece feliz, e que não ficou sabendo de nada ou, pelo menos, não pode se lembrar de nada. Acho que, no que diz respeito a ele, não deve ser muito diferente de ser adotado por uma família amorosa. A não ser que, por ser filho gêmeo, ele talvez também tenha essa sensação estranha e esses flashes de memória que Matt teve. — Balançou a cabeça. — Devo estar parecendo fria ou simplificando demais, mas temos que enfrentar esse fato e continuar fazendo um mundo feliz para Rosie. Portanto, esse é o meu caminho.

Eles ficaram abraçados. Jules sabia que a conversa se repetiria de várias formas diferentes e em várias ocasiões, e que seria necessário para a saúde mental de Im que ela pudesse falar sobre isso quantas vezes precisasse. Recentemente, desde a mudança para Exmoor e o novo emprego, foram a coragem dela e o seu carinho que o sustentaram nos momentos de falta de segurança e medo. Agora, era a vez dele apoiá-la.

— Gosto da ideia desse bebê – disse então. – Tenho a forte sensação de que será um menino, e nós o chamaremos de Jack.

Ela ergueu a sobrancelhas.

— Por que Jack?

— Jack, o matador de gigantes – respondeu alegremente. – Ele triunfará sobre o medo e a escuridão. Ele será a nossa segurança para o futuro.

— Ah, Jules! – Im recostou a cabeça em seu ombro, abraçando-o. — Eu amo você de verdade.

— Sem amor de filhote, desta vez – disse ele, implicante. – Amor de bebê. Ai, meu Deus! Lá vamos nós de novo.

Ela riu e bateu nele com uma almofada.

— Você cumprirá sua parte como homem – disse ela. – E irá gostar. E este não é assunto para negociação. – E o beijou.

As azaleias e os rododendros floresciam. O pequeno gramado estava tomado pelo abraço circulante das flores brancas, púrpura e vermelhas. Na margem ao longo do riacho, íris amarelas e azuis apareciam

Casa de Verão

eretas como espadas em seus ninhos esverdeados, as cores vivas refletidas, partidas e refratadas na água que corria veloz. Um melro desceu rapidamente, o bico cheio de comida para os filhotes abrigados na sebe, e a luz do sol era filtrada pelas folhas verdes e macias dos arbustos, lançando padrões irregulares no gramado. O gato deu um pulo e ficou surpreso quando não encontrou nada sob as patas, a não ser raios de sol.

Da varanda, Matt o observava, entretido.

– Vou chamá-lo "Picles" – dissera a Milo e Lottie. – Ele me faz pensar nos livros de Beatrix Potter, que Milo costumava ler para mim, com todos aqueles gatos. Sei que... – Levantou as mãos em defesa, quando Milo começou a protestar. – Sei que Picles era um terrier e que o nome do gato era Gengibre, mas Picles fica bem nele.

Imaginou qual teria sido o nome do gato na aquarela e desejou ter o talento de Helena para pintura. Helen e Helena: em seu consciente, as duas pareciam emergir e estar com ele na casa e no jardim, presenças gentis; envolvendo-o e curando-o. Matt ficou imóvel, ouvindo os sons do verão: a brisa murmurando entre as folhas; o canto do riacho; o trinado e o chamado do canto dos pássaros. Ao lado dele, sobre a mesa, um caderno e um notebook. Mais cedo naquela manhã, ao acordar sob a luz prateada do alvorecer, ouvindo o canto do tordo, teve certeza de que estava pronto para entrar mais uma vez no universo paralelo da imaginação. Alívio e alegria fizeram-no descer descalço ao jardim frio e úmido, para andar ao longo do riacho e permitir que seus pensamentos fluíssem livremente. Ergueu o olhar para a janela, cumprimentando o pequeno querubim, e entrou para preparar café. Arrastou a cadeira para a varanda e pôs o material de trabalho sobre a mesa; então, aguardou confiante.

Visões e ideias fervilharam em sua mente; viu o início de uma história sobre dois meninos gêmeos, separados logo no início de suas vidas, crescendo em continentes distantes, ainda que misteriosamente conectados. Não seria exatamente a história de sua vida, nem da de David, mas a essência da história dos dois; destilada, mudada, recriada. Matt sentiu-se cheio de energia e empolgação. Naquele momento, finalmente, sabia sobre o que escreveria... e como começaria· ele começaria pelas fotos.

Impresso no Brasil pelo
Sistema Cameron da Divisão Gráfica da
DISTRIBUIDORA RECORD DE SERVIÇOS DE IMPRENSA S.A.
Rua Argentina 171 – Rio de Janeiro, RJ – 20921-380 – Tel.: 2585-2000